轉生就是劍 5

"I became the sword by transmigrating" Story by Yuu Tanaka. Illustration by Llo

棚架ユウ
插畫／るろお

Kadokawa Fantastic Novels

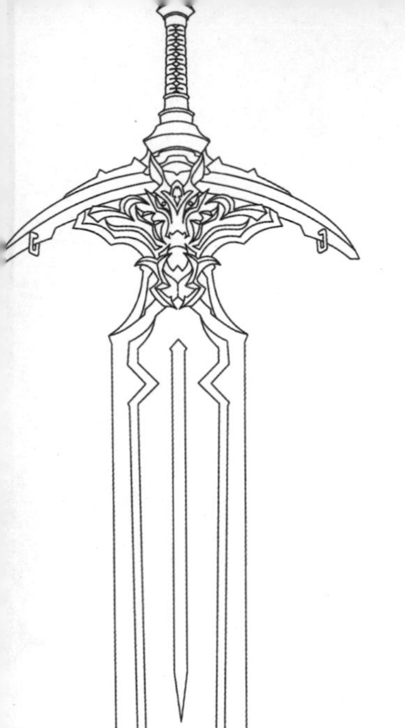

CONTENTS

"I became the sword by transmigrating"
Volume 5
Story by Yuu Tanaka, Illustration by Llo

第一章　趕往烏魯木特

「咀嚼咀嚼。」

「嘎呼嘎呼。」

『我說你們啊，連續三天照三餐吃咖哩，都不膩啊？』

「嗯？不膩。」

「嗷嗷！」

『好吧。』

從港灣都市巴博拉出發至今過了三天。

我們以地下城都市烏魯木特為目的地前進，目前正在一處樹木圍繞的小廣場露營。這裡是搭蓋在道路旁，為旅人所準備的休息處。地面經過剷平，還挖了一口小水井。

雖然是很方便沒錯，但聽說有些地點也會變成盜賊或魔獸的巢穴。因為這種地點取水方便，而且旅人會定期出現羊入虎口。

當然，會有士兵等人員定期巡邏，也常有冒險者前來討伐他們。

只是想徹底維護管理每個地點似乎仍是件難事。我們抵達這個休息處時，也有幾隻哥布林在廣場上吵鬧。不過被我們射去幾發魔術秒殺掉了就是。

後來我們搭起帳篷等用品做好露營準備，就開始盡情享用今天的晚餐了。
不過其實餐點就只有咖哩。今天芙蘭吃的是中辣牛肉咖哩。小漆則是特辣魚咖哩。
可不是我在偷懶喔，是芙蘭與小漆指定要吃這個。
其實我很希望他們吃得營養均衡，無奈從巴博拉出發之前已經做下了一星期咖哩吃到飽的約定。本週的菜色大概就咖哩這一道了吧。
不管再怎麼喜歡，本來以為照正常來說連續吃個幾天應該會膩……
「好吃好吃。」
「嗷呼嗷呼。」
看來芙蘭與小漆的字典裡，沒有吃膩咖哩這個詞。
就像現在他們還是滿面笑容，把咖哩塞了滿嘴。
不過每天三餐都吃掉一大鍋咖哩，每次的反應卻都像是第一次吃到，沒枉費我煮飯就是。
只是如果不找個地方再煮一些，儲備的量可能會吃完，那樣就糟了。主要是對芙蘭的精神層面有害。
所幸，我已經在巴博拉採購了分量充足的辛香料。只要有廚房就有辦法可想。
本來考慮了一瞬間是否乾脆在這裡煮一煮算了，但也許會有人來，就自我克制了。
這判斷可以說做對了。我真懂得自我克制，了不起！
因為實際上，我還真的從廣場入口那裡感覺到了人的氣息。
「咀嚼咀嚼……師父。」

『嗯，我知道。有人來了。』

「嗷。」

芙蘭與小漆放下了舀咖哩的湯匙。然後擺好架式，以便隨時行動。

只是嘴巴周圍沾滿了咖哩的黃色汙漬，毫無魄力就是了。

『來了。』

「嗯。」

畢竟這個休息處位於道路旁，就算有我們以外的旅人到訪也不奇怪。

但就我感覺，散發這股氣息之人並非泛泛之輩。

因為在那名人物踏進廣場之前，就連我們都沒能察知到其存在。最起碼一定擁有隱密系的技能。能夠如此巧妙地消除氣息之人，絕不可能沒發現到我們。

我們雖然沒忘記壓抑氣息，但升起的火堆還在。我想遠遠就能看到芙蘭的身影。

儘管就目前來說，感覺不出惡意或歹意……

「嗨，晚安。」

「晚安。」

「沒想到有人先來了。」

「……嗯。」

一名老人從黑暗中現身。

年齡最少六十好幾，但身材非常勻稱，讓人感覺到作為戰士的能耐。

放下來的話可能長度及肩的白髮全往後梳，同樣雪白的下巴鬍子修整得時髦精緻，是個年輕時想必不缺桃花的細臉俊男。

穿在身上的黑衣服刺繡圖案約隱約現，遠遠看去有點像是華麗的晚禮服。但是仔細一看，就會發現那是以布料與皮革製成的輕鎧。

他應該有看見芙蘭身旁的小漆，卻毫無懼色、笑容可掬地對她說話。柔和嘹亮的嗓音聽起來非常年輕，完全不像是老人的聲音。

之所以與芙蘭保持一段距離停下腳步，一定是不想讓我們抱持多餘的戒心。從他這種判斷力，讓我明白老人的本領超乎我的想像。

因為老人完美地看穿了維持坐姿的芙蘭的攻擊距離，貼近範圍外側站定。

芙蘭感覺出這一點，一聲不響地站起來。

不過，這或許也是理所當然。

『芙蘭！絕對不要做出敵對行為！』

（……這麼厲害？）

『對……說跟阿曼達同等妳就懂了吧？』

（……！）

我不假思索地對老人做了鑑定，看到顯示的資料幾乎沒嚇破膽。

甚至一時之間，還不敢相信鑑定的結果。

名稱：迪亞斯　年齡：71歲

種族：人類

職業：幻奇術士

Lv：76／99

生命：241　魔力：668　臂力：122　敏捷：291

技能：腳底感覺4、威懾4、隱蔽7、隱密8、解體8、格鬥技3、格鬥術4、感知妨害7、鑑定察知8、稀薄化7、奇術8、要害識破4、宮廷禮儀6、氣息察覺8、氣息遮蔽7、幻影魔術10、幻像魔術6、混亂抗性4、弱點識破10、瞬發8、消音行動3、異常狀態抗性5、短劍技7、短劍術7、土魔術3、戲法10、投擲7、毒素魔術4、火魔術3、魔力吸收2、魔術抗性3、魔力感知6、魅惑抗性4、木工4、遊戲7、陷阱解除4、陷阱感知8、陷阱製作7、氣力操作、痛覺鈍化、不屈、分割思考、魔力操作

獨有技能：技能忘卻7

固有技能：思考誘導8、視線誘導8

稱號：幻影術師、鬼靈精、跨越凡人高牆者

裝備：龍牙短劍、龍鱗裝、快步之鞋、替身手環、奇術師指環

等級達到70多級。與阿曼達或是我們在巴博拉並肩作戰過的弗倫德水準相當。

能力值雖然不及阿曼達與弗倫德等人，但在技能上無論是數量或等級都遠勝他們。作為魔術

師屬於超一流水準，作為戰士也可說是一流。而且還身懷大量攻擊弱點的技能。要不是有戲法技能或奇術技能的話，看這種技能組合可能會把他錯當成暗殺者。而且連獨有技能都沒少。

技能忘卻：對象在一定時間內，忘記被指定的技能。有效時間視指定技能之等級、稀有度而定。最長一分鐘。再度使用時間視指定技能之等級、稀有度而定。

這個會不會太強了點？要是在戰鬥中讓對方忘記武器技能什麼的，就算只是短時間也能收到極大效果。

思考誘導：瞬間誘導對象的思考，將注意力轉向特定人事物。
視線誘導：瞬間誘導對象的視線，小幅操作視線的方向。

除了這兩項技能，還有稀薄化以及氣息遮蔽等隱密系技能。要是再搭配使用幻影魔術的話，就算在戰鬥中都有可能追丟他的蹤影。況且職業名稱就叫做幻奇術士了，想必是個奇術幻術專家。比起單純只有高能力值的傢伙，這人恐怕更難對付。

在判斷對方是正是邪之前，不能莽撞地做出敵對行為。

『是個幻術高手。聽好了──』

我正要叫芙蘭先與對方拉開距離時，老人──迪亞斯先開口了。

而且從他嘴裡，冒出了最糟的一句話：

「妳剛才對我做了鑑定，對吧？」

迪亞斯語氣柔和，眼神卻不苟言笑。

果然被察覺了！

看到技能清單裡有個鑑定察知時，我就有不祥的預感了。

我是不是惹火他了？不不，看這個老人像是閱歷豐富，應該會饒過小孩子的一點惡作劇吧？

然而，迪亞斯瞇起一雙眼睛，對芙蘭投以帶有威懾意味的視線。

仔細想想，鑑定等於是擅自偷看對方的個人情資。對於一些藏有祕密、做過虧心事或是重視隱私的人而言，鑑定行為直接被當成敵對行為也無可厚非。

實在沒想到竟然有技能能夠察知鑑定行為。但是，我們一路走來已經看過各種察知技能。早就該料到有鑑定察知這種技能了。

叫芙蘭不要做出敵對行為，我自己卻搞砸了！

『抱歉。』

（無可奈何。）

『真有個萬一的話就用傳送逃走吧。』

（嗯。）

「……唔嗯。」

迪亞斯散發的威懾感更強了。情況是否不妙？

正當我與芙蘭提高對迪亞斯的戒心時，他站在原處再次開口：

「呵呵呵。不用對我這麼有戒心啦。」

那張臉表情一變，面露笑容。

「我沒有在生氣啦。」

迪亞斯促狹地對我們說。那慈祥的微笑，使得直到前一刻的威懾感彷彿一場幻覺。

「畢竟是在這種地方碰上可疑人物，會有所提防是當然的吧？只是，也有一些人會真的動怒，建議妳進行鑑定時要挑對象，知道嗎？」

看來只是為了提出忠告才會稍微嚇嚇我們。差點沒嚇出心臟病來。

只是連我自己都感到意外的是，我很容易就接受了迪亞斯說的話。一般來說被人這樣驚嚇又高高在上地給意見，應該會產生反感才對。

芙蘭似乎也跟我一樣，老實地點頭接受了他的建議。也許這就是人生經驗的差距？

「這是冒險者前輩給妳的忠告。」

冒險者前輩？這個說法讓我覺得有點奇怪。

芙蘭似乎也有同樣的感覺。

「你知道我是冒險者？」

「知道啊。巴博拉的冒險者公會成天都在談妳的話題。」

難道說發生那場事件時他也在巴博拉？如果是這樣，怎麼都沒聽到半點相關傳聞？這樣一位實力高強的老者，在戰力多多益善的時候，我不覺得大家會提都沒提到他……

「你也待過巴博拉？」

「兩天前。要是能再早個幾天抵達巴博拉，就能幫上忙了。」

原來如此。所以燐佛德等人作亂的時候他不在巴博拉。

嗯？兩天前？

我們在三天前從巴博拉出發，一路上是騎著小漆直奔此地耶？雖然我們並沒有把小漆逼到極限，路上也不是沒有休息，但是小漆奔馳於空中的腳力，應該比騎馬多跑了數倍的距離才對。

難道說迪亞斯能追上牠的腳程？

芙蘭瞥了一眼小漆，眼睛再次望向迪亞斯。只不過是這麼個動作，迪亞斯似乎就明白了芙蘭心生的疑問。

「別看我這樣，我腿腳可是很強健的。而且體力也不差，就馬不停蹄地一直線跑到這了。」

偏偏他還沒說謊。好像真的是日夜兼程跑馬拉松過來的。

的確光看能力值的話完全稱得上是個超人。大概意思就是不能光憑外表把迪亞斯當成一個老人吧。

「我去巴博拉公會辦一點事，在那裡聽說了妳的許多傳聞。說有個帶著黑狼的黑貓族少女，拜發明了散發異香的黃色食物的廚師為師，是個揹著強大魔劍的冒險者。這麼多特徵都吻合，怎麼可能認錯呢？魔劍少女芙蘭小姐？」

看來芙蘭的真面目完全曝光了。

「我想妳已經用鑑定看到了，不過還是容我重新報上名號吧。我叫迪亞斯，算是一介冒險者。」

「我是D級冒險者芙蘭。牠是小漆。」

「嗷！」

「喔，請多指教，芙蘭、小漆。」

雙方重新致意，但都不靠近對方。芙蘭是對迪亞斯保持戒心，迪亞斯則是不想讓芙蘭抱持戒心。

也許有人會覺得芙蘭的態度很失禮，但迪亞斯加深了臉上浮現的笑意。

「嗯嗯。有所警覺是作為優秀冒險者的必備條件。」

表情就像是祖父面對孫兒。不，以年齡來說也的確是這樣。

「所以芙蘭，我想重新給妳一個忠告。這是像妳這種會用鑑定的年輕人的通病，我猜妳用鑑定一定用得很順吧？」

「嗯。」

其實都是我在用。

「建議妳使用時要看對象。特別是王族，有很多人會讓像我這樣具有鑑定察知技能的人隨侍身邊。」

一旦偷窺王族的祕密……的確可能會出很多問題。

「像芙蘭妳這樣前途無量的冒險者，遲早會有機會謁見王族。在那種情況下假如輕舉妄動就會立刻『這樣』，要當心喔。」

迪亞斯用手刀輕敲兩下自己的脖子。說得也是。對王族犯下不敬罪，恐怕沒辦法全身而退。一想到這，就覺得不分對象亂鑑定實在太危險了。就聽從他的忠告，以後當心點吧。

「知道了。」

「呵呵。那麼我要走了。繼續待下去芙蘭也不能安心吧。」

「嗯。」

「哎呀，這時候不是應該回答『不會』嗎？」

「這是事實。」

「哈哈哈，真過分。不過妳這種膽量也是優秀冒險者的必備條件。那麼，改天見嘍～」

迪亞斯笑著轉身背對芙蘭。然後一邊輕輕揮手，一邊消失在黑暗中。

『他走了……』

「嗯。」

「嗷。」

就算來者是個不具敵意、和藹可親的人，與初次遇見的壓倒性強者在極近距離內對峙還是很累人。芙蘭與小漆剛才想必也很緊張，此時才終於放鬆了渾身力道，注視著迪亞斯消失的黑暗遠方。

『那傢伙往烏魯木特的方向去了，該不會目的地跟我們一樣吧？』

「咀嚼咀嚼或許是。」

「嗷呼嗷呼。」

這麼快就回去吃飯喔！

「嗯？咀嚼咀嚼。」

『不，沒什麼。好吃嗎？』

「嗯！沒得比。」

那就好。也許是連續對付強敵，又認識了多名強悍的冒險者，增強了她對強者的抗性吧。

只是，我得稍作反省才行。

特別是有人具有鑑定察知技能的這項情報，絕對得記在心裡。

今後面對招惹不起的危險對手或是貴族時，必須多加注意才行。

意外邂逅迪亞斯之後，到了第二天。

我們以烏魯木特鎮的地下城為目標，從亞壘沙啟程至今大約過了三星期。

「師父，就是那個？」

「嗷！」

『對，錯不了。那就是地下城都市。』

我們往前望去，一眼看見了當初的目的地——烏魯木特。

在廣大的森林地帶之中，看得見外牆環繞的城鎮景觀。

從亞壘沙到這裡真是一段漫長的路程啊……儘管以時間而論或許算短，但一路上卻是驚險不斷。

在浮游島與巫妖交戰，在錫德蘭海國被捲入王族之間的鬥爭，在巴博拉不但參加了料理比賽，到最後還莫名其妙跟強大的邪人交戰，險些丟掉性命。

過程中芙蘭無論是能力還是精神，都獲得了大幅成長。

我們跟鍛造師格爾斯約好在烏魯木特重逢，他要是看到芙蘭的成長一定會嚇一跳。搞不好還會認不得芙蘭呢！

「嗯？」

不知是不是敏銳的感官對我的視線起了反應？

芙蘭轉頭看向背上的我。

尊容還是一樣可愛。身材也還是一樣光滑平坦。

『……我有點太誇大其辭了。』

「怎麼了？」

『不，沒什麼。只是覺得總算抵達烏魯木特了。』

「嗯。可是，好小。而且，好像怪怪的？」

「嗷？」

烏魯木特本身是座小鎮。別說無法跟巴博拉相比，規模甚至可能不到亞壘沙的一半。

然而，它的外觀卻有著超乎想像的衝擊性。

坐在奔馳於天空的小漆背上眺望，能夠清楚望見它奇特的構造。

首先吸引我目光的，是覆蓋整座城鎮的厚實外牆。

遠望都能看得出來，外牆很有厚度，而且高聳突出。為了防止魔獸入侵，是需要某種程度的堅固外牆。但是會不會有點堅固過頭了？與克蘭澤爾王國首屈一指的大都市巴博拉的外牆相比，都還要厚得多了。

這樣說可能不太好，但總覺得跟那樣一座小鎮很不搭調。這點規模的城鎮，需要用到這種等級的外牆嗎？

接著引起我們興趣的，是聳立於城鎮東西兩端的巨大圓筒型建築。

不知是不是用魔術等技術建造的？建築物看起來毫無接縫。簡直就像地球上的水泥建築。與林立於周圍、大小合於這世界標準的建物一比，就知道它們有多巨大。高度恐怕超過三十公尺。假如位於城鎮外面的話，光這兩座建築搞不好就能發揮要塞的功能了。

我一開始看到時也以為是某種避難所。也許是某種設施什麼的？

『去看看就知道了。』

「嗯。」

「嗷。」

不過光是要進入城鎮，好像就要費一番勁。

因為從小漆背上俯視烏魯木特的入口，可以看到上千人似乎在排隊等著進城。

這早就應該想像到了。

據說武鬥大會在克蘭澤爾王國是尤其知名的祭典之一，八成是冒險者、商人或觀光客蜂擁而至了吧。

況且巴博拉才剛舉辦過盛大的月宴祭，可以想見一定有許多祭典遊客順道來到烏魯木特。運氣好提早從巴博拉出發而沒被捲入事件的一些遊客，剛好就在這個時候抵達了烏魯木特。

只要想到得去排那個隊，我已經開始覺得厭煩了。

但我們不是貴族，沒有優先進城的權限，也不好騎著小漆直接翻牆。那樣做的話絕對立刻被抓，鋃鐺入獄。

『不得已了，就去隊列的最尾端吧。』

「嗯。」

『小漆，降落地點要離那個隊列稍微遠一點。』

「嗷！」

要是冷不防降落在隊列旁邊，我怕會驚動民眾。

小漆按照我的指示，靜靜降落在離隊列最尾端約有兩百公尺遠的森林裡。

接著我們走上林間道路，徒步前往烏魯木特。

走了幾分鐘，很快就看到在路上大排長龍的群眾。

『還是問一下看看吧。』

「嗯。請問一下。」

「哦？什麼事啊，小姑娘？」

芙蘭向最尾端一名看似商人的男性攀談。

然後問了幾個問題，確定這裡就是烏魯木特。

芙蘭與小漆直接開始排隊。

商人似乎隨即對芙蘭他們失去興趣，轉回去跟幾個同伴聊天。

假如是在其他城鎮的話，我們應該會更吸引旁人注意。畢竟是一個揹著劍的小孩帶著狼嘛。但烏魯木特不愧是公認的地下城都市，冒險者人數眾多。而且據說由於地下城的難度較低，鎮上也有很多人是初級冒險者。

這些原因，使得像芙蘭這樣的小孩也變得不稀奇了。事實上，在隊列前方也能看到幾個看似十五歲上下的年輕冒險者。另外還能感覺到像是魔獸的氣息，看來還有少數幾名馴獸師在場。

不過，沒有一個冒險者的年紀像芙蘭這麼小就是了。

『總之也只能排隊了。』

「嗯。」

於是為了進入烏魯木特鎮，我們排到了隊列的最尾端，但是……

『完全沒在前進啊。』

（好慢。）

隊列的前進速度慢得要死。

我們聽了一下前面排隊的商人聊些什麼，得知烏魯木特由於有兩座地下城，導致冒險者以外的人初次進城時審查比較嚴格。這是因為地下城有些物產可作為危險藥物的原料，或是恐怖魔法儀式的觸媒。

他們說只要登錄過一次，半年內就能正常出入。但是每年只會在武鬥大會這幾天到訪的觀光客或商人，就得這樣排隊了。

又說對於年年到訪的人而言，這就像是季節特有的自然現象。

其中甚至還有商人的目的是賣小吃給排隊人潮，只能說真會做生意。

的確有一些人沒有排隊，而是在周圍叫賣東西。還有一些人把像是草蓆的東西鋪在地上，擺起簡單的攤販。

販賣的商品種類也很豐富，擺出了食物、民間工藝品與酒類等等。

以地球來說，或許就像Comiket開場前的隊列？就好像排隊也是活動的一部分那樣？

一些經驗豐富的老手，甚至還自備簡單的椅子一起坐下喝酒。

『我們也放輕鬆慢慢等吧。』

（嗯。）

開始排隊之後過了半小時。

『哥布林。』

（食人魔。）

『啊——龍。』

（地靈。）

『等我一下。呃——魔鬼。』

（合成獸。）

『嗯——』

我們正在玩古今中外聯想遊戲殺時間。

芙蘭似乎很喜歡我教她的這種遊戲，從剛才一直玩到現在。現在正在用世界各地的魔獸玩聯想遊戲。

這樣看起來，隊列輪到我們之前都不怕無聊了。

然而，其中也有一些人沒那麼有耐性。也就是初次造訪此地的冒險者或一般民眾。

特別是那些粗魯野蠻的冒險者更是被這個龜速前進的隊列搞得不耐煩，有幾個地方開始發生小爭執。

儘管還沒看到有哪裡演變成打架場面，但可能不用多久就會開始打群架了。

真是，那些傢伙難道不知道就是他們害隊列前進得更慢嗎？我們一邊冷漠地觀察那些傢伙，一邊乖乖排隊。

然而，我們悠閒寧靜的時光突然宣告結束。

並不是因為排完隊，輪到我們申請進城了。

「喂，小鬼頭……給我過來！」

「……」

是因為一個滿臉鬍子的冒險者，盛氣凌人地跑來吆喝芙蘭。

「喂！小鬼頭！」

「……」

「妳這傢伙！竟敢當作沒聽見，膽子不小嘛！」

「……嗯——」

只是芙蘭正在想下一個答案，完全沒理他就是。冒險者氣得臉紅脖子粗。不，他似乎是喝了酒，臉紅可能是本來就這樣。大概是已經醉到神智不清，整張臉像熟透蘋果一樣紅通通的。不用鑑定也知道是個小角色。腳步凌亂不堪，裝備的武具品質也很粗劣。更何況都醉成這樣了，不管戰鬥實力有多強都發揮不了。

（嗯——）

『喂，芙蘭。』

（師父要投降了？）

『不，我不是這個意思，有人在叫妳喔。』

「嗯？」

芙蘭總算抬起頭來。只是，那個男性冒險者已經氣炸了。額頭青筋暴突著破口大罵。

只不過是被忽視了一下而已嘛，這傢伙火氣也太大了。

「本來是想叫妳過去給我們倒酒的，現在看我怎麼修理妳！這死小鬼！」

冒險者恫嚇般的大聲怒吼，讓芙蘭敬謝不敏地皺起臉孔。

「唔——吵死了。」

芙蘭按住貓耳這樣嘟噥，似乎讓男子的怒火直衝極限。

「妳這傢伙，好大的膽子！竟敢瞧不起我！」

單方面跑來煩我們還這樣，真是無事生非。而且跑來騷擾芙蘭的，還不只這個男性醉鬼。

「……唔嗯。」

一群冒險者正要經過我們身邊時停下腳步，看似領隊的男子定睛注視著芙蘭。

是個金髮貴公子。英俊瀟灑到如此形容都不為過。

「小姐。」

嗚哇！光是聽到聲音就讓我的好感度直接變負數！自帶演技的每個舉動與表情全都做作到爆！

不過話說回來，竟然敢在這種狀態下過來跟她說話……

看來這個做作帥哥的字典裡沒有識相兩個字。

竟然能夠任由一個醉鬼老兄在旁邊大吼大叫，逕自過來跟芙蘭攀談。

「小姐，請妳看著我。」

「……」

如同剛才忽視那個醉鬼一樣，這次換成忽視這個帥哥。芙蘭並沒有惡意，要怪這傢伙不該在別人講話的時候跑來插嘴。

但是這幾個傢伙，似乎很看不慣芙蘭的這種態度。

「我在叫妳，妳居然不理我？」

這死傢伙架子還真大。不，看他的言談舉止，搞不好真的是哪家的貴族。

「賽爾迪歐大人在跟妳說話，妳竟敢當作沒聽見！太無禮了！」

「賽爾迪歐大人，這個小丫頭怎麼了嗎？」

隊友都尊稱他一聲大人。大概真的是貴族吧。

同伴有看似魔術師的女人、像是斥候職業的男人以及身穿重鎧的彪形大漢，總共三人。

魔術師與斥候好像還算有點本事，但最引起我注意的是那個彪形大漢。

不同於怒不可遏的兩個同伴，彪形大漢站著不動，態度當中讓人感覺不到半點感情。臉被頭盔擋住了看不見，但我無法想像那張臉上浮現著任何表情。而且看起來這些人當中最有本事的就是他。看了怪可怕的。

「小姐。」

不對，現在該留意的是這個混帳帥哥。不知為何，光是聽到這個帥哥的聲音就讓我背脊發毛。這就是所謂的生理性討厭嗎？我現在光是看著這個做作帥哥就覺得噁心。

我還沒跟芙蘭說又有另一批客人上門，賽爾迪歐已經先往芙蘭伸出手來。

儘管因為遭到忽視而多少帶點敵意，但感覺不出惡意或戰意。速度也很慢，所以應該不是攻擊動作，但我還是先做好隨時可以發動念動與傳送的準備，同時觀察賽爾迪歐的舉動。

他想做什麼？

本來以為他是想抓住芙蘭的肩膀讓她轉向自己，但那手稍微避開了肩膀。

奇怪？這個軌道，怎麼好像是伸向我的劍柄？不，我敢確定就是這樣。

而就在那隻手即將抓住我的劍柄時，事情發生了。

「唔？」

芙蘭於最後一刻察覺到異狀，用反手拳的技巧撣掉那隻手。然後瞪著賽爾迪歐的臉。

不過話說回來，這男的是什麼意思？竟然想出手搶奪冒險者的劍，就算演變成你死我活的廝殺都不奇怪。

芙蘭帶著明確的敵意瞪著賽爾迪歐，賽爾迪歐則是歪著頭，好像不懂芙蘭發怒的理由。而且連賽爾迪歐的跟班都在起鬨。

「竟然敢撣掉賽爾迪歐大人的手！」

「太傲慢了！」

「你想幹嘛？」

賽爾迪歐等人狂妄自大地出聲譴責芙蘭。芙蘭絲毫不隱藏敵意，直接質問賽爾迪歐。

「把那把魔劍交給我。」

嗄？不是，太突然了吧。大庭廣眾之下沒來由地想搶人財物？

「？不要。」

「我是高階冒險者，而且是貴族。」

「所以呢？」

「這麼精美的寶劍，我來使用才能造福世人。這道理妳懂吧？」

「不懂。」

「講話不要這麼任性，把劍交給我就是了。」

「？」

突然被人用串門子般的輕鬆口氣講這一堆意味不明的話，我看芙蘭腦袋快當機了。原本臉上還浮現對賽爾迪歐的激烈敵意，現在卻聽到整個人呆住。

如果是個一肚子邪念的強盜，芙蘭大概已經揮劍砍人了。但這男的自始至終一臉嚴肅，從中無法感覺到任何惡意或邪惡心思。

「這次換成那個女孩受害啊。真可憐。」

「那你去阻止他啊。」

「少說傻話了。那傢伙雖然是個神經病，實力卻不是蓋的。不過他怎麼會跑來烏魯木特？」

聽起來，賽爾迪歐似乎經常做出這種搶劫行為。看得出來冒險者們都對芙蘭投以同情視線。

「我會付妳一點錢。有了這筆錢，妳就不用再當冒險者了。這不是年幼少女該做的行業，明白嗎？魔劍就由我負起責任，用來造福人群吧。」

說完，賽爾迪歐用力捶了一下自己的胸膛。簡直好像在說以後的事就交給他似的。

「那把劍應該也希望被我使用才對。」

「才怪。」

『對啊，才怪。』

「那是妳不懂，我能體會那把劍的心情。像妳這樣的少女，配不上那把劍。而這樣一來，妳也能從冒險者變回普通的少女。還有什麼好猶豫的呢？」

「不用你雞婆。」

『就是啊就是啊！』

芙蘭都已經拒絕了，賽爾迪歐照樣說個不停。

「真是，妳這小丫頭太不懂事了。就這麼捨不得放棄魔劍嗎？那把劍是應該很值錢沒錯……但妳竟然只想到自己的利益，真是可悲。看來我得稍微懲罰妳一下讓妳改過自新了。放心吧，我這是愛之深責之切。」

最棘手的是，這傢伙完全沒在說謊。我從頭到尾對他的每一句話都用謊言真理做過測試，但他說的全是真心話。

無論是鬼話連篇說什麼我想被他使用、自以為是地認為這樣才能造福社會的誇張心態，或是把對少女暴力相向說成愛之深責之切的嚴重自我陶醉，全都是發自內心。

噁心透頂。

我沒有胃，卻覺得想吐。這傢伙是怎麼搞的？真正的神經病原來這麼令人作嘔嗎？既沒有表現得瘋瘋癲癲，也並非具有偏執性人格，乍看之下好像很正常。可是，實際上卻是個瘋子。與其被這傢伙拿去用，我還寧可被哥布林使用。我就是這麼無法接受這傢伙。我知道，這就叫做生理排斥。

『我現在搞不好連雞皮疙瘩都冒得出來。』

感覺得到賽爾迪歐每多說一句話，芙蘭內心的殺意就膨脹得越來越大。大概是漸漸明白到這男的想從她手中把我搶走吧。

（要怎麼殺他？）

『別衝動，先等等。』

坦白講，要斬殺這幾個傢伙不難。他雖然自稱高階，但實力普普。只是經過鑑定，我發現他擁有子爵的稱號。就算現在能殺了痛快，日後可能會出亂子。

還是設法開溜？要逃走應該不難。可是，就算逃得了一時，我不認為這傢伙會死心……怎麼辦呢？

「好了，決定要把劍交給我了嗎？妳如果缺錢，我可以再多給妳一點。這筆錢夠讓庶民生活個幾年了。」

開出的價碼是五十萬戈德。也太便宜了吧？我好歹也是魔劍耶？五十萬？這傢伙是瞧不起人嗎？

「……」

芙蘭又氣又驚地說不出話來，但賽爾迪歐似乎錯把她的沉默當成了討價還價。他語帶唾棄地駁斥：

「竟然這樣還嫌不夠……我是覺得對金錢的執著會讓人生變得無趣喔。」

講得好像很有智慧似的，但說穿了就只是自私自利、強詞奪理而已。

「那這樣好了，讓妳成為我的側室如何？」

『啥？這、這個做作的臭傢伙現在在說什麼？』

「嗯，這或許是個好主意。妳長得還可以，經過栽培之後應該會有點姿色。這可是妳的榮幸。我家裡是侯爵門第，妳雖然只是側室，但我保證讓妳衣食無缺。對於支付給妳這種獸人的報酬來說已經是破格重賞了喔。」

『……………………』

「如此一來妳不但不愁沒錢花用，還能成為我的側室。這下總該滿足了吧？」

大概是想都沒想過自己的意見會被拒絕吧。甚至覺得芙蘭一定會欣喜若狂地感謝他的恩澤，並對此毫不懷疑。

哈哈哈，要收芙蘭當側室？想強行把我搶走還不滿足，竟然要收芙蘭當側室？這個做作臭蘿莉控混帳是不是這樣說的？

幸好芙蘭好像聽不太懂，一臉傻愣。要是聽懂了的話，搞不好會因為太噁爛而害她心靈受創。

『你這混帳想來這套是吧，我現在就把你胯下那話兒給——』

就在我決定要讓這個蘿莉控貴族見識一下活地獄時，事情發生了。

「喂——！不准把我當空氣！」

醉鬼開始破口大罵了。

啊——我完全把這人給忘了。因為比起這種小角色，賽爾迪歐似乎更難應付。

然而，男子已經氣到幾乎血管爆裂了。

「你們這些傢伙！給你們點顏色瞧瞧！」

冒險者衝動地掄起拳頭。

在眾目睽睽之下，他想對小孩子暴力相向嗎？真的是白痴一個。

還是說他打定了如意算盤，以為只要威脅芙蘭或目擊人士就能封口？或者他其實是城鎮掌權者的兒子之類？

「喝啦啊啊！」

不，我看只是醉到沒剩半點正常判斷力吧。

「嗯。」

反正芙蘭的應對方式都一樣。

芙蘭輕輕一閃就躲掉男子揮來揍人的手臂，小巧的拳頭捶進男子的心窩。看在旁人眼裡大概會以為沒灌注多少力道。甚至會懷疑男子根本沒受到半點傷害。

然而，旁觀民眾將會開始懷疑自己的眼睛。

「咕嗯啊！」

芙蘭的勾拳打得男子飛出了約五公尺的水平距離，摔在地上一路翻滾。

『哦，妳有手下留情啊？』

（那種對手用不著拔出師父。）

『只是……還是有點失手呢。』

（嗯。技能很難控制。）

在巫妖之戰中，經過播報員小姐整合的技能，到目前還稱不上能夠完美駕馭。

發揮技能的最大威力用來對付強敵，其實意外地簡單。雖然魔力的運用效率差到不行，但能夠把我當成魔力槽使用的芙蘭可以忽視這個問題。

但是，一旦需要控制力道，就得進行細部控制。這個部分目前芙蘭還不太上手。

或許就有點像是開車。想讓油門全開只要一腳踩到底就好，但要在低速狀態下完美維持想要的速度就難了。

就像剛才她應該只是想稍微強化體能，但因為同時還要提防賽爾迪歐等人，導致調整出錯。本來只要讓男子當場痛苦倒地即可，卻不慎把他打飛了出去。

「咕噁噁……」

冒險者渾身一抖一抖地痙攣，鮮血等各種東西吐了一地。

可是，這要算他活該吧？誰教他想揍這樣一個年幼少女，沒被砍死就算不錯了吧？

然而，也有一些傢伙不這麼想。

「喂，布爾拉斯！你沒事吧！」

「死小鬼，妳做了什麼？」

「喂，沒必要打成這樣吧！」

就是跟現在還縮在地上呻吟的男人一夥的幾個人。

他們把那傢伙原本想幹的好事撇到一邊，異口同聲地對芙蘭破口大罵。

然後，所有人都拔出了腰間的劍。

看來所有人都跟布爾拉斯一樣喝醉了。只見他們滿臉通紅，而且酒氣沖天。大概是酒精讓他們脾氣變得比較衝動吧。不過就算是喝醉酒，我們也不會饒過他們就是。

醉到走路跌跌撞撞的一群男子揮劍砍向芙蘭，下個瞬間就被打飛，跟布爾拉斯一樣摔倒在地。

「嗚嘔～～」

「嘔噁～～」

雖然是我們自己下的手，但四個大男人一齊嘔吐的畫面真的髒死了。排隊群眾也跟四人保持距離，用嫌棄的目光看著他們。

而那些視線也朝向了芙蘭。擺明了一副要我們想想辦法的態度。

畢竟先動手的是我們嘛～

是不是應該把他們拖到一邊比較好？

正在煩惱時，就看到幾個士兵從城門那邊跑來。

「喂，那邊那個小孩！」

士兵們凶巴巴的，看來找藉口說是正當防衛也沒用了。要是有人能幫我們作證就好了……

芙蘭視線轉向前後排隊的商人們，他們卻立刻把眼睛別開。

理所當然地，看樣子他們並不想蹚這灘渾水。

本來想試著推到賽爾迪歐身上，但那傢伙也早就離開現場了。

『嘖！被他跑了！』

看來就算賽爾迪歐不識相，還有同伴懂得看情況。

結果只剩下一群把胃液連同血與酒嘔得滿地的男子，以及一名少女。

「真是，沒事找麻煩。本來就已經夠忙了。」

「總之帶到值勤站問話吧。」

「喂，給我過來。」

士兵們也不把事情問清楚，就打算把芙蘭帶走。

都已經排了一小時的隊了。這樣要是又得重排就糟透了。

不過話說回來，這些士兵態度也真差。看芙蘭的眼神也很冷淡，搞不好二話不說直接把芙蘭關進牢房都有可能。

比起我們，現在還躺在地上的那些男人呢？這些士兵不管那四個人，只想把芙蘭帶走。為什麼啊？

「那些傢伙呢？」

「少囉嗦！閉上妳的嘴！」

「想給我們找麻煩啊？」

「再敢講廢話，信不信直接把妳關進牢房啊？」

芙蘭指著還在滿地痛苦打滾的男人們，卻反遭怒罵。簡直跟小混混沒兩樣。

但是，先不說要不要逮捕，連治療都不做對嗎？

我總覺得這些士兵不值得信任。既懶得做事，態度又蠻橫。

可是，又不能直接開溜。

『芙蘭，目前就先乖乖聽話吧。雖然是那幾個白痴不好，但妳的確是下手太重了點。』

（嗯。無可奈何。）

芙蘭本來想乖乖跟他們走，但這時有人出聲叫住他們。

「等一下。」

『咦？』

這人我有印象，畢竟昨晚才剛見過他。我之所以這麼驚訝，是因為完全沒感覺到他的氣息。這老先生還是一樣愛把人嚇出心臟病來。

「錯不在她。」

老年冒險者迪亞斯這樣幫芙蘭說話。

臉上浮現跟昨晚一樣的柔和笑容。

「嗯嗯？你是誰啊？」

剛才最先叫住芙蘭的士兵，打從內心一副不耐煩的態度瞪著迪亞斯。這下可能又是一場糾紛了？

我本來是這麼以為的，沒想到——

「笨、笨蛋！你把這位大人當成誰了！」

「對、對不起。這傢伙最近才剛來到鎮上！」

「請迪亞斯大人原諒！」

同袍士兵揍了對迪亞斯冷眼相向的士兵，強迫他低頭認錯。

然後自己也跟其他士兵一起卑躬屈膝地開口道歉。臉上浮現阿諛奉承的陪笑。

跟面對芙蘭時的態度完全不一樣。

看來這位老人家，身分地位不比一般啊。可是鑑定時沒有特別顯示家名，我覺得應該不是貴族。

不，老人雖然稱不上A級冒險者，但畢竟也是本領那般高超的冒險者。就算比隨便一個貴族更有權力也不奇怪。

「您、您怎麼會來到這種地方？」

「剛好路過。」

迪亞斯如此說道，露出凶猛的笑臉。但眼神卻不帶笑意。被他帶有威懾意味的眼光射穿，士兵們臉色鐵青地倒退數步。

「是、是這樣啊。」

「我再說一遍，錯不在她。整件事都是倒在那邊的那幾個男人不好。要抓也應該是抓那幾個傢伙才對。抱歉會弄髒你們的手，但麻煩把他們幾個帶走，好嗎？」

「遵、遵命！」

「立刻照辦！」

哇——原來是這麼回事啊。這些士兵懶得把一身穢物的四個成年男性搬走，所以才會只想抓芙蘭一個人。要是就那樣跟他們走，罪名搞不好已經賴到芙蘭頭上了。得感謝迪亞斯才行。

士兵們連忙讓幾個男人站起來，押走他們。

「謝謝。」

芙蘭低頭致謝後，迪亞斯面露溫柔慈祥的微笑，與面對士兵們的神情完全不同。

「不客氣。我只是不希望像妳這樣前途無量的冒險者，被捲入無聊的狀況罷了。」

「為什麼？」

「呵呵呵。我差不多該走了。那就晚點見嘍？」

迪亞斯留下別具深意的一番話，就瀟灑地離去了。到底什麼意思？不過他昨晚也說：「改天見嘍～」實際上也真的又見面了。

我們該不會被跟蹤了吧？不，也許單純只是道別時的常用說法？

最後，只剩下被周遭民眾投以畏懼目光的芙蘭一個人。

幸好他們還讓芙蘭排回原本的位置。不，或許單純只是不想跟她扯上關係？芙蘭一靠過去，那些人都僵著臉往後退。

看樣子芙蘭被當成只不過是有點不爽，就會把人打個半死的危險暴力少女了。

但總比被追根究柢問個不停來得好。

「好閒。」

（就是啊。）

不知道還要多久才能進城？

總之先來想下一個古今中外聯想的題目吧。

得到迪亞斯出手相助後過了一小時。

我們總算進到烏魯木特裡來了。雖然排隊排了很久，但城門的審查步驟本身很簡單。大概是因為芙蘭既沒有前科又是冒險者吧。商人或觀光客接受審查，都比我們多花了好幾倍時間。
「哦——看到要塞了！」
『從城鎮外看到時就覺得很大了，進了城一看更大呢。』
「嗷！」
跟亞壘沙或巴博拉的工商居住區相同，住宅區滿是石砌的低矮建築，遠處聳立著讓人遠近感出錯的巨大建造物。有了比較對象，讓人更容易理解那棟建築的巨大。
『先去冒險者公會露臉吧。』
「嗯。」
我們打算到公會賣掉從巴博拉到這裡一路上獲得的少許素材，同時打聽一些地下城的相關情報。
況且聽說不是所有人想去地下城都能獲准放行。
不過，我們已經從亞壘沙的冒險者公會會長克林姆那裡得到了許可證，應該很快就能獲得許可吧。
『芙蘭，先把介紹信準備好吧。』
「嗯。」
芙蘭從次元收納空間拿出介紹信。
「這個嗎？」
『不，不是這個。是克林姆給我們的那封。』

芙蘭拿出的介紹信，是巴博拉的冒險者公會會長加姆多給的那一封。

這封介紹信，可以用來參加聽說將在六月於王都舉辦的拍賣會。

其實是加姆多得知我們在巴博拉沒能買到太多魔石，就替我們寫了一封參加拍賣會所需的介紹信。他說那裡也會舉辦專賣魔石的拍賣會等等，去了就能買到各種魔石。

「這封？」

『對對對。』

我們就這樣邊做準備邊向鎮民問路，走了十分鐘。

在位於城鎮中心的大廣場上，看到穩穩坐落於廣場中央黃金地段的冒險者公會設施。

不愧是坐擁兩座地下城的城鎮，公會的規模相當大。

不但是三樓建築，占地面積少說也有五六百坪。

儘管比不上附設研究機構以及事務人員辦公室等設施的巴博拉公會，最起碼規模比亞壘沙冒險者公會大出了數倍。

『入口也好寬廣啊。』

「嗯。跟巴博拉差不多大。」

「嗷。」

論建物高度的話，巴博拉公會比這棟高大了一倍以上。但是論占地面積的話，恐怕就是烏魯木特公會比較廣大了。服務櫃檯等等更是烏魯木特的比較大。

進去一看，果然很寬敞。超過二十個櫃檯一字排開，每個櫃檯前面都有冒險者在排隊。

『生意真好啊。』

「嗯。人好多。」

「嗷呼。」

不愧是地下城都市，冒險者多得嚇人。雖然也是因為正值武門大會時期，但冒險者的人數與密度絕對在巴博拉之上。

我們先去排人數最少的隊列看看。

這時，排在前面的一名男子回頭看我們。是個從外表分不清是山賊還是冒險者的禿頭戰士。

幹嘛？這麼快就有人要找碴啊？

我是覺得對方應該不會說揍人就揍人，但還是做好預備動作，以便隨時用念動出招。

「喂，這裡是E級在排的。」

結果原來只是好心提醒我們。

「有規定嗎？」

「有啊。聽好了——」

男子儘管語氣略嫌粗魯，但還是跟我們簡單解釋了排隊的相關規定。

原來如此。隊列依照階級區分，從那邊數來依序是G、F、E、D，以及C以上專用就對了。每種隊列似乎都分配了四個櫃檯提供服務。

芙蘭按照男子的解說，移動到旁邊的D級隊列。

「喂，小鬼。妳有在聽我說話嗎？那邊是D級在排的。」

「嗯？」

「不是，就跟妳說，那邊只有D級才可以去排隊。下級在那邊。」

這個男的雖然滿臉橫肉，其實人好像不壞。儘管態度上有點看扁芙蘭，但感覺不到類似惡意的反應。感覺就像是耐著性子在開導無知的小孩。

這或許跟烏魯木特的風土民情有關吧。公會裡除了芙蘭以外，也有其他少年少女的身影。

儘管芙蘭仍然是在場年紀最小的一個，不過就如同我在城鎮外面的感想一樣，可以看到不少十五歲上下的孩子。

大概是因為這樣，親切熱心的冒險者也就比較多吧。

「所以我才在這裡排隊。」

「嗄？」

「我是D級冒險者。」

「啥？」

不只這個男的大吃一驚。周圍其他冒險者都轉過頭來看我們。

果然就算芙蘭說自己是D級，大家也不會輕易相信。

「咦——？真的嗎？」

在芙蘭眼前排隊的冒險者隊伍當中，有個人一臉驚訝地跑來問她。年紀大概二十來歲吧。

嗯？應該說這位小姐，該不會是黑貓族吧？

『芙蘭，她跟妳同族嗎？』

（嗯。）

芙蘭點點頭。

我還是第一次看到芙蘭以外的黑貓族冒險者。

人們都說黑貓族是無法進化的弱小種族，其他獸人也常常瞧不起他們，做冒險者這一行想必很難熬。但這位小姐卻繼續當冒險者，而且還在D級隊列排隊。我真心感到佩服。

「咦？妳不是我的族人嗎！」

「嗯。」

這位小姐發現芙蘭是黑貓族，也露出驚訝的表情。她一定也沒看過自己以外的黑貓族達到中級以上的階級吧。

「我問妳我問妳，妳真的是D級嗎？」

我知道芙蘭看到這位小姐也很高興，只是沒寫在臉上而已。

她旋即露出欣喜的表情。

「妳看。」

芙蘭拿出公會卡給她看，那位小姐驚愕地張大雙眼。

「真的是D級耶……妳好厲害喔！」

語氣聽起來多少有點不甘心，但喜悅之情似乎更大。

「妳也是以進化為目標嗎？」

「當然。」

「看到有我以外的族人也在努力，我好高興！」
她的目的應該也是進化吧。芙蘭的回答讓她滿意地點頭。
「我叫依妮娜。」
「D級冒險者芙蘭。」
「哇～妳年紀比我小，階級竟然比我高……我還只是E級冒險者呢。」
「？這裡不是D級的隊列嗎？」
「啊——我本身的階級是E，但所屬的隊伍是D級。跟妳介紹一下喔，他們是我的夥伴。」
依妮娜為芙蘭依序介紹排在自己前面的幾名男性。
「隊長雷斯特，然後是盾士查納姆。魔術師加良，還有斥候索拉斯。最後是劍士卡魯。」
「妳好，以後請多指教。我是D級隊伍『雛鳥棲木』的隊長雷斯特。」
他們說雷斯特、查納姆與加良是D級。索拉斯與依妮娜是E級。卡魯則是F級。
雷斯特等D級成員都是三十幾歲。其他隊員大概二十出頭吧。索拉斯與卡魯這對青年組合也有可能才十幾歲。
雛鳥棲木說他們隊伍以培育後進冒險者為主要活動目的，除了D級的三人以外時常替換隊員。聽說他們會和許多下級冒險者組隊，協助達成委託等等。
又說如今升上D級的冒險者有很多人受過他們隊伍幫助，儘管只有D級卻受到眾人青睞。
還聽說除了雛鳥棲木以外，還有不少隊伍也是以培植冒險者為活動目的。這大概也是地下城都市的特色之一吧。

「真了不起。」

「沒有啦沒有啦，是公會長請我們這麼做的。我們才沒那麼偉大咧。」

「才沒有呢！我可是很感謝各位的！我因為身為黑貓族，沒有任何一個隊伍願意收我，但雷斯特大哥你們都沒有歧視我。」

「那是因為妳很上進啦。種族不重要。」

喔喔——這個叫雷斯特的男人相貌凶惡，卻似乎是個頂天立地的男子漢。

「芙蘭妳是獨行嗎？」

「嗯。」

「哇～！妳真的好厲害喔！雖然年紀比我小，但我真的好佩服妳！」

「嗯。」

嘴上說很佩服，依妮娜卻把手按壓在芙蘭的頭上摸了好幾下。

完全把芙蘭當小孩了吧？不過反正芙蘭被同族大姊姊稱讚也高興得很，我無所謂就是了。

「有任何困難都可以跟我說喔。都是黑貓族，一定要互相幫助！」

「謝謝。」

「因為我算是妳的大姊姊嘛！況且為了達成種族的夙願，互相幫助是絕對有必要的。」

「種族的夙願？」

對於少年卡魯的疑問，依妮娜像是迫不及待地回答：

「就是進化呀。黑貓族總是因為不能進化而被人看扁。但是我相信一定有辦法可以進化。」

「嗯。一定要找到。」

「我也是！然後總有一天，要讓黑貓族不再被人看扁！」

「嗯！」

就像芙蘭也時常掛在嘴邊，依妮娜似乎也不只是想讓自己進化。當然，自己的進化是第一優先，但最終目的是讓全體黑貓族都能進化，為此才要解明所需條件。

「我們一起加油吧，芙蘭！加油加油加油！」

「加油——」

依妮娜與芙蘭一齊握拳指向天空。才剛認識就變得這麼要好。

我們就這樣跟雛鳥棲木的成員聊了一下，忽然有人從背後大聲開罵。

「喂！妳這傢伙！少在那裡騙人了啦！」

「我沒有騙人。」

雷斯特等人已經相信芙蘭是D級，但似乎還是有人不願接受事實。

跟依妮娜的親密交流被打擾，芙蘭有點不高興地回嘴。

「像妳這樣的小孩哪有可能是D級啊！」

「你也是小孩。」

只有一點跟平常不同，就是來找碴的是個小孩。

「我、我已經十五歲了！」

少年漲紅了臉，瞪著芙蘭。

是個有著一張可愛臉蛋的紅髮少年。

「反正我看那張卡片也是假貨吧！」

「是真貨。」

「妳、妳騙人！」

「是真貨。」

芙蘭把公會卡拿到少年眼前，但他還是無法相信。

「想也知道是假貨！我都才G級而已耶！」

少年堅稱芙蘭在騙人。雖然我能明白他不願相信的心情……

但是這下該怎麼辦呢？我實在不忍心對這個小孩動粗。

（師父，要把他揍飛嗎？）

『別急別急。』

（？為什麼？）

對芙蘭來說無論是大叔還是少年，一樣都是來找碴的討厭鬼。

還是說看在芙蘭眼裡都是年紀比自己大的男人？再來就是少年打斷她跟依妮娜說話，可能就此被她認定為敵人了。

『對方是前途無量的年輕人，出手就別太狠了。』

（那要怎麼做？）

『嗯——』

有了，用風魔術消掉聲音怎麼樣？反正目前只是在旁邊囉嗦而已。如果他接著作勢要動手，再重新給他點教訓就好。

但後來我們沒機會使用魔術。

「你們幾個，這是在吵什麼？」

因為一名從公會深處現身的人物，瞬即改變了現場氣氛。

聽到那人嘴裡發出充滿男性雄風的男中音般嗓音，冒險者們無不糾正姿勢，現場變得一片肅靜。

「啊，是艾爾莎大姊。」

我聽見了依妮娜的喃喃自語。艾爾莎？妳說他嗎？

「又在吵架？真傷腦筋，你們這些孩子都這麼調皮搗蛋。」

我們也一樣被艾爾莎散發的氛圍給吞沒了。我與芙蘭看到從公會深處現身的人物，都不禁當場僵住。

「——？」

『——！』

這可能是我頭一次看到芙蘭驚愕到睜大眼睛的模樣。

好吧，我不是不能體會她的心情。因為登場的人物實在太具有衝擊性了。

「艾、艾爾莎大姊。」

「哎呀，尤里。就是你在吵鬧呀？」

「不是，那個……因為有個小孩在公會裡玩，我只是講了她一下。」

跑來找碴的少年尤里忽然變得安分起來。他立正站好，對大家喚作艾爾莎的人物有問必答。

「小孩？哎喲？好可愛喔！」

「……」

『芙蘭。』

「……」

糟糕，她完全當機了。我怎麼叫都沒反應。

『芙蘭！』

「啊。一時嚇呆了。」

『妳還好嗎？』

「那是什麼？」

看來芙蘭這輩子是第一次遇到這種人。其實我也是頭一次看到這麼重口味的人。

「很高興見到妳。我叫艾爾莎。」

「……我是芙蘭。」

「叫芙蘭妹妹就行了吧？請多指教。」

「嗯。我有一個問題。」

「什麼問題？」

「你是男生？還是女生？」

自稱艾爾莎的男性，擺出展現傲人肌肉的姿勢後，手指輕輕貼在嘴唇上。然後眨了一下眼睛，對芙蘭拋了個飛吻。

噫！差、差點沒起雞皮疙瘩！我明明是把劍耶！

「呵呵。這是祕・密。」

什麼祕不祕密的，分明就是個大男人！徹頭徹尾！

但是，現場似乎有種氣氛不允許我這麼說。

靠近過來時扭腰擺臀的動作也太有模有樣了吧！

儘管值得吐槽的地方多到不行，但最具衝擊性的還是外貌。

分量十足的紅髮爆炸頭。濃豔的眼影與腮紅。紫紅色的口紅。鮮紅的皮甲底下，穿著緊縮突顯壯碩肉體的緊身粉紅色底層衣。

不得了，是重度的健壯哥！

這種外形的人背上再揹一把巨大錘矛，其魄力令人望而生畏。

名稱：巴迪什　年齡：47歲

種族：人類

職業：金剛鬥士

Lv：50／99

生命：580　魔力：129　臂力：355　敏捷：148

技能：搬運3、環境抗性5、恐慌4、警戒5、化妝6、拳鬥技5、拳鬥術5、硬氣功5、再生5、裁縫3、杖聖技1、杖聖術4、異常狀態抗性6、精神異常抗性3、戰杖技10、戰杖術10、挑釁5、直感6、美顏5、魔術抗性4、料理3、鍊金3、氣力操作、肌肉鋼體、痛覺鈍化、痛覺變換、暴衝

獨有技能：抗性熟練度上升

稱號：克服痛楚者、烏魯木特守護者

裝備：守護者錘矛、深紅豹全身皮甲、桃絹之衣、美神涼鞋、魅力耳墜

一堆地方讓我想吐槽。例如「哪裡是艾爾莎了，根本是巴迪什嘛！」或是「可是看起來才三十幾歲！」之類。但是最讓人想吐槽的應該是這個吧：

痛覺變換：感覺到痛楚時，將一部分變換為快感

對被虐狂來說是最棒的技能。該不會也有虐待系的技能吧？例如對方欺負起來越好玩能力值就提升越多之類。話又說回來，男大姊兼被虐狂？我在這世界遇見的人們當中就屬他角色特質最強烈。

我還是頭一次光做個鑑定就這麼累。啊，一不小心就鑑定了。不是啊，這不能怪我吧。看到這樣的人能忍著不做鑑定才怪。

「黑貓族的少女劍士……妳就是在鎮門口鬧事的那個女生？」

「嗯。」

艾爾莎的眼睛盯上了芙蘭。

有事找她嗎？但這似乎不足以解釋他莫名熱烈的視線。

「哈啊～真可愛。」

「嗯？」

快住手！不准用那種莫名奇妙水汪汪的眼睛看芙蘭！芙蘭要被弄髒了！

「哎呀，差點把正事給忘了。其實是公會長剛才要我去找妳。」

公會長這樣要求？也就是說，這裡的公會會長已經知道我們的事了？

外頭的騷動似乎也已經穿幫了，該不會是要接受某些處罰吧？

「跟我一起去見他好嗎？」

「公會長？」

「是呀，他似乎有事找妳。可以嗎？」

我是覺得那場騷動沒大到需要公會長直接介入……但是在公會裡被公會長要求出面不可能拒絕，或許也只能跟去了。

「好。」

「謝嘍。那麼，這個女生借我一下喲。」

「啊，請。」

找芙蘭碴的少年被艾爾莎這樣說，立刻擺出立正姿勢回話。

只是，感覺少年並不是怕他。當然神情也帶有懼色，但我感覺尊敬的意味更強。咦？尊敬這樣一號人物？

然而，周圍其他冒險者也都是相同反應。

難以置信的是，艾爾莎似乎是真的受到眾人尊敬。

烏魯木特冒險者公會要不要緊啊？

「不過話說回來，尤里。我看你還需要多精進喔。連對手的實力都不會判斷，在地下城裡可是會要命的喲。」

「咦？咦？」

「走這邊，芙蘭妹妹。」

「嗯。」

「芙蘭，改天見喔。下次我們再慢慢聊，好嗎？」

「掰掰。」

依妮娜對芙蘭揮手，芙蘭也輕輕揮手回禮。

等事情平靜下來，希望可以多跟她打聽一些事情。她說不定知道關於進化的線索，況且我也想聽聽黑貓族冒險者前輩的經驗。

芙蘭跟在巴迪什的後面——

「嗄嗄？」

艾爾莎發出嚇人的怒氣回過頭來。

「怎麼好像有人用一個聽了就討厭的名字叫我？」

他的視線不偏不倚地對著我們。我是覺得他不至於發現我的存在……

「是我多心了嗎？我的少女直覺在對我呢喃，說有人用艾爾莎以外的名字叫我呢。」

與其說是少女的直覺，你的直感技能也太有用了吧！

好可怕，以後絕對要叫他艾爾莎才行。

「好吧，算了。我們走吧？」

「嗯。」

周圍其他冒險者都被前一刻的殺氣嚇得臉孔嚴重抽搐外加渾身僵硬，芙蘭卻絲毫沒放在心上。她跟在艾爾莎後面繼續往前走。我家女兒真是後生可畏。

「哼呵哼哼～」

夠了喔，走路不要扭屁股！

我按捺住想吐槽的衝動，在芙蘭背上極力忍耐。

「來，就是這裡。」

我們就這樣讓艾爾莎（男）領著走上階梯，來到最後面的房間。

這裡似乎是公會會長的辦公室，光是門扉就夠豪華的。

艾爾莎門也不敲，直接把那門打開。

「公會會長，我帶芙蘭妹妹來嘍。」

「謝謝你，艾爾莎。我們又見面了，芙蘭。」

眼前的人物令我們大吃一驚。

芙蘭面露驚訝的表情，低喃對方的名字：

「迪亞斯。」

「很高興妳還記得我。」

「不可能忘記。」

沒錯，笑容可親地迎接芙蘭的正是迪亞斯。

「迪亞斯就是公會長？」

「是啊。容我重新自我介紹，我叫迪亞斯，是烏魯木特冒險者公會的會長。」

原來不是貴族，而是公會會長啊。這個城鎮有著眾多冒險者，公會會長被士兵尊稱為大人也很合理。

可是，這樣不是很奇怪嗎？我們至今遇見的公會會長，都擁有公會會長的稱號。克林姆也是，加姆多也是。

但我記得迪亞斯並沒有這個稱號。還是說有的人能得到稱號，有的人得不到？

正在思考的當下，忽然間房間的牆角引起了我的注意。

並不是看到了什麼影子，或是感覺到什麼氣息……不知為何就在入口右側的觀葉植物引起我的注意，讓我看了一下。

『什麼都沒有，對吧……』

（嗯。）

芙蘭似乎也跟我有同感，同樣注視著觀葉植物。

下個瞬間，狀況發生了。

「請多指教。」

「！」

只不過是一瞬間。真的只有視線一瞬間離開迪亞斯形成的空檔。

但猛一回神時迪亞斯已經站在芙蘭面前，擅自抓起芙蘭的右手跟她握手。

芙蘭似乎也措手不及，大吃一驚。

「唔！」

「哎呀。」

芙蘭想用左手手掌推開迪亞斯，但迪亞斯已經鬆手退後了。

「嚇到妳了嗎？」

「……你做了什麼？」

「別這樣瞪我嘛。就只是正常靠近妳跟妳握手而已啊。」

這傢伙，在鎮門口還算有點紳士風範，結果原來只是裝乖？雙手合十低頭道歉的模樣，完全就是個愛搗蛋的小男孩。

芙蘭似乎也被惡整得火氣上升，但畢竟沒有直接受到危害，況且對方也幫助過我們。看來她決定先忍耐這一次。

「……下次再這樣我就生氣了。」

「別氣別氣，妳待在鎮上時我會給妳很多特別待遇的。」

我想，他應該是對我們使用了固有技能的視線誘導與思考誘導……這些技能的危險性超乎我的想像。要不是對方是迪亞斯，我們肯定已經遭受攻擊了。

看到芙蘭表情僵硬地瞪著迪亞斯，以及迪亞斯頑皮的笑臉，艾爾莎大概也看懂了狀況，深深嘆一口氣。

「唉～公會長你又惡作劇了！他這個人就是這樣，把捉弄有才華的新人當成興趣。」

看來是慣犯。這種人當公會會長沒問題嗎？

「芙蘭妹妹也是，火大的話可以狠狠捶他沒關係喲。」

「好。」

「我站在妳這一邊。遲早有人該給公會長一點教訓啦。」

「艾爾莎，你很壞耶～」

「是你活該吧？真要說起來，就算不會被免職，你本來就不該這樣為所欲為！」

不會被免職？聽他講得斬釘截鐵的。

「為什麼不會被免職？」

公會會長是位高權重沒錯，但光是這樣就斷定不會被免職似乎有點缺乏根據。

「有很多原因啦——首先呢，因為他實力高強。在克蘭澤爾王國名列前五強呢。像我雖然是B級冒險者，卻完全不是他的對手。」

這麼厲害？但我看能力值的差距沒他說的這麼大啊。

大概還是技能運用了得吧。艾爾莎是力量系鬥士，可能比較容易被攻其不備。

「作為地下城都市的會長，可以說光靠這份實力就夠資格了。」

也是啦，冒險者就是越強越好。

「再來就是能跟地下城主交涉的，只有公會長一個人。」

跟地下城主交涉？這話究竟是什麼意思？

「交涉？」

「對耶，芙蘭妹妹妳是初來乍到嘛。」

艾爾莎聽見芙蘭的低喃，仔細解釋給她聽。

「烏魯木特之所以出名，是因為城鎮裡有著未經攻略的活地下城。」

「很危險。」

「就是呀，一般來說是很危險。可是，烏魯木特的話不需要擔心。」

「為什麼？」

「一言以蔽之，是因為我們跟地下城主締結了契約。地下城主不會超乎必要地強化地下城，不會把魔獸放出地下城外，而且默認冒險者在地下城活動。相對地，我們也不會對地下城主與魔核出手。城主需要外界的什麼物資，我們也會幫忙調度。大概就這樣嘍。」

原來如此。如果地下城主是有智慧的種族，做這種交涉似乎也行得通。也是啦，地下城主應該也會覺得與其被高階冒險者消滅，不如共存共榮來得更好。

「而讓雙方達成這份共識的，就是年輕時的公會長。」

「唉——當時真是困難重重啊。」

「我是不知道地下城主信任這個老頭的哪一點，總之城主指定要我們家的公會長擔任聯絡人。現在要是公會長辭職，城鎮與地下城的關係就充滿變數了。烏魯木特是靠地下城成立的城鎮，所以無論如何都不能開除公會長嘍。」

「哼哼。多虧於此，我才能夠依官仗勢為所欲為。」

「不要講得好像很了不起似的！」

明明是一個老頭跟一個肌肉人妖，卻越看越像是老媽在罵調皮小孩。奇怪，我的眼睛沒出問題吧？

「呼。我差不多該走了。」

「辛苦你了。」

「你以為是誰害我這麼累啦！」

看他們這樣，也許交情還是不錯的。

「芙蘭妹妹，改天見嘍。我一看到妳就覺得喜歡。有什麼事就來找我，我一定會幫妳的。呵呵！」

搔首弄姿的艾爾莎看得我心驚膽顫，但芙蘭似乎沒什麼特別感覺。

「嗯。」

還正常揮手說再見。看來一開始那麼驚訝，只是因為看不出性別的關係。

「掰掰嘍——啾！」

最後還給我來個飛吻！嚇得我差點躲開。

（師父，你怎麼了？你抖動了一下。）

『沒、沒事。我很好。』

好像被芙蘭發現了。

艾爾莎離開房間後，公會長輕嘆一口氣。

「呼——其實他人並不壞啦。妳還好嗎？」

「什麼還好？」

「妳不介意嗎？畢竟不是每個人都跟艾爾莎合得來。」

迪亞斯說得對，有些人應該沒辦法跟他相處。

「該怎麼說才好……他整個風格有點強烈對吧？」

「明明是男生，卻是女生？」

「這也是原因之一。」

也是？他是不是說「也是」？

「還有其他原因？」

「好吧，妳可能會有很多機會跟艾爾莎來往，或許應該先跟妳說一聲。萬一芙蘭落入艾爾莎的毒手，我就小命不保了。不對，不管對方是誰她都不會善罷干休吧。」

迪亞斯神情嚴肅地喃喃自語，好像在想事情。

「艾爾莎他雖然是男性，卻擁有一顆女人心。可是，男生女生他都愛。而且喜愛的年齡範圍很廣。甚至可以說從妳到我都算在內。而且他有個怪癖，就是有點喜歡被人欺負。」

『…………』

（？？？）

「芙蘭，妳還好嗎？」

『啊！不妙，我一瞬間靈魂出竅了。』

男大姊雙性戀外加超廣守備範圍，而且還是被虐狂？全力違背生物本能也不是這樣的吧！只能說各種要素塞太多，我都快撐死了。為了我的精神平衡著想，還是少接近艾爾莎為妙。

「？？？」

我彷彿看見芙蘭的頭上浮現大量問號。

（師父？你聽懂了嗎？）

『算、算是吧。不過，芙蘭妳不懂沒關係。』

（為什麼？）

『這、這是大人之間的問題。妳年紀還小不用知道。應該說，不知道比較幸福。』

（唔？）

我反倒希望她永遠不要知道。

『總、總之，艾爾莎那人有點奇特。妳只要知道這個就好。』

（嗯，知道了。）

呼，謝天謝地。要是必須把艾爾莎的癖好解釋給芙蘭聽，我會精神崩潰的。

「艾爾莎對小孩子只會疼惜不會出手，也不會主動追求……但他畢竟是烏魯木特的王牌，也有些年輕人太崇拜他，開始對一些奇特事物產生興趣。」

喔，原來落入他的毒手是這個意思啊？應該說成中他的毒比較貼切吧。

「其實有位人士拜託我照顧妳。假如芙蘭受了艾爾莎的影響……她搞不好會宰了我。」

「有位人士？」

「嗯，鬼子母神阿曼達。妳們認識吧？」

「嗯。」

「在巴博拉話別時她拜託我的。」

迪亞斯苦笑著講起當時的狀況。

他說阿曼達把芙蘭的名字與特徵告訴他，還跟他講了好久芙蘭是多可愛的乖孩子。

「芙蘭妹妹太可愛太顯眼了，其他冒險者一定會欺負她！你必須給我想想辦法！聽見沒有！還有，艾爾莎絕對會很喜歡芙蘭，你給我把他盯緊點！知道嗎！她是這麼說的。阿曼達雖然跟艾爾莎交情很好，但她在小孩子的事情上是絕不妥協的嘛。」

迪亞斯扭腰擺臀地模仿阿曼達，重演她當時的發言。完全像是阿曼達會說的話。話又說回來，一個老頭模仿女生的動作，看了真受不了。

「艾爾莎真的不是壞人……只是很難說有益孩子的教育。」

謝謝妳，阿曼達。比起與公會長的緣分，在艾爾莎的事情上有望獲得公會長的協助最讓我高興。其實我也知道艾爾莎不是壞人，只是……

萬一艾爾莎喜歡上芙蘭，二十四小時都黏著她不放的話，我會撐不住。

「還有，妳必須提防另一名人物。」

「誰？」

「賽爾迪歐．雷賽布子爵。就是在鎮門口騷擾妳的那個男人。」

還真的是貴族啊。而且既然迪亞斯知道他，可見是個名人了？

「他是繼承侯爵家族血統的貴族，也是A級冒險者。」

真的假的？可是，他有那麼厲害嗎？我是沒做鑑定，但從他的舉手投足感覺不到強大實力。

不，要說實力也不是沒有。只是，他完全不具有像阿曼達或弗倫德那些以前遇見過的A級冒險者那樣，光是出現在眼前就會受到震懾的存在感。

芙蘭似乎也產生了同樣的疑問。

「就憑他？」

「呵呵，對啊。可悲的就是他那樣也能當A級。」

「怎麼回事？」

「好吧，講得明白點，就是靠金錢與關係買的階級。論實力勉強到B。正常來想的話應該排在C級前段吧。」

迪亞斯不大愉快地直言不諱。看來他相當討厭賽爾迪歐。

「不只如此，那人還有許多陰暗傳聞纏身。建議妳盡量別接近他比較好。」

「好。」

芙蘭也一樣，對於企圖搶走我的賽爾迪歐不抱一丁點好感。不用人家提醒，她也不會主動接近那人。

「最糟的情況下，不理他直接跑掉也行。假如有可能鬧出問題，我會介入協調。阿曼達對賽爾迪歐是看了就討厭，要是知道妳跟他們發生糾紛，搞不好連我都要挨罵。」

的確，阿曼達應該很討厭像賽爾迪歐那種仗勢欺人的類型。

光靠我們幾個我有點不放心，如果迪亞斯願意幫忙的話就太好了。我正在思考這件事時，迪亞斯的神情忽然變得嚴肅。

「接下來……我想跟妳談點正事，可以嗎？」

他兩隻手肘撐在辦公桌上，雙手在面前輕輕交疊。

也就是說比起賽爾迪歐造成的麻煩，還有更重要的事情？

「那把劍——不是普通的劍吧？」

然後，冷不防地投下了一句震撼性發言。

『什……！』

「！」

迪亞斯的視線對準了我。他說的那把劍，必定就是我不會錯。

但是，這話是什麼意思？不是普通的劍？

「嗯，這把劍是魔劍。」

『對，回答得很好。』

魔劍本身就是一種頗為罕見的存在。應該能算在不普通之列。

然而，迪亞斯搖搖頭。

「或許它的確是魔劍沒錯，但應該有更不普通、不尋常的部分吧？」

「嗯……」

這下看來，我的真面目是真的曝光了？看芙蘭陷入沉默提高戒心，迪亞斯又說了：

「呵呵。妳一定不懂是怎麼穿幫的吧？可以請妳再對我做一次鑑定嗎？」

「？」

「好嘛好嘛，就當作是上一次當。」

嗯——就先照迪亞斯說的做吧。是他自己叫我們做鑑定的，想必不會因此不高興。再說，我也想知道我的真面目是怎麼曝光的。

我再度試著鑑定迪亞斯看看。

（師父？）

『嗯——？啊，好像多了幾個技能？』

能力參數等部分沒有變化。技能的等級也是。不同的是新增了兩個技能，鑑定偽裝與讀心。兩者皆為8級。另外，還追加了公會會長與A級冒險者這兩個稱號。

我把鑑定內容告訴芙蘭。

「看到了嗎？」

「嗯。鑑定偽裝與讀心。還有稱號。」

「答對了！妳知道有鑑定偽裝這種技能嗎？」

「嗯。」

「鑑定偽裝這種技能可以用來掩飾整體能力值，但也可以像我這樣將效果集中在想隱藏的技能或稱號上，將它完全隱蔽起來。我之前隱藏稱號，是為了避免身分曝光。別看我這樣，我其實還算小有名氣喔。」

的確像他這樣既是公會會長又是A級冒險者，難免會引人注目。微服出巡時會想隱藏這兩種稱號也能理解。

「再說，讀心技能可是我的祕密武器呢。」

迪亞斯能讀心，猶如猛虎添翼。這傢伙看起來擅長攻擊對手的弱點，用起這項技能一定更是厲害。

而且這下我們也知道鑑定偽裝的可怕了。做了鑑定以為摸透了對手的底，卻遭到不存在的技能攻擊。這在戰鬥中足以當成祕密武器。

「讀心可以用來反將對手一軍，也可以搭配技能忘卻使用。如果有鑑定技能的話就更簡單了，無奈我沒它的適性，怎麼練都學不起來。不過，反正武器技能或魔術一看便知，也沒幾個人能在使用技能時完全不經思考，所以光靠讀心也夠應付了。」

這我明白，但我注意到了更可怕的一件事。

讀心：解讀對象的些許思維

讀心技能正如其名，是解讀對手心思的技能。

假如應用這項技能，我的思考不就被看透了嗎？也就是說，不就會被對方發現我明明是劍卻有心智，能夠獨立思考嗎？

「呵呵呵，你很心急吧。是不是發現了？沒錯。我用讀心解讀了你們的思維，結果發現芙蘭揹著的劍具有自我意志。」

「！」

『慘了，連思考都被他看透了！』

「不過嘛，其實一開始只是湊巧。」

他說昨晚使用讀心，只是想看清芙蘭的戰意，如果芙蘭打算出手攻擊就早早走人。結果，他發現芙蘭在用意識與某人進行溝通。

「本來以為可能是小漆，但後來就近看妳跟人起爭執，我就確定背上的劍也在發出心靈訊息了。」

嘖，這下騙不過去了。可以肯定已經穿幫了。

他把芙蘭叫來，就是為了講這件事嗎？

「那麼，可以請妳告訴我，那把劍究竟是什麼嗎？」

（怎麼辦？）

『嗯——既然這麼多事情都曝光了，試圖隱瞞也只會惹得迪亞斯不高興……』

話雖如此，他講這些也沒有證據。似乎也可以一句話不知道拒絕回答。

況且我們也不知道迪亞斯有何目的。最糟的情況下，想把我搶去占為己有也不是不可能。

「哈哈哈。完全不相信我呢。別擔心，我不會害你們的，我以阿曼達的名字發誓。我欠了她很大一份人情，所以在她面前抬不起頭來。好嘛好嘛，我都把我的祕密武器告訴你們了，就幫我這個忙算是回禮，好嗎？」

迪亞斯如此說完，用天真無邪的笑臉再三拜託。雖然這些都不是謊話，可是……

好吧，可能也沒辦法了。我們要在這座城鎮逗留一陣子，不想與公會會長為敵。況且再怎麼說謊瞞騙，面對這個老奸巨猾的男人大概很快就會露餡吧。

『可以嗎？』

（嗯。沒辦法。）

『算我服了你了。』

算我們運氣不好被這種人發現。

「哦哦？剛、剛才的聲音該不會是……」

『對。我是芙蘭的劍。』

聽我這樣說，迪亞斯撞開椅子站了起來。那張臉上浮現驚奇的表情。

「哈哈哈哈！太厲害了，沒想到不但具有意志，竟然還能對話！而且跟人類沒兩樣！」

「嗯。師父很厲害。」

「師父？」

接著又是每次重複上演的對話。芙蘭解釋替我命名的經過，強迫對方稱讚我的名字。迪亞斯似乎很能察言觀色，不停稱讚芙蘭名字取得好。有點稱讚過頭了就是。

『所以，你找我有事嗎？還是說單純出於好奇心？』

「噢，抱歉抱歉。我還是第一次看到智能武器，興奮到都忘記原本要說什麼了。不是啦，我承認我對你很好奇，但我是想給你們一個忠告。」

「忠告？」

昨晚不是已經忠告過我們少用鑑定了嗎？

然而，迪亞斯的忠告與鑑定技能無關。

「你們的察知系技能等級很低，對吧？或者是用得不太上手？」

『為什麼會這樣想？』

「因為我使用技能時，你們不是完全沒察覺嗎？無論是讀心、思考誘導還是視線誘導都一樣。當然嘍，我算是比較擅長隱藏這方面的跡象。可是，你們也未免太缺乏防備了。該怎麼說呢……你們戰鬥力高強，又抱有必須隱藏的重大祕密，警戒心卻不夠。也可以說是兩者不協調。假如有把察知系技能鍛鍊得跟戰鬥力一樣強的話，面對我起碼會感覺到一點異狀才對。」

的確，我們的察知系技能沒戰鬥技能練得那麼勤。當然，經過多次艱困的戰鬥，我們技能是用得比以前更好。但是比起戰鬥系技能，在熟練度上還是有一大段差距。

「假如像艾爾莎那樣自認光明坦蕩的話是不用在意。但芙蘭與師父就不能這樣了吧？」

『好吧，你說得對。畢竟我的存在就是最大的祕密。』

「所以呢，我有個提議。我介紹你們一個不錯的修練場，你們何不下去看看？」

『修練場？你說下去，所以是地下城了？』

「正確答案。你們知道烏魯木特有兩座地下城吧？」

「嗯。」

「一般都說西地下城適合新手，東地下城適合老手。西邊陷阱較少，很多魔獸是正面進攻型，可說適合新手練等。相反地東邊陷阱較多，很多魔獸會用奇襲戰術。特別是下層的這種傾向更顯著，就連D級冒險者都曾經在那裡喪命。」

『整件事聽起來，你好像是要我們去東地下城修練？』

「就是這樣。那裡最適合鍛鍊感知系技能了。如何？雖然可能沒辦法迅速升等，但我覺得不會毫無收獲。一般來說要鑽進東邊，必須擁有西地下城的闖關實績，但我可以破例幫你們免除，怎麼樣？」

『我們本來就打算挑戰地下城，所以是無所謂……』

先不論能不能幫技能升等，至少可以練得更上手。如果能夠藉此練習鍛鍊起來比較缺乏效率的察知系技能，對我們也有好處。

但是，有件事讓我無法不去在意。

『你為什麼要為我們做這麼多？』

我不認為他替我們做這麼多會只是出於善意。

「哈哈哈，我可沒有在騙你們喔。但我這麼做，其實對冒險者公會來說也有利可圖。」

「？你說我鑽進東地下城？」

「沒錯。因為妳如果去西地下城，只會讓鎮門口的事件重複上演。西地下城都是下級冒險者，他們沒厲害到能看身法推測妳的實力，一定會找妳麻煩。這我敢打賭。」

武鬥大會即將開鑼，鎮上冒險者的人數想必會與日俱增。到時候那一類笨蛋應該會不減反增。冒險者公會大概覺得只要芙蘭不引發騷動，就謝天謝地了吧。

「鑽進東地下城的人都還算有點本事，冒險者人數本身也少。只要公會提出公開聲明，一定不會有人去煩妳。」

『所以才要我們鑽進東邊，而不是西邊啊。』

「這樣對雙方都有好處。如何？」

『芙蘭的想法呢？』

「我無所謂。」

「嗯嗯，聽到妳有意願我就放心了。」

也許是早就料到我們會答應，迪亞斯從桌子抽屜拿出東地下城的通行許可證，放在辦公桌上一推讓它滑向芙蘭。

拿起來一看，連芙蘭的名字都寫上去了。準備得也太齊全了。

迪亞斯這人雖然滿討喜的，但讓人很難完全信任他啊。

『檢查一下有沒有動什麼手腳。』

「嗯。」
芙蘭把迪亞斯給她的通行許可證翻過來翻過去，又對著燈光看看做檢查。
「怎麼了嗎？」
「嗯。怕上面動了手腳。」
「哈哈，當著本人的面這樣說太狠了吧。不用擔心啦。」
「……」
迪亞斯笑著澄清，但芙蘭的眼神仍然充滿疑慮。
迪亞斯似乎總算發現自己有多缺乏信用了。看他神情變得有些焦慮。
「相、相信我啦。我不會再對芙蘭惡作劇了。」
「……」
「真、真的啦！真要說起來，我之所以會對冒險者們惡作劇，也是為了他們好啊。」
「什麼意思？」
「我是出於老一輩的善意，提醒大家日常生活中不忘保持緊張感嘛。絕對不是因為我自己覺得好玩喔。」
「盯——」
芙蘭眼神直率，注視著表情十分到位地耍帥的迪亞斯。
「……好吧，我承認一半是出於興趣。」
「嗯。」

「對、對了對了！除了請你們去東地下城之外，我還有其他預防措施！」

改變話題改變得這麼明顯。不過反正我也想聽，就故意順著他的意吧。

『其他措施？』

「對啊對啊。我想了三個。」

三個？這麼多啊。

「首先，是對冒險者做出保護年少冒險者的布告。芙蘭妳有沒有發現，這個鎮上有很多年紀還小的冒險者？」

「嗯。」

「這個鎮上有兩座地下城，其中一個被列為E級。上層樓層的話即使是G或F級的冒險者，只要跟E以上的人組隊就能獲准進行探索。因此，那裡聚集了很多想累積經驗的下級冒險者。而且，對於不被准許探索其他地下城的G級冒險者來說，那裡也是國內唯一能探索的地下城。」

「所以有很多G級的小孩？」

「就是這樣。可是，像那樣的小孩特別容易被心術不正的人利用，或是在地下城裡被當成誘餌。」

「好過分。」

「是啊。雖說做冒險者這一行必須自己承擔風險，但我還是想盡量減少年輕冒險者遭逢不幸的狀況。我本來就在考慮制定一些罰則了。」

『所以芙蘭那件事剛好成了契機？』

「師父你說對了。」

「另外兩個呢？」

「一個是放出風聲說艾爾莎很欣賞妳。在烏魯木特沒有冒險者敢跟他作對。」

這我十分能夠理解。剛才艾爾莎才一現身，冒險者們就忽然變老實了。

也是啦，誰有膽子忤逆像他那樣的人？

「最後一個是？」

「盡快提升芙蘭的階級。」

「？」

『什麼意思？』

「芙蘭，妳對公會的貢獻是有目共睹的。再來妳只要達成的委託超過規定數量，就可以升上C級。」

「好驚訝。」

我也是。是在巴博拉的所作所為受到讚賞了嗎？

「畢竟妳在護衛友好國家的王族時得到了最高評價。聽說兩位王族對妳讚不絕口呢。」

看來是福特王子與薩蒂雅公主的護衛委託成了決定性關鍵。他們在申報芙蘭的評價時似乎給了最高分。

雖然因為我們是朋友，感覺有點小作弊，但就心懷感激地接受這份評價吧。

聽到只差一點就能升級，我能看出芙蘭在那百年如一日的表情底下靜靜燃燒著鬥志。

「我會非常加油。」

她在胸前用力握緊雙拳，面露只有我與小漆看得出來的正經表情表露決心。

「加油。烏魯木特的公會在冒險者升到Ｃ級以上時，會盛大發表當事人的名字。只要妳升上Ｃ級，妳的名字就會傳進全烏魯木特的冒險者耳裡，到時候就不會常常有人來騷擾妳了。」

不過也不可能完全沒有吧。可以想像一定有很多人光是看到小孩升上高階就不爽，也應該會有人來找麻煩。不過，只要人數能大幅減少就值得感謝了。

「我介紹一些能在東地下城達成的委託給妳。妳只要完成這些委託就行了。這樣不但可以進行修練，還能提升階級。」

說完，迪亞斯向我們出示大約三十份的委託書。

就像東地下城的通行證一樣，這些似乎也是事前就準備好了。準備得真是夠充分。

這本來可以為他塑造出能幹可靠的公會會長形象……但我就是無法信任他。總覺得這老先生一看就像是背後在打什麼主意。

大概是因為被他惡作劇過好幾次吧。

「想讓芙蘭提升階級，還得再達成二十三個Ｄ級以上的委託才行。這些全都交給妳，妳就挑些似乎可以達成的委託做起吧。」

「好。」

『那就不客氣了。』

說到這個，他說得好像我們能直接進入地下城似的，但在那之前不是還得通過審查嗎？

克林姆給的介紹信白費了。

不過，好歹也是公會會長讓我們帶著的介紹信，還是給他看一下好了？

「這個。」

「這是……亞壘沙公會的紋章啊。」

「是克林姆給的介紹信。」

「咦？克林姆閣下給的？」

「嗯。」

芙蘭才剛一點頭，迪亞斯霎時變得面無人色。鐵青到我都替他擔心了。

咦？老爺爺你沒事吧？

「話、話說回來，芙蘭？」

「嗯？」

「那個——妳不會把我試著嚇嚇妳的事情，告訴克林姆閣下吧？」

怎麼突然說這個？聲音肉麻得要死。

「為什麼這麼問？」

「嗯。我看還是老實拜託你們比較好，所以我就實話實說了。克林姆閣下對我來說是冒險者前輩，我剛入行的時候受過他許多照顧。坦白講，我在他的面前抬不起頭來。乾脆就明說了吧，我很怕他。」

我甘冒被發現的風險用謊言真理做了確認，他沒撒謊。似乎是真的很怕克林姆。幸好介紹信沒變成紙屑。甚至搞不好變成了最強的殺手鐧？

「下次再對我們做出奇怪舉動，我就向阿曼達還有克林姆告狀。」

「對不起。我再也不敢了。」

公會會長的跪地求饒，應該不是想看就能看到的吧。真遺憾這世界沒有相機。

總之，這下迪亞斯應該就不會再對我們做出奇怪的惡作劇行為了。

「嗯。」

「遵旨～」

芙蘭叉開雙腿高舉克林姆的介紹信，迪亞斯在面前俯首跪拜。這場面真讓人想喊一句：「本案結束！」

在離開公會長辦公室之前，我們問他是不是只要提升察知系與感知系的技能，在被對手使用技能時就能感覺到。

「嗯——這個嘛。比方說，鑑定是具有高度隱密性的技能。我是因為有鑑定察知才能看穿，如果沒有就難了。還有鑑別力等識破系的技能也是。」

大概就是因為這樣，一些問心有愧的傢伙才會特別敏感吧。搞不好一不注意，自己的祕密就被揭穿了。

「但是，思考誘導或技能忘卻等等就很難不動聲色了。到了我這個程度，立刻就能察覺對方用了某種技能想干涉我的思考。」

像鑑定或是鑑別力，說穿了就是單純用眼睛看的技能。說成目視或觀察也行，總之就只是解讀對手的個資而已。

但思考誘導等技能是干涉對手的思考。被察覺的可能性自然大不相同。以我手邊的技能來說的話，鑑定或謊言真理的測謊能力不容易被看穿。但技能掠奪就比較容易穿幫。

「想達到不用鑑定察知技能就能察知鑑定動作的水準，需要一番苦練。但如果是要察知干涉系技能的話，我想鍛鍊到一定程度就夠了。」

『知道了。謝謝你的忠告。』

「嗯嗯。強烈推薦你們去東地下城做鍛鍊。」

「嗯。那我們走了。」

「改天見。克林姆閣下的事就請妳多幫忙了！」

聽著迪亞斯在背後懇求，我們離開了辦公室。

『去資料室收集地下城的情報吧。』

「嗯。」

『時間有限，事前的調查工作要速戰速決。』

還得在天黑之前找好旅店，更重要的是還要找到一位人士。

『不知道格爾斯老先生還在不在這個鎮上？』

兩小時過後，我們一邊尋找格爾斯老先生的下落，一邊在烏魯木特鎮上四處漫步。

與我們在亞壘沙道別的格爾斯，大概早就趕在我們之前抵達烏魯木特了。應該說是我們來得太慢了。

我認為格爾斯老先生肯定已經來到了這鎮上。因為就跟亞壘沙一樣，我看到過幾個冒險者手持可能出於格爾斯老先生之手的上等鋼鐵劍。

上前詢問之下，果然是格爾斯打造的武器。我們問他們是在哪裡買的，大家回答的店名卻都不一樣。看來他是租了不只一間店面，每天換地方做生意。

我們去了幾家武器店打聽消息，又側耳傾聽路上冒險者們的談話。

大家幾乎都在談地下城或武鬥大會的話題，沒聽到關於格爾斯的事。不過，我們從某個冒險者三人組的閒聊中，聽見了一件值得注意的事。

「一個晚上就攻陷了邪神信眾的要塞？講到米勒尼亞要塞，那不是他們在全世界最大的據點嗎？」

「應該說，也就只有那裡會聚集那麼多信眾吧。還有傳聞說，甚至有些傢伙獲賜了邪神的力量喔。」

「咦？邪神連那種事都辦得到？還以為就是一群罪犯或瘋子在崇拜邪神呢。」

「老夫也沒見過他們。但是聽說啊，似乎就像邪惡哥布林或邪惡地靈那樣，能夠以邪神之力提升自我力量哩。」

「要是出現那樣的一群人，就難以對付了。是不是哪個國家正式出兵討伐了？」

「米勒尼亞要塞可是位於雷鐸斯王國耶，那個國家哪會那麼好心啊。拿來利用還差不多。」

「那到底是誰攻陷的嘛？」

「老夫怎麼會知道？不過，聽說似乎是鬧了內鬨。老夫有個熟人當時正好在附近，從逃出來的小嘍囉口中聽到的。好像說是一個出外差的最高幹部才剛回來，當天就引發了騷動哩。那個幹部整個人變得活像隻魔獸，把其餘幹部一個不剩統統砍死。又聽說那人變得面目全非，大聲狂笑著說『讓我吞噬你的力量！』，看起來活脫是個怪物。」

「天啊──什麼跟什麼啊。」

「這是在講鬼故事嗎！」

「不不，句句屬實。只是老夫也是從別人那兒聽來的，所以或許誇大了一點就是。」

光是聽到有個邪神信徒要塞就夠讓我吃驚了，那個要塞竟然還已經淪陷了。而且是自己人窩裡反。

（他們說的，是桀洛斯里德嗎？）

『芙蘭也這麼覺得嗎？』

不管怎麼想，我看就是桀洛斯里德為了同類相食而屠殺同夥吧。繼續放著桀洛斯里德不管，搞不好那傢伙會自動把他以外的邪神信徒撲滅乾淨？然後，到了最後再打倒桀洛斯里德就清潔溜溜了。只是不知道桀洛斯里德到時候會變得多強就是。

（咕嚕嚕。）

小漆鬥志旺盛。畢竟牠直接跟桀洛斯里德交手過，應該有牠自己的想法吧。

（總有一天要打倒他。）

對喔，芙蘭也是。在巴博拉讓他跑了，現在似乎已經跟澤萊瑟一同名列芙蘭的有朝一日必殺名單。

『好。所以我們得變得更強才行。』

（嗯。）

（嗷！）

後來我們繼續沿路拾取傳聞，走在烏魯木特鎮上。然後到了第三家鍛造鋪，才終於找到一個人認識格爾斯老先生。這人跟格爾斯老先生一樣，都是矮人鍛造師。

「那麼，他已經不在這鎮上了？」

「是啊，他聽說了巴博拉的消息，想去盡一份力量，幾天前就出發了。」

沒想到竟然錯過了。

「他說會趕在武鬥大會開始前回來啦，你們在鎮上等他便是了。」

「好。」

「姑娘妳的事情老子聽格爾斯說過。這就是命名裝備啊……太令人讚嘆了。」

男性鍛造師兩眼發亮地看著黑貓系列。我知道他是在看裝備，但看在旁人眼裡活像個一臉恍惚欣賞幼女的變態。

事實上，經過我們面前的行人也都用難以言喻的眼光看著男子。其中還有人表情嚴厲地瞪著他。希望他不要去通報士兵。

男子似乎完全不把他人眼光放在心上，不時還摸摸外套的布料。芙蘭似乎也高興聽到自己的裝備被稱讚，隨便他看。

觀察芙蘭的裝備大約五分鐘後，男子好像總算是滿足了。他笑容燦爛地向芙蘭道謝。

「哎呀，真是賞心悅目。老子很久沒看到這種好貨了，為了謝謝妳，妳待在鎮上的期間只要來找老子修理裝備什麼的，老子會算妳便宜點。還有就是幫妳籌措進地下城需要的道具。」

『對了，能不能順便請他介紹旅店？』

「嗯。你知不知道哪家不錯的旅店？」

「還沒選好嗎？那老子推薦大街上的地窖劍亭。那裡的酒可香了。」

不愧是矮人，重視的是這點。可是，酒客聚集的旅店不會很吵嗎？

「酒館設置在地下所以不會吵啦。」

「好。我去看看。」

「嗯。要再來喔。」

「嗯。」

後來，我們去了男子介紹的地點，發現是一間外觀沉厚、氣氛穩重的旅店。

我們也看了一下地下酒館，發現店內像是酒吧，不是喝酒吵鬧的那種氣氛。用餐的飯館是獨立設置，感覺就是一間普通的大眾餐館。餐館不賣酒，因此也就比較沒人吵鬧，這樣應該不用擔心噪音問題了。

房間也很乾淨，床鋪又鬆又軟。而且如果是小型化狀態的小漆，只要另外付錢就能進房間。

真是替我們介紹了一間好旅店。

「嗯，不錯。」

「嗷。」

芙蘭他們似乎也都很喜歡，太好了。他們馬上就跳到床上，一臉滿心歡喜的樣子。

『那麼，接下來要做什麼？』

「當然是地下城。」

「嗷嗷！」

有幹勁是好事，反正也得達成委託才行。地下城的相關情報已經在公會調查好了。

『那麼去之前，好歹先把委託書看過一遍吧。』

「差點忘了。」

總之我們先把委託書一份份擺在床上。

不過，接下這麼多委託沒關係嗎？被其他冒險者知道的話可能會說公會偏心。

『芙蘭，這些委託書的事情，還是不要跟其他冒險者說比較好。』

「嗯。」

話雖如此，這些有一半是討伐委託，而且就跟討伐哥布林什麼的一樣，是沒有上限與期限的長期委託。

另一半則是素材交貨委託。

「高等食人魔的角，還有食人鼴的爪子。」

『都是沒聽過的魔獸。』

「嗷。」

『呃——根據從資料室抄來的魔獸情報，應該是從東地下城的第十層以下開始出現。』

「好期待。」

畢竟是派給D級冒險者的委託，下級冒險者很難抵達這個區域。據說東地下城對F級以下的冒險者只開放到第九層。

『幽靈犬，還有暗黑追蹤者。果然有很多以隱形偷襲為主要戰術的敵人啊。』

跟迪亞斯說的一樣。這樣的確適合用來鍛鍊察知技能。

後來，我們花了很長的時間繼續確認委託書。

芙蘭與小漆已經完全看膩了。雖然說我會記得，但收集情報可是冒險者的基本能力耶。真希望芙蘭在這方面的專注力可以再維持得久一點——

不過好吧，討厭念書的芙蘭能瞪著委託書長達一小時，或許反而該說有進步了？以前的話才看五分鐘就會開始點頭如搗蒜了。

『那就走吧。』

「等等。還沒有要走。」

哦？該不會是想多背一點情報再走之類的？

「吃過飯再去。」

「嗷！」

『噢，我想也是——』

第二章　攻略地下城

在飯館吃過飯後，我們即刻動身前往地下城。

順便一提，餐點品質似乎還不錯。至少芙蘭與小漆三兩下就吃掉了五人份，一臉心滿意足。

我們跟旅店老闆娘問了一下地下城的位置，得到了十分簡潔的說明：

「要去西地下城就往西要塞走，東地下城的話一直往東要塞走就到了。」

她說地下城就在我們從城鎮外看到的那兩座圓筒形巨大建造物當中。正確來說，那兩座要塞就是圍著地下城蓋起來的。

「為什麼會這樣？」

「這是因為雖然現在大家都習慣了跟地下城共存，但以前根本沒人相信公會長與地下城主締結的契約呀。」

好吧，這也是理所當然。

對於並非冒險者的一般民眾而言，地下城主不過是個不共戴天的敵人。

當初迪亞斯與地下城主締結契約時，據說大多數人都對地下城抱持懷疑態度，將其視為危險存在的意見占了大多數。

於是，克蘭澤爾王國為了安撫民心，必須做出一些對策給民眾看。例如就算地下城主毀約，只要像那樣用厚牆圍起，就能在魔獸入侵地表前阻止大軍進犯。

圍繞城鎮的牆壁也是同樣的用意。就算環繞地下城的要塞被突破，還有城鎮的圍牆作為第二層護欄。

有了這重重對策，許多國民也該放心了。

但是，首當其衝的烏魯木特鎮民又做何感想？最糟的情況下，城鎮可是會變成戰場的。

我們問過了老闆娘，但她說烏魯木特的居民反而樂於擁有地下城。大多數居民都是知道這裡有地下城，才移居過來的冒險者或商人等族群。

「這附近原本就是由地下城攻略者發展起來的前線基地。如今可以安全地進行攻略，基地就變成了城鎮。沒必要現在才來大驚小怪啦。」

看來民眾對於地下城的風險都有心理準備。毋寧說地下城正是他們的生財工具，所以反而認為必須小心維護。關於圍繞城鎮的城牆等設施，也只覺得是國家出錢蓋的所以算賺到。

不愧是粗獷的冒險者與精明的商人聚集發展的城鎮，居民們都沒在怕的。

「好期待。」

『我也是。』

不知道會是什麼樣的要塞？

我們照老闆娘說的，眼睛看著東要塞不斷往前走。

然而，這段路走起來可不簡單。

烏魯木特的街景，就好像把都市計畫不知擺到哪裡去了似的，構造宛如迷宮。

而且越是靠近要塞，路線就越是複雜。

要塞周邊連街景都很老舊，似乎是鎮上歷史最老的地區。大概因為建造時期較早，所以絲毫沒考慮到建築法規或外觀，就只是任由該地區雜亂發展吧。

有時要爬坡，有時走到死胡同必須掉頭，有時越過架在半空中的天橋，就這樣足足走了一小時。

東地下城總算出現在我們的眼前。

「這裡就是地下城？」

「嗷？」

『是啊。從那扇小門走進去，應該就會看到地下城的入口了。』

就近一看，這座要塞還真大。而且一看就知道不是普通的要塞。

既沒有挖壕溝，大門也很小。連窗戶都沒有。不過雖然名稱叫做要塞，終究只是用來封印地下城的設施，所以也很合理就是。

據說樓上真的有士兵常駐，有事可以立刻出動。

蓋在門前的接待處前面，有十個冒險者在排隊。似乎是兩個隊伍在等候辦理入場手續。

『總之先排隊吧。』

「嗯。」

我們也去排隊。

但是，我們非常引人注目。排在芙蘭前面的幾個冒險者，都在用品頭論足的眼光打量她。

不過，沒有任何人過來煩她。

大概是東地下城以D級以上的冒險者居多，都感覺得出來芙蘭不是泛泛之輩吧。

還有，小漆的存在也造成了很大影響。牠現在變回原本大小幫忙擋麻煩，威懾感非比尋常。

即使是多少比較不聽管束的冒險者，似乎也不太敢跑來找一頭巨狼打架。

不過在鎮上或通道狹窄的地下城內部，就不能用這招了。

「下一位──哇，超大！超大一匹狼！」

「怎、怎麼了！幹嘛忽然大叫！」

受理入場審查的士兵，一看到小漆就大叫出聲。

接待處搭蓋了用來遮風避雨的屋頂與牆壁。或許有點像是車站裡那種彩券攤吧？

剛才似乎是被牆壁擋住，他們才會沒看到小漆。

而突然出現在眼前的小漆，好像把他們嚇了一跳。

「啊，抱、抱歉！一時有點嚇到。」

「小姐不好意思，都是這個笨蛋大驚小怪。」

士兵急忙低頭，開口道歉。比起在鎮門口遇到的士兵們，態度好太多了。看起來也比較有修養，低頭致歉的模樣也能感覺出誠意。

最重要的是，對芙蘭似乎沒有蔑視之意或邪念。芙蘭也很驚訝。

這使得芙蘭對士兵們投以懷疑的目光。似乎是在猜他們肚子裡是否在打壞主意。

「盯──……」

「請、請問怎麼了嗎？」

士兵被芙蘭抬眼注視，目光有些畏縮地四處游移。

「你在打什麼主意？」

啊啊，竟然直接問出口了。士兵突然被這樣一問，表情頓時變得納悶不解。

「打、打什麼……主意？」

「您說我們嗎？」

「嗯。你們跟鎮門口那些士兵完全不一樣。」

一聽到芙蘭這麼說，他們似乎就有點明白了。

「噢，我猜您是碰到一些狀況了吧？」

「因為認真做事的人都被派去巴博拉了嘛。」

「如果您有過什麼不愉快的經驗，我向您道歉。」

士兵們紛紛道歉，一面確認芙蘭出示的公會卡，一面跟我們解釋事情原由。

他們說在烏魯木特為了管束冒險者，並且作為對地下城的防備，士兵都必須是本領高強的人才。為此，就算品行多少有點瑕疵，只要實力夠強就會被提拔。當然，品行不良者只在少數，大多數士兵都很認真工作。

但是，當烏魯木特需要派遣士兵前去援助巴博拉時，反而不適合外派那些會鬧事的傢伙，結果派出的大多都是平常主掌事務、做事認真的士兵。

如此一來導致平常負責在城鎮外狩獵魔獸，或是靠武力逮捕罪犯的一些粗暴分子被調回來主掌鎮上警備工作，導致治安惡化。還聽說很多時候甚至是士兵自己鬧事。

特別是城鎮外的巡邏工作優先考量的是戰鬥能力而非品性，所以性情惡劣的士兵難免占了多數。

「不過外派的那幾個應該再過不久就會回來，公會會長還有各位高階冒險者也會幫忙巡邏，我想這些亂象很快就會恢復正常了。」

「勸妳最好也小心一點。因為妳怎麼看都不像是冒險者。要不是出示了公會卡，我們也會覺得難以置信。」

「我看妳應該破了挑戰東地下城的年齡最低紀錄喔。」

「好，登錄完成。這樣子，地下城的攻略情報等等就會記錄在公會卡裡了。」

他們剛才把公會卡拿去對著一顆水晶球，看來那似乎是一種特殊的魔道具。

「記錄？」

「是啊，就是打倒的魔獸數量，或是走完的樓層情報等等。還有委託是否已經達成，也是一看就知道。」

這樣要報告討伐委託完成也比較簡單，真是方便。

反過來說也就表示無法作假，但我們完全沒那種打算，所以可以忽視。

「有一點必須注意，就是每座地下城都得另行登錄。妳如果要去其他城鎮的地下城，就得在那座城鎮重新登錄。」

「懂了。」

「好，這個還妳。」

士兵把公會卡還給芙蘭。好，這下就可以鑽進地下城了吧。

（走吧。）

（嗷！）

『一開始要慢慢來喔。聽說陷阱很多。』

（嗯，知道了。）

仔細想想，這是我們第一次靠自己進入高難度地下城，在習慣之前謹慎一點才不會出錯。我可不要冷不防中個陷阱丟掉半條命。

（嗷。）

『小漆除了有危險的時候以外，發現陷阱都不用告訴我們，這樣我們才有機會練習。』

我們從接待處往前走，站到大門前。

由於需要用來阻擋魔獸，鐵門做得十分堅固。不過差不多就兩公尺高吧。

想必是因為做得太大反而利於大型魔獸通過。

門邊的士兵操縱牆上的拉桿後，要塞大門自動敞開。我看見了些微的魔力流動，看來是用魔道具來開關大門。

「不要硬撐喔。」

「嗯。謝謝。」

芙蘭與士兵講過一兩句話後走進要塞，內部是石牆構成的圓頂建築。

牆上開有無數小孔。應該是魔獸從地下城湧出時用來攻擊的箭眼。
另外朝向圓頂內側，還搭蓋了像是拒馬的裝置以及壕溝。這些大概也是用來抵擋魔獸的軍事設備吧。
在這座圓頂建築的中心，有一棟小型祠堂般的屋子。
『那就是地下城的入口嗎？』
「好小。」
「嗷？」
繞過拒馬與壕溝靠近一看，祠堂裡有個通往地下的階梯。
以一座知名地下城的入口來說還真小。
但是，大意不得。畢竟對手可是地下城呢。
『好，我們走。』
「嗯！」
「嗷！」
我們重新鼓起幹勁，走下階梯。
謹慎地沿著螺旋階梯往下走時，芙蘭像是忽然想到般開口了⋯⋯
「對了，我本來以為師父會阻止我。」
『阻止什麼？』
「升上C級。因為會引人注目。」

『哎，是沒錯。但現在擔心這個太遲了吧？因為芙蘭妳不是想參加武鬥大會嗎？』

「嗯。」

『既然這樣，反正很快就要變成矚目焦點了。』

「的確。贏了就會引人注目。」

『哈哈，就是這樣。』

「嗯。」

的確，我們之前行事都避免過度招搖。

好吧，其實像芙蘭這樣的美少女不可能不引人注目，但我們從未主動做出打響名聲之類的行為。一方面是為了隱瞞我的存在，另一層意義則是預防被貴族或高官盯上。

但芙蘭很有意願參加武鬥大會，況且我判斷在烏魯木特引人注目反而比較不會惹上麻煩。

講著講著，我們已經來到了地下城第一層的入口。

狹窄的石造通道一路往前綿延。

高度與寬度都不夠，無法讓小漆變回原本大小。

「小漆練習以現在的大小戰鬥。」

「嗷。」

不需要準備光源。天花板上長有類似光苔的植物，發出微光照亮了通道。儘管無法看清每一個角落，但還不至於需要點燃火把。

我們一邊使用感知系與察知系的技能，一邊在通道上慢慢前進。

『忽然就來了個三岔口。』

「要走哪一條？」

『嗯——理論上來講，應該是左邊吧？』

就是所謂的左手法則；把左手放在牆壁上前進，遲早可以走到終點的那個。聽說右手也行就是了。

但是，這項法則有幾個漏洞。比方說終點位於密室之內，或是即使位於同一樓層，卻是採用了階梯或梯子的立體構造等情況。還有，如果終點設置在房間中央等不靠牆的位置就不管用了。

順便一提，我們為了達成委託而查詢了魔獸相關情報，但沒有調查陷阱或地圖方面的情報。因為如果照著地圖走就不算是修練了。

必須四處摸索前進，靠我們自己克服陷阱或魔獸才有意義。

「那就左邊。」

芙蘭想都沒想就決定了路線。

好吧，反正一開始走哪邊都行。

『那麼，我們走吧。』

「嗯。」

目前感覺不到魔獸或陷阱的存在。大概就這樣走了幾分鐘吧。

「嗚。」

『哦。』

我們同時感覺出了某種氣息。

芙蘭指著通道的一隅。

「那裡有東西。」

『芙蘭妳也發現了啊。是影蛇。』

在光苔光照不及的通道角落，一條黑蛇藏身於薄暗之中。

儘管名稱叫做影蛇，但牠並不會使用闇魔術等法術。是因為牠會藏身於陰影或暗處之中逼近，無聲無息地咬人才有此名。

「小怪。」

「嗷呼。」

『好嘛好嘛，好歹也是來到這地下城的第一隻獵物啊。』

大小跟日本四線錦蛇差不多，毫無攻擊力可言。除了擁有趁夜潛行與氣息察覺技能之外，就只是一條連毒性都沒有、普普通通的蛇。老實講，大概穿個靴子就能擋掉這傢伙的攻擊了。這地下城號稱難度很高，但一開始似乎不會出現太強悍的魔獸。

一般冒險者遇到的話都會直接忽視。

吃也不好吃，魔石小得可憐，經驗值也超低。特地挖出魔石反而是浪費時間。但是對於渴求魔石的我來說卻是不能錯過的獵物。

於是，芙蘭瞬間殺死那蛇。得到的魔石值只有1，毫無半點滿足感。但是為了變強，我必須腳踏實地賺取魔石值。

『好，就照這樣子繼續前進吧。』

「啊，又出現了。」

『太好了。』

可能是知道被芙蘭發現了，兩條黑蛇吐著蛇信威嚇我們。這層樓難道都只有影蛇嗎？管他的，總之速速打倒再說。

我們就這樣一路宰殺可憐的小蛇前進，忽然間芙蘭停下了腳步。

『怎麼了？』

「……陷阱。」

『哦，在哪裡？』

「那邊的地板。」

我用全存在感知技能，試著觀察芙蘭伸手指著的地板。

的確有點不對勁。至今我幾乎沒試著感知過陷阱，所以可能得花點時間習慣。即使如此，我慢慢用技能拾獲情報，就發現那裡有個感知重量放箭的陷阱。

『原來如此。』

芙蘭之所以比我先察覺到，想必是託腳底感覺技能的福。這種技能能夠用腳底感覺出些微突兀感或振動，使得她隱約察覺到走路時有振動傳回腳底。

只是這項能力，對我來說沒有意義就是了。好吧，假如我貼著地面或牆壁移動的話或許多少有點效果，但我才不要被拖在地上走，況且那樣一定會鏗啷鏗啷的吵死人。

『那就來解除吧。芙蘭，妳要試試看嗎？』
「嗯。」
解除陷阱這方面，能使用念動的我比較拿手。反正攻擊系的陷阱幾乎一碰念動就自然失效，真的不行最後直接發動就好了。
不過，讓芙蘭體驗一下解除方法總是不會吃虧。
『那麼，這給妳。』
「嗯。」
我們也在冒險者公會買了陷阱解除工具帶來備用。裡面有鑷子、細長刀具與黏膠等等，似乎是斥候系職業愛用的全套工具。
陷阱有多種解除方法，現在芙蘭嘗試的是讓陷阱失效。亦即解析內部構造，直接解除機關，或者是加以破壞使其無法啟動的方法。
就我看來，這應該是重量把地板下壓後拉動鋼索，從左邊牆壁上的洞射箭攻擊的機關。想要解除可以用某種緩衝塊卡住地板讓它動不了，或是謹慎地割斷鋼索。
芙蘭似乎選擇切斷鋼索。
她將刀具塞進地板方塊的縫隙間滑動。
目前還在第一層，陷阱本身難度較低，要解除不難。箭的射擊軌道也是只要蹲下就能躲開，最不濟可以蹲下伸手去壓地板，這樣就能解除了。
應該說只要繞過那塊地板，連解除的必要都沒有。

哎，就當作是訓練吧。

「嗷呼。」

『哦，你解決了蛇啊。』

「嗷！」

芙蘭沉迷於解除陷阱時，小漆瞬殺了靠近過來的影蛇。對於正在專心解除陷阱的冒險者來說，即使是小怪也很棘手。正在忙的時候假如被攻擊，最糟的情況下可能會誤觸陷阱。

這樣想來，影蛇或許也算得上是夠危險的魔獸。

「……完成了。」

『嗯，看起來沒問題。』

「嗷！」

地下城具有自我修復功能，這個陷阱也會在幾小時後恢復原狀。這就表示其他人解除的陷阱，在我們通過時也已經恢復原狀了。

「找下一個陷阱。」

看來她覺得解除陷阱很好玩。表情開開心心地開始找陷阱。

『比起做得不情不願應該進步得比較快，是沒什麼不好啦。』

「……找到陷阱了。」

芙蘭高高興興地跑向找到的陷阱。

再這樣下去，要是她說想從劍士轉職成斥候職業怎麼辦？

「我來解除，可以嗎？」

她兩眼發亮，拿出陷阱解除工具。看來她是把這當成解謎遊戲還是什麼的了。

『解除陷阱有這麼好玩嗎？』

「嗯！」

芙蘭雙臂抱胸叉腿站立，注視著設置在牆上的陷阱。態度認真得簡直像個專業技師。

然後可能是摸索出了某種程度的解除步驟，哼著歌開始動手。

「哼哼～」

『我們來戒備周遭情況吧。』

「嗷。」

就像這樣，我們一路找出陷阱加以解除，在地下城裡通行無阻。

目前還在第一層所以魔獸很弱，陷阱都很簡單。路線也沒那麼複雜。

當我們發現通往地下二樓的階梯時，所有人都還毫髮無傷。

『怎麼做？』

「趕快去第二層吧。」

「嗷！」

芙蘭與小漆還真是幹勁十足。況且在第一層可能也達不到多好的訓練成果，快快下樓或許才是正解。

『第一層的感覺就像是試玩區呢。』

「嗯。」

『還是去更有挑戰性一點的樓層吧。』

「我想去有更多陷阱的樓層。」

『看妳完全迷上解除陷阱了。』

總之先在第二層看看情形吧。

假如跟第一層的難度差不多，那就快快前進比較好。

況且在公會拿到的委託書，幾乎都得前進到第十層以下才能達成。

『話雖如此，還是不能大意喔。』

「我知道。」

雖說是淺層，終究還是地下城。我們一面戒備周遭情況，一邊走下階梯。

一看之下，發現眼前的景觀幾乎與第一層的入口無異。地板與天花板的材質，還有明亮度都幾乎一樣。

從小房間延伸出三條通道。這也跟第一層一樣。

要不是房間中央貼心地標記著「２」，我說不定會以為被傳送回第一層去了。

「還是左邊？」

『也沒差吧？』

反正也沒有其他情報。

『那麼，就來看看第二層會出現哪種敵人吧。』

「希望有值得挑戰的陷阱。」

『是啊。』

雖然我們這樣說——

但是一直到地下四樓，我們都一路暢行無阻。因為不管是魔獸還是陷阱都實在沒什麼。

也沒看到其他冒險者的蹤影。大家大概都走最短路線，直接衝過這幾個沒賺頭的樓層吧。

事實上，我們也在途中感覺到，有個比我們晚進地下城的隊伍快步超越我們。那時芙蘭正在解除死胡同裡沒必要理會的陷坑，因此對方沒注意到我們；要是被看到的話一定會搞不懂我們在幹嘛吧。大概也只有我們幾個怪人會不看地圖，還沿路費勁地解除陷阱。而且還是位於死胡同裡，解除了也毫無意義的陷阱。

「……」

芙蘭本來迷上了解除陷阱，但從不久之前就顯得不大開心。

大概是陷阱都太簡單，讓她厭倦了。黑尾巴緩慢地搖來搖去。

再這樣下去，她可能會對解除陷阱本身感到厭倦。

身為冒險者不該有這種願望，但是拜託，快來一個很難的陷阱吧！

也許是老天聽到我的祈求了。

芙蘭在地下五樓的入口旁邊忽地停下了腳步。

然後，一言不發地瞪著地面。

「……」

陷阱的難易度明顯上升了。

第五層的陷阱構造複雜到讓人開始猜想至今的陷阱，搞不好都是用來讓冒險者練習解除的教學課程。

「唔……」

謝天謝地。芙蘭雖然對陷阱的複雜發出呻吟，但還是顯得非常開心。她從各個方向檢查陷阱，大概是在腦中擬定解除計畫吧。

芙蘭正在這樣解除陷阱時，有個氣息逐漸接近我們。

想到對方是從第四層的階梯下來，應該是正在攻略地下城的隊伍。

感覺起來可能有六人？他們似乎能在某種程度上消除氣息，但沒能完全隱蔽掉。看得出來芙蘭一面調整陷阱，一面對那些人保持警覺。

我們這時候，待在從入口分成三條的通道中靠左側的通道口解決陷阱。

我們讓小漆先去探路，得知前方似乎是死胡同，所以應該不會擋到後續隊伍的路。

雖然會被他們看到芙蘭白費工夫解除陷阱，但沒辦法。

如果只是被取笑的話不用跟他們計較，但如果來找碴——就看著辦吧。

「咦——妳不是芙蘭嗎！」

「依妮娜？」

看來不用我擔心了。

我們有見過從階梯走下來的這六人組。正是昨天才在冒險者公會認識的D級隊伍「雛鳥棲木」。

我發現芙蘭放鬆了戒心。從他們身上感覺不到惡意或歹意，依妮娜與芙蘭又是同族。這是無可奈何。

話雖如此，我與芙蘭也不會完全卸下戒心就是了。

在地下城這種非日常的空間，只有外行人才會對昨天剛認識的冒險者毫無防備。芙蘭也是，對依妮娜以外的人仍然抱持戒心。

然而，依妮娜似乎屬於不太會看場合的類型，面帶笑容跑來芙蘭的身邊。

「妳在這裡做什麼呀？」

依妮娜似乎心態上也把芙蘭當成了同胞。她毫無戒備地站在芙蘭背後。

這方面的危機管理不足，大概就是她身為冒險者還有待精進的部分吧。

雷斯特、查納姆與加良等D級冒險者見狀，都一臉傻眼。他們則是不失專業，仍然對芙蘭保持最低程度的戒心，也知道芙蘭在提防他們。

「不好意思。」

「嗯。」

隊長雷斯特的這句話當中，似乎藏有各種含意。

抱歉打擾妳做事，抱歉在妳抱持戒心時毫不客氣地靠近，抱歉我們沒把她教好；大概就這些吧。

依妮娜好像沒聽懂這段對話的意思，歪著腦袋。不過，她似乎決定聽不懂的事情就別多想。

她從芙蘭背後探頭看她的手邊工作，問她：

「欸欸，芙蘭妳在做什麼呀？」

「在解除陷阱。」

「咦咦？可是，這前面沒路了，解除陷阱也沒意義耶。」

「我在練習解除陷阱。」

「原來如此，畢竟獨行冒險者像這種事情也都得自己來。做這種訓練是應該的。」

「哦——！真了不起！」

聽到雷斯特這麼說，依妮娜一臉欽佩地想摸芙蘭的頭，但急忙把手縮了回去。似乎是發現人家在解除陷阱時實在不該亂碰對方。

「好啦，不要再打擾人家了。我們該走了，依妮娜。」

「好～」

雷斯特一邊走向似乎是正確路線的右邊通道，一邊呼喚依妮娜。

她似乎多少也有自覺，知道打擾到芙蘭了。

依妮娜神情依依不捨地站起來。

「芙蘭，妳要小心喔。」

「依妮娜也是。」

「下次見面的時候，我們再聊個過癮！」

「嗯。」

依妮娜一邊揮手一邊離去，芙蘭帶著靦腆微笑輕輕揮手。真是嚇了我一跳。好吧，看在別人眼裡也許只是一個小小微笑，但讓我或小漆來看卻是最燦爛的笑容。

似乎是跟依妮娜約好碰面讓她很高興。因為這就表示，她們絕對還能再相見。

『真替妳高興。』

「嗯！」

跟依妮娜重逢讓芙蘭心情變好，發揮了更高的專注力。

她一邊解除發現到的所有陷阱，一邊意氣風發地勇闖地下城。說是這麼說，但陷阱難度變高使得我們的闖關速度稱不上快。

當抵達通往第六層的階梯時，耗費的時間比從第一層走到第五層的時間全部加起來更長。可見花在解除陷阱上的時間越來越多了。並不是只要有幹勁就能讓解除速度加倍。

然後從第六層起，陷阱的難度又上升了。

「師父。」

『嗯。不過竟然在下樓階梯的最後一階設置陷阱，配置位置也越來越狡猾了。』

「嗷。」

『而且難度好像也很高。』

「嗯。」

這才第一個陷阱，就比第五層最複雜的陷阱更難解。我們用回聲定位清查了一下內部，發現構造相當複雜。誇張到我都懷疑是不是在地板下埋了畢達哥拉斯裝置了。

想要解除這個，天曉得需要花上多少時間。要是我的話只會遠遠丟個東西，讓它發動就算了。事實上，先走一步的依妮娜他們應該就是這樣解除的。

「我會加油。」

然而，芙蘭反而很有幹勁。

我要是現在說別解除了隨便讓它發動就好，她絕對會鬧彆扭。

就把這也當作是修練，有耐心地等候吧。

於是芙蘭擺出嚴肅的表情，開始調整陷阱。解除過程中也沒說話，只有芙蘭滿頭大汗地調整陷阱的金屬敲擊聲，以及輕微的呼吸聲在四周迴盪。

而我只是默默旁觀。

「汪呼——」

小漆一邊吞下呵欠，一邊戒備周遭情形……但注意力已經變得渙散。畢竟魔獸也都是小怪，怪不了牠啦。

後來大約經過了五分鐘，芙蘭和我都叫了一聲。

「啊。」

『啊。』

然後，從天花板有三枝箭射向了小漆。

「嗷嗚！」

『小漆，你還好嗎？』

「嗷嗚……」

看來是勉強躲開了，但牠一直轉去看被箭擦到的屁股。

「咕嗚……」

「對不起，失手了。」

好像是不慎切斷了切不得的鋼索。

『難度果然越來越高了，這下不是專業人士會越來越難完美解除嘍。』

「下次一定成功解除。」

『要再努力一下看看嗎？』

「嗯！」

看來芙蘭並未失去幹勁。

要鍛鍊陷阱解除技能，挑戰高難度陷阱自然比較有用，繼續多做一點練習也沒什麼不好。

『小漆也要重新振作起來喔。』

「嗷！」

這對小漆似乎也成了一個教訓。表情變得嚴肅起來。

『第六層入口的構造也跟其他樓層一樣啊。』

「有三條路。一樣選左邊就好？」

還是一樣，道路一開始分成三條岔路。

然而，一樣的只有一開始。

首先陷阱的難度大幅提升了。芙蘭每解除五次就會失敗一次。而且，還不只是難以解除而已。

飛出的箭上塗了毒，噴出的煙霧範圍更廣。陷坑底部設置了刀山，長槍飛出的速度加倍。即使不到當場致死的地步，仍然免不了身受重傷。

此外，魔獸的實力也提升了一個階段。雖然還不是我們的對手，但威脅度確實升高了。

『火焰標槍！』

「咕嚕嚕！」

「喝啊！」

我與小漆用魔術拖住食人魔的動作，芙蘭一擊砍下牠的腦袋。

「嗯！」

『漂亮！』

芙蘭在戰鬥時變得會積極使用拔刀術。

這是芙蘭在巴博拉對抗燐佛德時發明的獨創招式。不同於利用腰上刀鞘施展的一般拔刀術，我們能夠在半空中隨心所欲地壓縮空氣製造刀鞘，因此可從任何角度出招。

甚至還能運用空氣的推力加快斬擊速度。

芙蘭似乎在反覆練習，以達到瞬即出招的境界。

的確以現況來說，在攻擊之前多少還有一點延遲。也就是用操風技能做出刀鞘所需的時間。太心急有時會讓風無法成形，或是反而讓空氣刀鞘太硬而無法把我拔出。想要做出剛剛好的刀鞘尚且需要個一兩秒的時間。

一兩秒聽起來很短，但如果對付的不是現在這種小怪，而是要在分秒必爭的戰鬥當中運用，就必須練到出刀更加俐落才行。

說到底，還是只能反覆練習使用技能。

此外，能夠累積修練的也不光是攻擊技能。我們來到這地下城的最大目的——察知系與感知系技能的訓練也做得很充分。

『要從上面來了！』

「嗯！」

有從牆壁縫隙爬出來的暗殺者史萊姆，還有偽裝成牆壁來襲的變色龍蜥蜴。盡是些悄然無息地逼近，狡詐討厭的魔獸。

在這裡戰鬥的話，的確可以大幅提升感知系與察知系技能的熟練度。

話雖如此，就戰鬥力而論仍然遠不是我們的對手。

就威脅度而論至多到E，只要有在留意奇襲的話連一點傷都不用受。反而是陷阱比牠們棘手得多了。

『或許要往更深一點的樓層走，才會遇到更強的魔獸吧……』

進入地下城才第一天。也許可以花個幾天在這附近練技能。出現在更深樓層的魔獸，應該會有幾種沒那麼容易被我們察知。先在這幾層把技能練熟，遇到牠們就不用怕了。

『總之先走到出現的魔獸等級更高的樓層吧。』

「就這麼辦。」

到時候再來決定要前進還是折返。

然後就在我們攻略完第六層，下到第七層時，芙蘭再次遇見了雷斯特等人。

「師父！那是！」

『對，是雷斯特！』

不過，我不知道撞見屍體能不能稱為遇見就是了。

兩名冒險者俯臥在自己流出的血海裡，一名同樣渾身是血的青年靠著牆壁縮成一團。

倒臥的兩人——雷斯特與依妮娜早已斷氣。

青年的傷勢沒那麼重，但似乎失去了意識。是個剃短一頭茶髮，體格中等的不起眼青年。記得名字應該叫做索拉斯。

『芙蘭，幫他做回復！』

「……」

『芙蘭！』

「……啊……」

看來這個場面對芙蘭來說衝擊性實在太強了。看到依妮娜失去生命跡象的遺骸，芙蘭變得茫然自失。

『——大恢復術！』

我代替芙蘭使用回復魔術。

「……咦……啊……我怎麼了……？」
「……！發生什麼事了？」
青年發出的聲音，似乎讓芙蘭也跟著清醒過來。她逼近索拉斯，開口就問。
「發生什麼事了！」
芙蘭無法隱藏怒火，在無意識之中散發出威懾感。她咄咄逼人的態度，讓索拉斯慘叫出聲。
「噫咿！」
『芙蘭，這個男的也還沒弄清楚狀況。等他一下。』
依妮娜已死的事實，完全奪去了芙蘭的判斷力。焦躁到甚至忘了要關心索拉斯。
「……！」
「啊，是、是妳，救了……我嗎？」
「……嗯。」
「這樣啊，謝謝妳。對、對了！我的同伴呢！妳還有沒有看到其他人？」
「雷斯特，還有依妮娜，都沒來得及救到……」
「啊啊，隊、隊長！依妮娜！怎麼會發生這種事……」
索拉斯趴在雷斯特的遺骸上，放聲哀號。
「嗚嗚嗚嗚……」
「……發生什麼事了？」
雖然很可憐，但還是得把事情問清楚。芙蘭再度開口，質問趴在同伴遺體身上當著她面前流淚的索拉斯。

對於芙蘭的疑問，青年開始一點一點慢慢解釋。

「我們的隊伍突然被攻擊了。」

「是魔獸嗎？」

「不是。就算被這個樓層的魔獸偷襲，也不可能六個人全部被殺。」

「那麼，是什麼？」

「是人類……是在地下城內進行竊盜行為的惡劣冒險者襲擊我們。」

原來如此啊。果然有些傢伙會幹這種勾當。

他說原本就有傳聞提到有冒險者進行竊盜行為。但是，由於把那種人抓去公會可以領賞，所以隊伍原本還打定了主意要逮到他們。

「冒險者……！」

大概是沒想到那些襲擊者比他們厲害多了吧。

聽得見芙蘭咬牙切齒的聲響。她似乎對未曾謀面的殺人犯抱持著強烈的憎惡之情。全身上下甚至散發出殺氣。

「對方利用了陷阱，首先遇害的是卡魯與查納姆大哥。」

他說敵人故意啟動槍林陷阱，先收拾掉了兩名前衛。

「剩下我們幾個就只能坐以待斃了。」

「連D級隊伍都沒辦法？」

「兩人遇害讓我們驚慌失措時，背後又遭人偷襲……魔術師加良大哥被擊倒，我們就失去了回復人員。」

肉盾與魔術師這兩個隊伍要角最先倒下啊。那是很艱困沒錯。

「接著就是一場惡戰，我跟依妮娜也都受了傷，但隊長擠出最後的力氣，使用了傳送之羽。只要還活著，應該所有人都會傳送過來才對……」

「只有三人……」

「這樣啊……」

傳送的當下雷斯特與依妮娜應該還活著。但是，似乎還來不及回復就昏死過去，然後就這樣失去了性命。

「襲擊者都是什麼樣的人？」

「他們都是蒙面，裝備也都沒什麼特徵……只知道是五個男人。」

這下該怎麼辦呢？就算直接叫索拉斯離開地下城，他一個人恐怕也辦不到。好不容易救了他，要是被他死在半路上會害我良心不安。

結果，我們決定陪索拉斯一起返回地表。

以第一天來說算是鑽得滿深的，現在回去也算時機恰當。

「抱歉，要麻煩妳了。」

「沒關係。」

「謝謝。還有不好意思，我想帶隊長他們一起走……」

乍聽之下像是理所當然的發言，但對冒險者來說卻很罕見。

就我們所聽說的，一般來說隊友在地下城內死亡時都是直接棄置。想把人帶回去，就表示必須搬運遺體。這樣無可避免地會拖慢動作，講得難聽點就是變成包袱。也有可能造成存活的隊員身陷險境。

隊伍人員原本就已經減少，一般來說不會有餘力搬運遺體，所以沒有一個冒險者會去責備棄置遺體的行為。毋寧說，想必所有人都有走上同樣末路的心理準備。

「我不忍心就這樣讓他們被地下城吸收。」

人類或魔獸的屍體，會隨著時間經過被地下城吸收掉。人類遺體要經過大約一天才會被吸收，應該夠讓我們把依妮娜他們的遺體搬出地下城了。附帶一提，魔獸的話據說只要經過解體變成素材就不會被吸收。

「……好。」

芙蘭也點點頭，同意索拉斯不忍捨棄依妮娜遺體的意見。

「只是，光靠我一個人……」

憑索拉斯的細瘦手臂能勉強揹起雷斯特就不錯了。雖說受過冒險者的訓練所以應該比外表更有力氣，但感覺要搬運兩具遺體還是不可能。不，就算搬得動，腳程也會變慢很多。

索拉斯可能也有自知之明，歉疚地看了看芙蘭。

「那個……我就不怕丟臉拜託妳了。能不能請妳幫忙揹依妮娜？」

雖然拜託這種事非常厚臉皮，但大概是為了隊友顧不得那麼多了吧。索拉斯表情不顧一切地向她低頭。

（師父，可以嗎？）

『雖然沒時間去找索拉斯的其他隊友，不過就把這兩人帶回去吧。』

「嗯。我帶他們回去。」

「真、真的嗎？謝謝！那麼，依妮娜就拜託妳了。」

「不用揹沒關係。」

芙蘭如此告訴索拉斯，然後將依妮娜與雷斯特的遺體收納起來。

「咦咦？這是怎麼弄的？」

「次元收納。」

「啊，啊啊！原來如此！好厲害，我還是第一次看到。」

「嗯。走了。」

「啊，等等我。」

不顧索拉斯看到兩人遺體突然消失而吃驚，芙蘭開始爬樓梯。

我們就這樣領著索拉斯，沿著來時路開始折返。

雖說傷已經好了，但索拉斯想必流失了不少的血。然而，他的步伐卻比想像中穩定。大概因為本身是斥候職業，比較能走路吧。

「芙蘭小姐，妳有感知系技能嗎？我只有氣息察覺。」

「嗯。」

索拉斯可能個性就是靜不下來，講話講個不停。不，也許是為了擺脫隊友的死亡，才會故意找話聊。

不過，芙蘭都只是點頭。

我們一路解除的陷阱似乎還沒修復，回程的路上暢通無阻。要是能夠這樣直接通過陷阱難度較高的第五、六層就太好了……

這時，芙蘭忽然停下了腳步。

「怎、怎麼了？」

「有人的氣息。」

「咦……？」

索拉斯似乎沒感覺到，但我與芙蘭都察知到前方有多個氣息往這邊靠近。

芙蘭放慢腳步提高警覺前進，就看到三名男子從我們的前方走來。

「嗨，你們好。」

「嗯，你們好。」

「咦咦？你們該不會就兩個人吧？」

「怎麼可能！他們年紀這麼小，豈有可能就兩個人跑來這種地方！」

「說、說得也是。你們的隊友呢？」

索拉斯的年紀看起來不像是高階級，芙蘭更是年齡尚幼。看在他們的眼裡大概都還是小朋友吧。

三名男子表情驚愕地看著芙蘭。不過，他們旋即恢復鎮定，問我們一堆問題。

「真的就你們兩個嗎？」

「你們是冒險者嗎？」

「那頭狼是從魔嗎？」

「如果你們是跟隊友走散了，要不要暫時跟我們一起走？」

「喔喔，這真是個好主意！」

「你們就答應吧！」

真是些個性爽朗的傢伙，似乎在為芙蘭與索拉斯擔心——你們以為我會這樣講嗎！

我覺得時機太巧所以鑑定了一下，結果這幾個傢伙壞透了。

男子們不但擁有竊盜、拷問、恐嚇、欺瞞與詐欺技能，稱號當中還包含了殺人狂。

大概都是假裝態度友好接近其他冒險者，讓對方大意後再一刀砍死吧。

在地下城登錄的公會卡只會記錄打倒的魔獸情報，況且在地下城內就算作奸犯科也不容易敗露事跡。

會不會就是這些傢伙襲擊了索拉斯的隊伍？還是說另有其人？我抱著懷疑查探了一下氣息，發現另有氣息從我們背後慢慢靠近而來。殺氣都沒藏好。這樣一共是四人……不過沒差，反正一樣都是敵人。

『芙蘭，這些傢伙是劫路強盜。』

（嗯。）

對象。

（嗷？）

『怎麼了，小漆？』

（嗷嗷？）

小漆偏著頭。看來是對我使用了鑑定的事心存疑問。因為迪亞斯跟我們說過使用鑑定時要挑對象。

但是他提醒我們的意思是說：在官方場合對王公貴族使用鑑定，有些人會認為是違反禮儀而怪罪下來，視情況而定還有可能被無故捲入陰謀詭計。

在地下城等場所有時會出現他們這種蠢蛋，不用鑑定不行。反而應該要說是理所當然的應對法。要是無條件信任手持武器的陌生人，那才是真的和平日子過慣到太誇張了。

如果這樣對方還要說鑑定違反禮儀，那反而很可疑。因為那就表示對方藏有不便被鑑定的虧心事。好吧，其實也有可能是擁有極其稀有的技能……但不管怎樣，鑑定是一定要做的。

就算對方反過來懷疑我們而進行鑑定，我也會覺得無可厚非。

『就是這樣。』

我解釋給小漆聽的時候，男子們似乎跟芙蘭遲遲談不出結果而開始不耐煩了。

「就跟妳說，我們是好心要送你們回地表啦。」

可能是開始露出真面目了，男子的口氣漸漸變得比較粗魯。

『芙蘭，留一個活口。就那個看起來像隊長的戰士吧。』

（其他人呢？）

『反正光靠我們要生擒他們帶回地表太費事了，砍死沒關係。』

（嗯，知道了。）

『能力值不算低，可別大意喔。小漆負責護衛索拉斯。』

（咕嚕嚕！）

話雖如此，雖然可能性微乎其微，但也有可能襲擊索拉斯等人的賊人另有其人，這些傢伙只是以前很壞，如今已經改過向善了。

我希望能盡量等他們先出手。

可能是老天聽到了我的祈求，一名男子終於耐不住性子動手了。

「呼。算了。」

隊長身分的男子此話一出，似乎成為了信號。

從芙蘭背後慢慢逼近的男子掏出短劍，以驚人的速度衝刺過來。

那攻擊方式不是為了奪命，而是要讓對手受傷封鎖其行動。雖然是人渣，但本領與判斷能力還不壞。畢竟對付明顯有著少女外貌的芙蘭，男子仍毫無半點大意，想設下圈套對付她。

『不過嘛，還是太天真了。』

「什——？」

對方可能以為自己消除氣息躲得很好，但早就被我們看得一清二楚。

我運用念動輕鬆擋下短劍。男子先是驚愕地發現自己的手臂忽然停在半空中無法動彈，下個瞬間就被我的風魔術砍下了腦袋。

芙蘭連頭都沒回。

「咦？咦？」

拋下驚愕地直翻白眼的索拉斯，事情快速發展。

「達茲！妳做了什麼——」

「這死小——」

「呃啊！」

一個被芙蘭砍飛腦袋，一個頭部被橫著剖開，一個被劍脊猛地一拍飛了出去。原來他們只是擅長趁隙偷襲，戰鬥能力根本不怎麼樣。

「嘎哈！」

被芙蘭打飛的男子狠狠撞上牆壁，石牆都裂了。

直接被擊中的手臂與肋骨大概已經碎了吧。撞上牆壁的背部或許也不妙。

男子在劇痛中呻吟，顫聲低語：

「咿啊……為什麼……」

「太明顯了。」

「可惡……嗚…………」

男子懊惱地呻吟回應芙蘭的話後，旋即口吐大量鮮血失去意識。

（師父，這傢伙怎麼處置？）

『抓去公會。如果還有其他同夥，最好都讓他招出來。』

我們正在用心靈感應討論事情時，索拉斯搖搖晃晃地走上前去。

然後毫不遲疑地，高舉手中的劍直劈而下。

鏘——

要不是芙蘭趕緊用我擋下，好不容易生擒的男子已經沒命了。

「你做什麼？」

「對、對不起。一看到這幾個傢伙，我就忍不住……」

看來真的就是他們襲擊了索拉斯的隊伍。索拉斯臉色鐵青，收起了劍。

但仍然用失去光彩的雙眼與陰暗表情，瞪著倒地的男子。

「我懂你的心情。但是……」

芙蘭用懷藏殺意的視線注視著盜賊。他是殺害依妮娜的凶手，要不是我叫她劍下留人，她早已動手了。

「我要把這傢伙帶去公會。」

「說、說得也是。」

後來，索拉斯提議讓他走在前頭，因此現在是由他帶路往地表前進。

也是，待在殺害隊友的男人身旁可能又會萌生殺意，這樣做或許比較好。

我們替捉住的男子做個基本療傷，把他綁在小漆的背上。我們把他全身綑綁起來，所以就算恢復意識應該也不能怎樣。

從第五層的半路開始陷阱就復原了，但索拉斯安全地發現陷阱，有時解除有時避開。看來作為斥候的本領還不差。

然而，走了大約二十分鐘的時候，小漆突如其來發出了慘叫。

「嗷嗚！」

『咦？』

「小漆？」

「嗷呼。」

小漆的嘴裡銜著一把很粗的長槍。看來是有陷阱發動，長槍從上方掉了下來。而牠於千鈞一髮之際咬住了它擋下攻擊。反射神經還是一樣厲害。

「還好嗎？」

「嗷呼呼！」

「不、不好意思。」

似乎是索拉斯看漏了陷阱。

畢竟正在趕路，注意力會降低也是情有可原。就像我們也不是所有陷阱都找得出來。

滋滋……

嗯？剛才怎麼覺得好像哪裡怪怪的？怎麼回事？就好像有靜電，流過大腦的——那種感覺？

雖然我沒有腦子就是。

『唔——？』

（師父，怎麼了？）

『不是，妳剛才有沒有覺得哪裡怪怪的？我不太會解釋……』

（嗯？）

芙蘭歪著頭。

『芙蘭妳沒感覺到嗎？』

（嗯——？）

『小漆有感覺到嗎？』

（嗷唔？）

小漆好像也不懂。

五感能力特強的他們倆都沒感覺到了，也許是我多心了？

「抱歉，不小心踩到陷阱……」

滋滋……

啊，又來了！又是那種奇怪的感覺！

『那這次呢？』

（嗯？）

（嗷？）

芙蘭他們好像還是沒感覺。

一人一狼都再次偏頭不解。

怎麼搞的？是我用技能無意識中感覺到魔獸或陷阱的氣息了嗎？嗯——不懂。

『沒辦法了。就先繼續前進吧。』

「嗯。」

「呃，你們還好嗎？」

索拉斯用關心的神情看著芙蘭他們。看在索拉斯眼裡，芙蘭與小漆就像是忽然開始歪頭念念有詞，會擔心也是當然的吧。

「沒事。」

「嗷。」

「那就好……」

「別說這個了，快趕路。」

「也、也是。」

芙蘭催促神色不安的索拉斯繼續趕路。

就這樣走了一段路，索拉斯忽然停下了腳步。

「那邊有東西。」

「？哪邊？」

「那邊。」

我望向索拉斯手指的方向，但什麼也沒看到。

到底有什麼東西？我知道再前面一點的牆壁有陷阱，但索拉斯說的應該不會是那個。

還有，好像又有那種被電到一下的感覺？

「妳看，就是那裡啊。過去看一下吧！」

滋滋！

果然又有那種被電到一下的討厭感覺。這次錯不了。

但是，我還來不及確認這種異樣感受的來源，索拉斯不等芙蘭回答就衝了出去。

難道他沒注意到有陷阱？

『啊，芙蘭！把索拉斯——』

還來不及讓芙蘭提出警告，索拉斯已經不慎啟動了陷阱。

四面牆壁突然打開小孔，噴出霧狀物質。

是毒氣！

只是我們具有異常狀態抗性與毒素吸收，所以完全沒意義就是了……

不對，好不容易捉拿到的盜賊中了劇毒！看得出來他的生命力不斷減少。要不是用解毒魔術解除中毒，恐怕已經性命垂危了。

「啊啊！對不起！」

喂喂，再怎麼說也未免失誤太多次了吧？

「你、你們還好嗎？」

索拉斯的身影被噴滿通道的毒氣遮住，只聽得到聲音。

然後，又是那種被電一下的感覺。

看來是在索拉斯說話時會感覺到。

之前說過被人使用技能時會感覺到的突兀感，該不會就是這個吧？也就是說，索拉斯使用了某種技能？

索拉斯對我們使用技能……？

一想到這的瞬間，對索拉斯的疑心便源源不絕地湧出。就好像堤防潰堤那樣，種種疑慮瞬時填滿我的內心。

剛才那幾個男的來襲，索拉斯想殺了他們的隊長，說是為了報仇，但他是怎麼認出來的？他不是說過隊伍被全數殲滅時，對方全都蒙面嗎？

不對，更大的問題是既然對方蒙面，他怎麼能斷定是男人？

無視於冒險者的鐵則，想把雷斯特與依妮娜的遺體扛回去也很奇怪。搞不好是故意讓芙蘭背負重物，以拖慢她的動作吧？

後來的一路上，他對芙蘭問了一堆問題，但那擺明了是在刺探她的技能吧？為什麼我都沒對他的行為起疑？竟然覺得他只是個性輕浮，為了擺脫隊友的死亡才會沒事找話講。

衝動地想殺掉我們逮住的男子也是，多次啟動陷阱也是。

換作是平常的話，我應該早就起疑心了才對吧？

不，其實我也覺得不對勁。所以，有幾次我用了謊話感知。可是，索拉斯都沒在說謊。正因為如此，我才會一路相信他到現在。甚至把這個認識沒多久的陌生人當成了自己人。

這項事實對我造成了難以言喻的不安心情。同時也在心裡萌生強烈的不快感受。

真搞不懂……是不是索拉斯對我們做了什麼？但如果是的話，他到底做了什麼？還是說，是我誤會了？

索拉斯確實非常可疑。但是，我欠缺確切的證據……

『芙蘭、小漆，你們別出聲。』

（？）

（嗷？）

『照我說的去做。聽好了——』

接著，小漆倒臥在地，芙蘭單膝跪地喘著大氣。

不過，都是在演戲罷了。

假如索拉斯一如我的懷疑確實有鬼，應該會採取某些行動才對。

總之念動能夠即時發動，我也對芙蘭與小漆施加了獲得次元魔術時習得的柯羅諾斯時鐘法術。索拉斯的一舉一動看在兩人眼裡應該會是慢動作。就算遭到攻擊，也必定躲得掉。

缺點是連索拉斯說的話聽起來也變成慢速，因此芙蘭他們會聽不懂他在說什麼。所以我才沒對自己施加次元魔術。

「……妳用了某種魔術嗎？」

「……」

「芙蘭？妳還好嗎？」

看來魔術的發動被感知到了。也許不該使用柯羅諾斯時鐘？可是，為了預防遭到偷襲的可能，我想盡可能降低風險。

不，整件事從一開始就不對勁吧？索拉斯擁有的感知系技能只有氣息察覺與陷阱感知；魔力感知與魔術察知他都沒有。那他是怎麼看穿魔術發動的？當然，氣息察覺如果等級夠高或許也能感覺得出來，但索拉斯的技能等級是5，不算太高。

他是怎麼做到的？

於是，我想到了一種可能性。

『鑑定偽裝嗎？』

我們不是才剛被迪亞斯巧妙運用鑑定偽裝技能騙得團團轉嗎！

雖說獨有技能非常罕見，但不代表同一個鎮上不會有多人擁有相同技能。

毋寧說像烏魯木特這種性質特殊的城鎮，更容易聚集那樣的人物。

就在我加深了對索拉斯的懷疑時，索拉斯回到我們這邊來了。

「芙蘭？」

「啊……」

「嗯……似乎是用了某種魔術，但沒能完全阻擋毒素？」

「嗚嗚……」

芙蘭姑且假裝痛苦呻吟。演得好啊，芙蘭！

「看來是真的中毒了……別擔心，我這就幫妳解脫。」

我用謊言真理做了辨識，索拉斯沒在撒謊。

但是，索拉斯的行為卻跟話語正好相反。他拔出腰上的劍，高高舉起一口氣劈向芙蘭。

不，或許不算是撒謊。死了就能解脫。就某種意味來說算是很老套的台詞。

然而，芙蘭輕而易舉地躲掉了索拉斯的劈砍。

「嗯。」

「什……！怎麼可能！」

芙蘭即刻站起來，對著驚愕的索拉斯二話不說就用我一劍斬去。

「呼！」

「呃啊啊！」

索拉斯持劍的右手手腕被砍飛。接著芙蘭把我轉回來使出一記撈斬，右腳也說再見了。

「怎、怎麼會……」

索拉斯重重倒地，啞口無言地發出呻吟。

我解除芙蘭身上的柯羅諾斯時鐘。不然想問話都沒辦法。

「——恢復術。」

總之先對索拉斯施展恢復術再說。

畢竟是失去手腳的重傷，不可能用一次恢復術就治好，但不止血的話很快就會死亡。那樣就不能問話了。

總之先從小疑問開始釐清吧。

「剛才，你是怎麼感知到魔術的發動？」

「那當然是靠技能了。」

這不是謊話。他似乎是真的用技能察知的。

「……氣息察覺？」

「……這個嘛，誰知道呢？搞不好是其他技能喔。」

這也不是謊話。只是仔細想想，這個回答似乎怎麼解釋都行，亦真亦假。是不是被審問慣了？

不知是打算進行交涉，或者純粹只是倔強。索拉斯忍著痛，表情強硬地抬頭看著芙蘭。然而，芙蘭並沒有打算跟索拉斯認真進行交涉。

「唔嗯。」

「嘰嘎啊啊！」

她毫不遲疑地，把我插進趴在地上的索拉斯背上。

當然了。對芙蘭而言，索拉斯極有可能是殺害依妮娜的仇人。她低頭看著索拉斯的眼神冰冷至極。

「呃啊啊啊！」

突然來襲的劇痛，讓索拉斯背部後仰發出了慘叫。

「——恢復術。我再問你一遍。你是怎麼感知到魔術的發動？」

「……我如果說我不知道呢？」

「我就慢慢折磨你到想回答為止。我不會殺你。我有回復魔術，所以也不會讓你自殺。」

「……！」

在這種時候，芙蘭的面無表情真是太有用了。不管怎麼聽都會覺得是真話。不過也的確是真話就是了。

索拉斯可能也感覺到芙蘭是說真話，眼中混入明顯的畏怯之色。

「……妳會饒我一命吧？」

索拉斯一用探詢般的聲調這麼說，狀況發生了。直到剛才感覺都還只是被電到一下的異樣突兀感，這次卻明確地感覺得到索拉斯對我們做了某些動作。

就像劍身被撫摸過一樣，是一種無法忽視的感覺。

索拉斯顯然對我們使用了某種技能或魔術。

『芙蘭，這次妳感覺到了嗎？』

「？」

『小漆呢？』

（嗷？）

芙蘭與小漆還是感覺不到啊。可是，為什麼只有我行？不對，我擁有能感覺出魔力流動的魔法師技能。雖然在物理感覺上輸給能夠完全運用五感的芙蘭，但在感應魔術或技能方面或許是我更勝一籌。

（他對我們做了什麼嗎？）

『大概。』

「嗯。」

芙蘭點了個頭，然後再次狠狠把我插進索拉斯的背上。

力道比剛才強上許多。

「嘰噫咿咿咿咿……！」

完全把肺給刺穿了。換作一般人也許早已當場死亡，偏偏索拉斯是有點等級的冒險者。生命力較高導致索拉斯連昏死過去都不行，口吐白沫與鮮血，痛得死去活來。

「咿嘰嘰咿咿咿咿咿！」

「——中量恢復術。」

「呼嗚啊啊……」

芙蘭幫索拉斯療傷，但他反而變得滿臉絕望。因為他這下知道芙蘭絕無虛言了。

「不准做出任何多餘舉動。」

「咕嚕嚕。」

「……呼……呼。」

不知是因為恐懼，抑或是肺部被刺穿的後遺症，他呼吸忽然變得急促起來。也不再掩飾恐懼，甚至兩眼噙淚抬頭看著芙蘭與小漆。

「我、我知道了！我什麼都說！」

「你還沒回答剛才的問題。」

「是、是魔力感知！」

果然跟我想的一樣。

「你是怎麼隱藏技能的？」

「原、原來妳會鑑定……」

索拉斯多餘的咕噥讓芙蘭做出反應。

「唔嗯。」

「嘎啊！」

背部被劍刺了三次，索拉斯發出了尖叫。

真是不會記取教訓。不，這傢伙大概都是用這種廢話連篇的方式，把對手捲入自己的步調吧。只是對現在的芙蘭不管用就是。

「——恢復術。說過不准做出多餘舉動了。你只准回答問題。」

「我、我知……我知道了啦！我用了一種叫鑑定偽裝的技能！」

這也跟我猜想的一樣。

「立刻解除。」

「知道了！這就解除！看！」

滋滋！

又是這種感覺。

的確有看到魔力感知了。能力值也看得出變化……但神祕突兀感的真相依然成謎。

（如何？）

『可能還有其他部分做了隱藏。讓他全面解除吧。』

「嗯。還有沒有其他部分做了偽裝？」

「怎、怎麼會問這個——知、知道了！沒有！真的沒有！」

索拉斯學不乖地想反問，看到芙蘭把劍高高舉起，急忙大聲回答。

然而，謊言真理對這句話起了反應。

『他在說謊。還有其他部分做了偽裝。』

看來是真的很怕被人看到能力值。

「嗯。」

「嘎啊！為、為什麼……」

「我要你全面解除鑑定偽裝。」

「妳怎麼發現的……知、知道了！這就解除！但是，這個是裝備品的效果！我、我現在就拿掉，等我一下！」

索拉斯如此大叫後，把殘存的左手舉到臉孔前面，然後咬住戴在中指的指環。噢，對喔，他的右手被砍飛了，所以是打算用嘴咬掉指環吧。

然而，指環完全拿不下來。

指環就是這樣。只要稍微發胖或是浮腫，就會完全拔不下來。

索拉斯拚命試著咬掉指環，但指環動也不動。

「呼……咕姆……」

看到指環怎麼拿都拿不掉，芙蘭大概是沒耐性了。

「懶得等了。」

「咦——嘎啊！」

索拉斯一臉蠢笨地張口放開手指的瞬間，芙蘭切掉了那隻手指。動作超俐落。索拉斯痛得尖叫，但我卻不禁對她那除了中指之外沒傷到對方分毫的技藝欽佩不已。

「——恢復術。」

「咿……咿……」

有點可惜的是，指環就這麼碎裂了。不是芙蘭造成的，它似乎屬於使用者一拿掉就會毀壞、用過即丟型的道具。不知是否道具毀壞使得偽裝的效果消失，指環也變得可以鑑定了。原本名為毒素抗性指環，現在名稱變成了鑑定偽裝指環。

而索拉斯的能力值，也變得完全無所遁形。

名稱：索拉斯　年齡：30歲
種族：半魔族
職業：迷宮斥候
Lv：34
生命：208　魔力：187　臂力：141　敏捷：237
技能：暗殺3、謊話識破4、演技6、隱密6、解體6、欺瞞5、氣息察覺5、氣息遮蔽3、消音行動4、劍技5、劍術7、投擲4、毒素抗性6、毒物知識5、魔力感知6、陷阱感知6、陷阱

解除6、氣力操作

獨有技能：鑑定偽裝2、強制親和

稱號：背叛者、殺人狂

看見的能力值與技能，數值全都上升了。實力很強，相當於C級。不，搞不好比以前在亞壘沙遇見過的C級冒險者還要更強。

而且還有幾項不容忽視的技能。

『竟然有兩項獨有技能。一個是鑑定偽裝啊。』

也就是說他同時使用了自己的技能與指環，做了雙重的鑑定偽裝。真有創意。

萬一被我們這種有鑑定能力的人追問，可以啟動或關閉自己的鑑定偽裝，實在不想被看見的情報則用指環的力量隱藏就對了。

而他如此極力隱瞞的能力，一定就是這項獨有技能了。

『強制親和啊。』

「強制親和？那是什麼樣的技能？」

「那是……啊啊，知道了，知道了啦！我招！所以請妳把劍放下，還有讓那頭狼離遠點！」

「咕嚕。」

這就對了，廢話少說，快快從實招來。

「這項技能使用後可以獲得旁人的親近感，效果很不起眼。對方會覺得我就像是自己人或朋友，而忽視一些小疑問或突兀感。獨到之處就在於不是情人或摯友。」

難怪。就是這樣我們才會對這傢伙的言行不疑有他——不對，是把異樣的感受當成自己多心直接忽略。

「只要有一點契機讓對方產生強烈疑問，這項技能就會破功啦。」

「你就是用這項技能潛入冒險者的隊伍，再讓同夥襲擊他們？」

「是啊。」

果然是這樣。從他故意啟動陷阱的技巧也看得出來，他應該在這座迷宮內活動了很長的期間。

而且，這下我也明白他不想讓芙蘭知道強制親和這項技能的理由了。只要這項技能沒穿幫，或許還能引人同情或是花言巧語一番，讓芙蘭戒心鬆懈。也就是說索拉斯還沒放棄逃亡的希望。

「就是剛才我砍死的那些人，襲擊了依妮娜他們？」

「對。」

「他們跟你同夥？」

「是啊。」

索拉斯一點頭，芙蘭散發的殺氣增強了。似乎還下意識地發動了王威技能。看不見的驚人壓力襲向索拉斯。

大概是明白到對付的並非一般冒險者吧，索拉斯的臉一口氣失去血色。

「其他同夥呢？應該還有一個人才對。」

他說過襲擊雛鳥棲木的是五個人，但我們只收拾了四人。本以為剩下一人還躲在某個地方……

「那是把我也算進去了。」

謊言真理沒起反應。看來說的是真的。

不過，這傢伙還真是謹慎得很。

襲擊者的人數隨口亂掰就好，他卻把正確的人數告訴了芙蘭。大概是在提防看穿謊言的技能吧。他擁有鑑定偽裝與強制親和，再來只要注意謊話識破技能，真面目被發現的機率就會大幅下降。

仔細想想，索拉斯的發言大多都很曖昧，怎麼解釋都行。對答的方式就像誘使我們誤會的同時，卻又沒說謊。只要有強制親和，對方就會自動接受他的說詞。

就像剛才的我們一樣。

這件事給我的教訓就是謊言真理雖然有用，但不能一味依賴。往後必須注意問問題的方式，否則同樣的事情可能會再度上演。能學到這點真是一大收穫。

「地下城外有你的同夥嗎？」

「沒有。被妳殺掉的那些傢伙就是全部了。」

『他在說謊。』

「你騙我。你有幾個同夥？」

芙蘭用我對準索拉斯的眼前。

「妳果然有謊話識破技能……」

被他發現我們能看穿謊言了。果然精明。

「你要誠實招來，還是要我嚴刑逼供——」

「我還有四個部下！」

「嗯。」

很好，夠誠實。不過原來這傢伙是隊長啊。

「他們在哪裡？」

「……今天應該在冒險者公會。」

索拉斯說每次的流程，都是先由他潛入收集情報再做案。他們似乎經常挑賺錢的隊伍下手，而那種隊伍總是衝太快，就算在迷宮裡失蹤，旁人也常常覺得是「遲早的事」而不疑有他。

而且他們每個月至多只會做案一次，常常還會不採取行動放過獵物一馬。這是為了防止傳出索拉斯加入的每支隊伍都會全滅的風聲。真是面面俱到。

他說之所以挑上雛鳥棲木，是因為他們持有一種特殊藥水。那是打倒這座地下城內一種特別稀少的魔獸「瘟疫螞蟥」時必需的藥水。又說這種藥水本身也極其珍稀，不是能夠隨手取得的物品。

索拉斯得知雷斯特運用門路得到了這種特殊藥水，才會潛入依妮娜等人的隊伍。結果為了搶奪這種藥水，他們就這樣遇害了。

務必得請索拉斯帶我們去找他的同夥。垃圾一定要清除乾淨才行。

『總之先把這傢伙綁起來吧。』

「嗯。」

『這傢伙小看不得，要牢牢地綁緊喔。』

「嗯。哼。」

「好、好痛！絲線陷進肉裡——嗝嘔喔啊啊啊！」

「——中量恢復術。吵死了。在我說可以之前不准發出聲音。」

索拉斯一哎哎叫，芙蘭狠狠一拳揮向他的腹部。可能是內臟破裂了，他嘔啊一聲吐出大量鮮血。

對於殺了依妮娜的索拉斯，芙蘭毫無半點悲憫之心。可能是理解到芙蘭的怒火有多深了，索拉斯流著眼淚無言地頻頻點頭。

「小漆。」

「嗷！」

小漆背上已經綁著一個盜賊，但憑牠的力氣再揹一個也不成問題。芙蘭把索拉斯綑在迅速趴伏下來的小漆背上。

『那就回去吧。』

「嗯。」

路上當然也有出現魔獸。但都被芙蘭拿來發洩怒氣與煩躁，步上悲慘的末路。

也不是說牠們死得有多慘……只是牠們被威力過強的攻擊或魔術一一瞬殺的模樣，看得我都心生憐憫了。

此外，地下城裡的障礙並不只有魔獸與陷阱。

『前面又有冒險者過來了。』

「嗯。」

途中擦身而過的冒險者們，看到小漆背上的索拉斯他們的慘狀都會來關心。

如果單純只是盯著瞧，或是我們解釋過索拉斯等人的行徑之後就能接受的話還沒問題。

但其中也有人認識索拉斯。而且還出於優良冒險者的一片善心，說：

「喂，妳在做什麼！」

「索拉斯！你還好嗎？」

在第四層擦身而過的隊伍，就是這樣的一群冒險者。

看在一無所知的冒險者眼裡，大概只覺得是熟人狀況慘不忍睹地被捉住吧。

三個狀似戰士的男性，舉起武器包圍芙蘭。

「喂，快放了索拉斯！」

我不知道索拉斯在外面多會裝乖，只知道他們完全把芙蘭當成了壞人。他們一邊使用威懾技能，一邊拔劍相向命令芙蘭放人。另一個盜賊平常應該也在從事冒險者行業卻完全無人關心，平時待人的態度有多好就無須贅言了。

「不要。」

「什麼？」

「妳當我白痴嗎！給我說清楚，妳幹什麼做這種事！」
「這兩個傢伙襲擊我，我只是把他們抓起來而已。」
「不可能！索拉斯哪有可能做那種事！妳少鬼扯！」
「你們才是在鬼扯。還是說你們跟這傢伙是盜賊同夥？假裝是熟人其實是想救走他？」
「妳說我們是盜賊？竟敢侮辱我們！」
「總之快把索拉斯放了！否則別怪我們直接搶人！」
「……」
這下糟了。
想盡快回到地表卻遭人妨礙，造成芙蘭的情緒加速惡化。
而且對方還用上了威懾技能，她似乎已經完全把這幾名冒險者視為敵人了。
可是，這些傢伙似乎只是被騙，不便殺了他們。如果只是一點小爭執，應該還算在無傷大雅的吵架範圍內……
這下子，該怎麼處置索拉斯才好？
現在引起騷動會很麻煩。視情況而定甚至可能讓芙蘭完全變成壞人。
「……」
然而，索拉斯似乎打定主意靜觀其變。他明明是清醒的，卻假裝昏倒，動也不動。
也是啦，眼前這些冒險者絕非芙蘭的對手，要是不經思索想坑害芙蘭而觸怒她，這次就真的要吃殘虐拷問全餐了。可說是聰明的選擇。

不得已，這次就強行突圍吧。
本來也考慮過打昏他們丟著不管，但在地下城裡太危險了。
我並不想害死這幾個傢伙。
芙蘭也是，換做是平常的話應該不會對這種人萌生殺意。
現在是因為依妮娜橫死，憤怒與憎惡支配了她的內心。所以才會害她變得過於好戰。
『小漆、芙蘭，一口氣擺脫他們吧。陪他們鬧下去只是浪費時間。』
（……知道了。）
（嗷！）
首先由我使用念動，把背後一步步慢慢逼近小漆的兩人撞飛開去。
芙蘭幾乎於同一時間踢倒面前的男子。可能是下巴吃了一記高踢引發了腦震盪，男子當場不支倒地。
抱歉了。你的兩個同伴只是痛得暫時倒地而已，很快就會起來。就讓他們倆把你救走吧。
『好了，我們走！』
「嗯。」
「嗷嗷！」
冒險者們還在嚷嚷些什麼，但連站都站不起來。想必不會再來追趕我們了。
『就這樣一口氣衝向地表吧。』
「好。」

接下來沒什麼危險的陷阱，魔獸也可以忽視。要是再被冒險者叫住也很麻煩，直接衝過去比較安全。

這項作戰奏效了，後來一路上沒發生什麼大問題，芙蘭與小漆就抵達了地表。

只是我們一出地下城要塞的門，就成了周圍群眾的矚目焦點。

沒辦法，誰教這時候的小漆看起來太有衝擊性了。牠背上可是綁著兩個臉孔蓋布，鎧甲被剝掉變成半裸狀態，又被絲線團團綑綁的男人。我要是毫不知情，也不免會多看一眼。

順帶一提，臉上的布是我們擺脫冒險者們之後給他們蓋上的。我們後來才想到只要把臉遮住就不會被認出是索拉斯了。要是能更早想到就好了。

總之可以確定的是，芙蘭與小漆現在非常引人側目。

因為實在是太可疑了。果不其然，立刻就有幾名士兵趕來。

「喂、喂喂，這是怎麼了？」

「發生什麼事了？」

「怎、怎麼回事？」

「傷勢好嚴重。」

似乎是負責開關大門的士兵把同袍叫來了。

亂找藉口恐怕別想通過這一關，看來只能說真話了。本來是不想在這裡鬧出騷動嚇跑索拉斯的同夥，但看來由不得我們。

被士兵問話，芙蘭簡短陳述事實。

「我們在地下城遇襲，反過來打倒了他們。」

芙蘭一這樣告訴士兵的瞬間，遠遠圍觀的群眾頓時一陣譁然。

「把忤逆她的人——」

「下手好重——」

好像不必要地引人恐懼了？不，以現狀來說或許無可奈何？

整個畫面就是有個手腳被砍斷的人不但被絲線捆住，還在臉上蓋了塊布當成包袱讓一頭青面獠牙的狼揹著。我現在才發現，這甚至都有點獵奇了。一般人看了當然會害怕。

「什麼？這兩人是盜賊嗎？」

「嗯。」

「大功一件啊，小妹妹！還有汪汪！」

不過，冒險者以及門衛士兵們都表現出善意。看樣子他們也無法容忍有人在地下城內進行竊盜行為。畢竟是最惡劣的背叛行為嘛。

本來以為可能會被懷疑，不過芙蘭的外貌好像在這時發揮了正面功效。他們似乎認為這麼小的孩子，不太可能為了捉捕成年冒險者還特地扯謊。

此外，他們似乎也覺得只要帶去公會就能判別真偽了。

士兵們提出要與我們同行。

「妳要去公會對吧？」

「嗯。」

了。

「那這樣的話，我們跟妳一起去吧。」

用意大概是監視兼開路吧。這對我們也有好處。不然每次遇到士兵都得解釋一番就太花時間了。

「好。」

芙蘭老實地點頭，這麼做似乎完全取得了士兵們的信任。

三名士兵願意為我們帶路。

然而在前往公會的路上，情況生變了。

我們察知到一個渾身纏繞驚人怒氣，散發巨大存在感的氣息以快得異常的速度逼近過來。一開始還以為是索拉斯的同夥，但隨即發現猜錯了。

「芙蘭妹妹！妳還好嗎！」

是艾爾莎。稍微擺出架式的芙蘭發現來者是艾爾莎，放心地輕呼一口氣。

不對，一個粉紅猛男從遠處飛奔而來的模樣能讓人放心才怪！

我反而還多累積了一點念動的力道咧。

艾爾莎似乎以為芙蘭要被抓走了，起初還用驚人鬥氣威嚇士兵，嚇壞了他們。

後來聽了事情原委，才轉為對芙蘭露出擔心的表情。

「芙蘭妹妹，妳沒受傷吧～？」

「嗯。」

「那就好～有沒有嚇到妳？」

「沒事。」
「呵呵呵，妳真堅強。那麼，這傢伙就是臭盜賊了？」
「對。」
艾爾莎對索拉斯怒氣相向，那表情與仁王無異。即使臉上蓋著布看不到，似乎也能感覺出艾爾莎的可怕。索拉斯與盜賊恐懼到全身發抖。
艾爾莎湊到索拉斯的耳邊低聲呢喃：
「算你走運。」
「噫咿……」
近到吹氣都會落在耳朵上的人妖嗓音，讓索拉斯以另一種原因發出哀叫。
「幸好你沒傷到芙蘭妹妹一分一毫，否則我已經把它捏爛磨碎了。」
雖然沒被傷到，但還是害她吸了毒氣。不過我不會說的。說了艾爾莎搞不好會情緒失控，況且我也不能讓索拉斯死在這裡。
不是，其實我也覺得應該不會怎樣啦。只是他的魄力讓我無法斷言絕對安全。
『我說啊，芙蘭。不如就請艾爾莎去捉拿索拉斯的同夥，怎麼樣？』
（為什麼？）
『艾爾莎的話很有可能認得那些傢伙的長相，戰鬥力也沒問題。與其我們帶著索拉斯玩官兵捉強盜，我覺得由他去捉拿的成功率更高。』
我們如今超乎想像地引人注目。讓我開始有點擔心現在直接去公會可能會出問題。

在這裡遇見艾爾莎說不定是天賜良機。

「艾爾莎。」

「是～什麼事呀？」

「我有事拜託你。」

「包在我身上！」

「我什麼都還沒說。」

「包在我身上就對了！我什麼都願意做！妳要我做什麼？去找討厭的公會長把他的那個擰下來？還是要懲罰之前說騷擾過芙蘭妹妹的那些蠢士兵？要我去把他們找出來打爛嗎？」

擰下來？打爛？他指什麼？是在開玩笑吧？請告訴我他是在開玩笑。他眼神怎麼這麼認真？不不，應該只是幽默的男大姊笑話對吧？

不知為何我感到有股寒意。明明身體是劍！

然而芙蘭似乎完全沒放在心上，平靜如常地請艾爾莎幫忙。

「我想請你捉住這個男人的同夥。」

「哎喲？他還有同夥啊？」

「嗯。在冒險者公會。」

「哦哦？」

後來，聽了芙蘭描述那幾個男人的名字與特徵，艾爾莎的眼睛彷彿透出了一道強光。就像發現獵物的龍會有的眼神。

「這樣啊。原來還有其他像他這樣的蠢蛋啊。」

「要怎麼抓人由你決定。」

「呵呵，真讓人技癢～只要是活捉就行了吧？」

「嗯。能問出情報就好。」

「我明白嘍。要是不小心殺掉了沒辦法領賞，我會賠妳錢的！」

現在不是在講錢的問題。賞金什麼的不重要啦！我們是想活捉那些人，問出情報。例如其他同夥的所在地點，或是關於過去的犯罪行為。

「那麼，我去去就回！」

「嗯。加油。」

不可以啊芙蘭，不能鼓勵這傢伙啊！

「呵呵呵呵呵！我熱血沸騰了～！能得到芙蘭妹妹的聲援，勇氣與元氣都多了一百倍！當然還有愛！等我喲！我立刻就把他們抓了帶來！」

然而，我還來不及讓芙蘭請他收斂點，艾爾莎已經快得像一陣風似的跑走了。

『唉……』

（師父？）

『不，沒什麼。是吧，小漆？』

「嗷呼。」

只能祈求他們還能保持人形了。

艾爾莎像一陣風般離去後過了半小時。

我們盡可能加快速度趕往公會。

我們認得路，如果只有我們的話五分鐘都不用，但現在有士兵跟著。配合他們的步調，讓我們走了這麼久的時間。

「總、總算……到啦。」

「嗷。」

「嗯。」

士兵氣喘吁吁，肩膀上下起伏。我們可能有點跑太快了。但我與芙蘭都急著想知道，艾爾莎有沒有成功逮住索拉斯的同夥。

「嘎啊啊！」

「救、救命啊！」

不用進入冒險者公會就聽得出來，八成是艾爾莎正在裡頭大鬧。

芙蘭穿過公會入口，看到四個男人正被擺放在艾爾莎的面前。

「哎呀，芙蘭妹妹妳回來了～」

「就是他們？」

「對呀。已經確認過事情真偽了，我現在正在懲罰他們。」

「我什麼都招！」

「要我認罪也行，拜託救救我！」

「請、請住手啊！」

淚流滿面的三個男人以內八姿勢縮在地上，還有一個人不知為何按著屁股仰躺在地。

「那麼，就是你們在地下城內襲擊其他冒險者的嘍？」

「是、是的！」

「主謀是誰？就是起頭的那個傢伙。應該有人當老大給你們下指示吧？」

「是、是有這麼個人。」

「是誰？」

「這、這個……」

「要是說出來，我們就……」

見男子們支吾其詞，艾爾莎嚇唬他們：

「哎喲？所以那傢伙比我還可怕就是了？看來是懲罰得還不夠嘍？」

可能是那個什麼懲罰實在太恐怖了，男子們臉上霎時失去血色變得鐵青。視線對著還在按著屁股痛哭的男子。

「噫咿咿咿咿！是、是索拉斯！E級冒險者索拉斯就是我們的老大！」

「那個人深藏不露！實力強到就算正面對付D級對手都贏得了！」

「眨眼間就能宰掉我們這種小角色！」

看來是發自內心畏懼索拉斯。

畢竟索拉斯實力在他們之上，又能毫不愧疚地使出骯髒手段。而且在遇見我們之前，做壞事時似乎總是滴水不漏，他們就算把索拉斯看做是深不可測的大奸大惡也不奇怪。

實際上他的戰鬥力也的確高強。

「別怕，索拉斯的話已經落網了。對吧？芙蘭妹妹？」

一被問到的瞬間，公會裡所有人的視線都轉向了芙蘭。

「喂，那不是魔劍少女嗎——」

「傳聞中的D級——」

「黑貓族怎麼會——」

「好、好可愛——」

看來友善的視線只占少數。雖不到惡意相向的地步，但大多是好奇與疑惑，再參雜一點點的好色吧。

「嗯，這個。」

芙蘭從小漆背上解下索拉斯，丟到艾爾莎的面前。

「咕噁！」

「謝嘍。」

艾爾莎從仍然被絲線捆綁的索拉斯臉上把布扯掉，男性同夥見狀都發出慘叫。以恐怖統治束縛他們的男人，竟然以這副悽慘模樣被人搬過來。受到的震撼程度似乎難以估計。

「這、這會是索拉斯大哥？」

「真的假的……」
芙蘭把另一名盜賊也扔到索拉斯身旁。
「這傢伙要交給誰才好？」
「妳等一下喲。畢竟這不是小事，公會長應該會過來處理。」
「嗯，好。」
「等他來的時候要做什麼？我們去喝茶好不好？」
「嗯。」
「至於這些傢伙嘛——你們幾個，盯著他們。」
「是！」
艾爾莎把索拉斯與他的同夥託給一旁的幾名冒險者，領著芙蘭前往公會裡的酒館。
本來擔心放著那些人不管會出問題，然而被艾爾莎命令的冒險者們意外認真地監視犯人。要是讓他們逃了，艾爾莎的懲罰會讓他們吃不完兜著走，確實是會認真監視。
再說，這裡是冒險者公會。被幾十名冒險者包圍，想逃應該也逃不掉。
艾爾莎與芙蘭已經喝茶喝了半小時。
兩人面前堆起了少說二十個蛋糕盤。雖然都是艾爾莎一個人在說話，芙蘭只負責回答，但兩人看起來都很開心。艾爾莎話題豐富，口才也很好，要是外表再正常一點一定很有桃花運。只是不知道是受男人還是女人歡迎就是。
順便一提，小漆得到了一大根牛骨，嘎滋嘎滋地正啃得開心。

「嗨，聽說好像有場騷動？」

迪亞斯總算回到公會來了。

「你也太慢了吧。都在做什麼呀？」

「巡邏啊。你才是聊得很開心嘛？」

「是呀，開心得不～得了呢。」

「是喔，恭喜你。那麼，提到的那些背叛者——就是你們了？」

「咿咿！」

「咿……！」

喔喔，好驚人的殺氣。即使看起來輕鬆沒煩惱，畢竟是A級冒險者兼公會會長，大概對於意圖危害冒險者公會的人絕不會輕饒吧。周圍的冒險者們明明自己沒被針對，卻仍對迪亞斯的殺氣驚駭得面無人色。

「喔——原來如此，原來如此。你們似乎做了很多壞事嘛。」

是用了讀心嗎？我想應該有使用，但實在感覺不出來。因為我不是使用對象，而且那本來就屬於隱密性高的解讀系技能。想要感覺得到這種技能，恐怕得把察知與感知等技能練得更精湛才行。

「然後這一個是主謀？」

「對，就是他。名字叫索拉斯。向來好像都是深藏不露呢。」

「說得對。就連我都不記得這人的長相，這點確實厲害。」

也就是說，索拉斯一直都是竭盡所能地不讓自己引人注目。總是極力不靠近高手，假扮成不起眼的無害男子，欺詐弱者偷取利益。

『迪亞斯。』

（是師父嗎？原來如此，還可以像這樣個別進行心靈感應啊。）

『是啊。那傢伙擁有鑑定偽裝與強制親和這兩種技能。其中強制親和特別棘手，似乎是能讓他人錯把持有者當成朋友的技能。你要小心。』

「哦——……你好像擁有各種有趣的技能，是不是？」

「這、這個嘛，你說呢？」

「好吧，沒關係。你很快就會想開口了。」

聽到迪亞斯冷酷無情的聲音，索拉斯抽動著臉孔渾身顫抖。

「這傢伙會怎麼樣？」

「這個嘛，先審問一段時間，然後處以極刑，或者是貶為奴隸服強制勞役吧。不過，就算讓他當奴隸，他可能還是會做壞事，再加上好像還有棘手的技能，放任他自由行動或許很危險。我想八成會是極刑。只是處刑方式不確定是安樂死還是拷問死就是了。」

還有拷問死的啊。我再次覺得這世界真是不安寧。不過，我也贊成不該放任這傢伙自由行動。就算他變成奴隸被哪裡買走，也有可能設法讓自己重獲自由。

不知何時被冒險者們塞住嘴巴的那群盜賊冒險者，嗯嗯叫著好像想做某些訴求，但無人聞問。

只是有一個問題。與其說是問題，或許說成遺憾比較正確。

就是索拉斯的獨有技能。

我覺得強制親和是相當強大的技能。像索拉斯這樣濫用的話或許遲早會被發現，但如果選在關鍵時刻使用的話穿幫的機率就低了。以索拉斯來說是以為可以立刻殺死對手，才會得意忘形使用過度。

然而，技能掠奪還得等上將近兩個月才能再度使用。就算我們拜託人家讓他活到那時候，對方想必也不會答應。

只能死了這條心了。

「嗯，這樣就行了。」

「謝謝。妳這樣說我就安心了。」

「還有，有件事要拜託你。」

「什麼事？」

「想請你幫忙安葬這兩人。」

芙蘭從次元收納空間取出了雷斯特與依妮娜的遺體。

迪亞斯與艾爾莎看到他們這副模樣，眉頭都皺了起來。

「遇襲的竟然是雛鳥棲木？」

「怎麼會這樣？他們明明都是好孩子。」

看來兩人也都認識他們。迪亞斯接下這個擔子，保證會好好安葬他們。

芙蘭擦掉依妮娜臉上的血，拿塊布蓋在她身上。
她眼中有著深沉的悲傷。許久才遇到這麼一個族人，恐怕還無法完全接受她的死亡吧。
「我會將他們安葬在冒險者專用的公墓。」
「拜託你了。」
「噢，還有，這些男人的持有物品現在歸芙蘭與艾爾莎所有，你們打算怎麼處理？」
「我只是幫了芙蘭妹妹的忙而已，就不用了。任由芙蘭妹妹處置吧。」
（師父？）
『裝備品的話我們也不需要。可惜不是魔法道具，否則還有點興趣。藥水類倒是讓我感興趣。』
「有藥水嗎？」
「有幾瓶。這些是治療藥水。幾乎都是低階，但只有一瓶還不錯。然後是這個，或許還滿少見的。叫做負作用減輕藥。」
「是什麼樣的藥？」
「這種藥太少見了所以我也是第一次看到，聽說可以減輕技能等等的負面效果或代價喔。」
『哦！這個對我不知道有沒有用？』
而且連迪亞斯都是頭一次看到，可見是相當珍貴的藥吧。
「這個能對無機物使用嗎？例如灑在無法連續使用的魔法道具上，讓它可以連續使用？」
「妳的想法真有趣……嗯——我覺得應該有效吧，因為是魔法藥嘛。」

好，這瓶魔法藥就留著吧。搞不好可以加快技能掠奪的再次使用時間。

「那麼，我只要那瓶昂貴的治療藥水，還有魔法藥。其他的不要。」

「我想也是啦。那就由我們這邊來換錢，加算到要付給妳的獎金上吧。」

「獎金也不用給我了。我只是幫了芙蘭妹妹一個忙而已嘛。」

艾爾莎竟說他要拒絕領賞。可是先不論索拉斯等人，冒險者公會酒館裡的那些傢伙是艾爾莎抓到的耶。

（怎麼辦？）

『嗯——人家要給我們就收吧。妳跟艾爾莎說妳請他吃飯。只收好處不回禮我會害怕。』

沒有什麼東西比免費更貴。

「好，那我收下了。作為回報，我要請艾爾莎吃飯。」

「也就是說，妳要和我一起吃飯了？」

「嗯。」

「呀——！真的嗎？我太～高興了！」

看來這選擇做對了。他扭動著高大身軀歡喜地尖叫。不過高興的部分似乎不是吃飯，而是有芙蘭陪。

『後續事宜交給公會就行了吧。』

「嗯。」

『真可惜，本來對強制親和有點興趣的。』

「嗯。」

聽我這樣咕噥，芙蘭神情嚴肅地沉吟。

『怎麼了？』

（不用奪走強制親和沒關係。）

『為什麼？那個在各方面都會很有用耶。』

（沒關係，不用。師父在拿到謊言真理的時候，說過很可怕所以不會常用。可是，現在卻常常使用。）

『唔……』

（我明白那個只是用來看穿謊話的能力，也知道師父是為了保護我。因為我還太弱小，所以沒辦法。）

『芙蘭……』

（強制親和也是，就算一開始說只會在緊要時刻使用，最後一定還是會在各種時候使用。）

『這……』

我無法反駁芙蘭說的話。實際上，我的確常常拿謊言真理圖方便。

（可是，擅闖他人內心的技能，很可怕。原本擁有謊言真理的……呃——肥豬貴族？）

『奧古斯特．安薩多啦。』

完全把人家的名字給忘了。

（奧古斯特也是，索拉斯也是，心態都不正常。一定是技能害的。我覺得他們是變得無法信任別人了。所以，我不希望師父常常使用那種技能。）

這是芙蘭第幾次讓我上了一課？我這傢伙實在太窩囊了。自以為是監護人，卻反而讓她來開導我，才終於能夠醒悟。

『是啊……芙蘭說得對。』

我不夠堅強。手上有方便好用的東西，一定會輸給誘惑。最後大概還是會找藉口使用吧，使用那些操縱人心的可怕技能。

既然這樣，或許從一開始就不要擁有比較好。

『好！把強制親和的事忘了吧！』

（嗯，就這麼辦。我們不需要那種東西。）

我打從心底尊敬能夠這樣說的芙蘭。

Side ????

「聽說索拉斯落網了，這是真的嗎？」
「是啊……他被抓去交給冒險者公會，部下也被逮捕了。」
「怎麼會這樣……魔藥呢？」
「當然，被扣押了。」
「這怎麼行！枉費我為了直接拿貨，還特地跑到烏魯木特！」
「魔藥的剩餘庫存多嗎？」
「已經少很多了……因為沒想到在巴博拉會弄不到嘛。」
「托爾麥奧商會被勒令停業了，無可奈何啊。跟澤萊瑟又聯絡不上……」
「不是說那個商會有領主的兒子出資，無論發生什麼事都不用擔心嗎？」
「那是說假如只是私賣違禁品的話！不知道他發了什麼瘋，竟然搞到謀叛坐罪！」
「這下糟糕了。靠手邊這些魔藥絕對不夠用的。」
「這麼嚴重嗎……就算提前回王都，也還是來不及嗎？」
「不可能的啦！只剩下幾天份了。最糟的情況下，說不定會失控呢。」
「嘖……」

「再這樣下去，連我們都要得罪那位大人了！怎麼辦？」

「關於這件事，我有個情報可能派得上用場。」

「什麼意思？你找到魔藥的其他來源了？」

「不，不是。關於抓住索拉斯的冒險者，聽說是個年紀尚幼的少女。而且還是黑貓族。」

「嗄？那怎麼可能嘛？索拉斯到了地下城裡可是比我們還強耶？」

「但是，事實就是如此。那個女孩，似乎被人們稱為魔劍少女。」

「魔劍少女？」

「是啊。一個黑貓族的小丫頭，不可能厲害到逮得住索拉斯。既然如此，祕密一定就在那把魔劍上。想必是相當高階的魔劍吧。」

「說到這個，賽爾迪歐在鎮門口盯上的小丫頭……也是黑貓族呢。」

「大概就是她了。仔細想想，那把魔劍都能引起賽爾迪歐的注意了。」

「也就是說必定隱藏了強大的力量對吧……」

「只要得到那把魔劍，那位大人應該也會饒過我們吧？」

「你說得對……不，應該說得到魔劍才能真正討那位大人的歡心。」

「是吧？既然這樣我就豁出去了。只能寄望於那把魔劍了。不只索拉斯，把賽爾迪歐與達盧姆也用上吧。」

「連賽爾迪歐都要用？一個弄不好會不會連我們的行動也穿幫呀？」

「反正不管怎樣，只要失敗我們就會變得走投無路。既然這樣，現在應該力圖成功才對。」

「……好吧。賽爾迪歐與達盧姆由我來做調整。索拉斯那邊就交給你，可以吧？」

「好。幸好有帶『劍』來以備不時之需。」

第三章 新委託與新目的

初次進入烏魯木特地下城之後，到了第二天。

「芙蘭妹妹！等一下。」

「嗯？」

芙蘭正往迷宮走去時，有個聲音叫住了她。不過不用看也知道是誰。

「芙蘭妹妹，早啊！」

是艾爾莎。晃動著肌肉鎧甲包覆的高大身軀，用內八姿勢跑了過來。嗯——真是魄力滿點。

小漆似乎也跟我心有同感，把尾巴夾在胯下趴到地上。打從一開始就喪失戰意了。

只有芙蘭一個人不在意。芙蘭妳太強了。

「艾爾莎，怎麼了？」

「是這樣的，有個人說想跟芙蘭妹妹見面。那個人請我來拜託妳啦。」

「有人想見我？」

「對呀！說是聽冒險者提到妳，覺得很感興趣！說務必想見見傳聞中的魔劍少女一面！怎麼樣？」

從艾爾莎的說法聽起來，那人似乎不是冒險者。而且既然能夠拜託艾爾莎做事，應該是權貴嘍？比方說貴族之類？

「是什麼樣的人？」

「嗯——他不是壞人啦。他以前當過冒險者所以不會很古板，而且身分就像是這個鎮上獸人的總召，所以我覺得妳跟他認識一下不會有壞處。」

果然是權貴啊。而且似乎擁有很大的影響力，不是虛有其名的貴族。假如能跟這人打好關係，在各方面應該都有幫助。

只是，以我們來說不見得一定能跟對方處得來。視情況而定也有可能被認為小小年紀太囂張而引來反感。再說，那個人是獸人對吧？他說想見身為黑貓族的芙蘭感覺很可疑。

（可是，是艾爾莎介紹的。）

芙蘭說得也有道理。

『的確，艾爾莎是不會介紹些奇怪的傢伙給妳認識。』

（嗯。）

『話又說回來，芙蘭妳這麼快就開始信任艾爾莎了啊。』

（有嗎？）

「我懂，妳覺得不放心對吧？」

艾爾莎看到芙蘭偏著頭，似乎以為她是心裡有所不安。

是啦，就各種意味來說。

「別擔心！我也會跟妳一起的！假如那個人想對芙蘭妹妹做蠢事，我會負起責任打爛他！」

打爛哪裡？

「嗷嗚……」

啊——小漆都快哭出來了。乖喔，不用怕～

不過，既然他都說了這麼多貼心話，見個面應該無妨吧。只是最糟的情況下，可能會需要迪亞斯居中協調。

「……知道了。我願意見他。」

「謝嘍！那麼，我來為妳帶路。」

「嗯。」

「我們走近路好嗎？我想芙蘭妹妹的話應該跟得上才對。」

說完，艾爾莎就往上一跳。

看來是打算在屋頂上奔跑，走捷徑直達目的地。在這個宛如迷宮的城鎮，或許這也是一種方法吧。雖然有點擔心會挨罵。

不，我看大概沒人敢當面跟艾爾莎抱怨吧。管他的，能節省時間就好。

不過，艾爾莎輕盈地飛躍前進的景象看了真怪。而且還是在屋頂上跳躍，真怕他哪一次會把屋頂踩穿。啊啊！剛才是不是發出了一點奇怪的聲響？是說，小孩子從窗戶看到艾爾莎都嚇得大哭啦！

不妙，不知不覺間我竟然盯著艾爾莎不放！

「走這邊喲！」

「嗯。」

芙蘭，真佩服妳還能一臉平靜！

十分鐘後，我們來到了一棟大宅的門前。

大宅富麗堂皇到說是貴族的宅邸我都會信。入口站著兩位看起來相當強悍的獸人門衛。

「這裡？」

「對，奧勒爾老翁就住在這裡。你們好呀。」

「艾爾莎大人！好久不見了。請進。」

艾爾莎稍微舉手打個招呼，兩位門衛採取立正姿勢高聲回話。

不光是那些冒險者，來到這裡也是這種待遇啊。

最麻煩的是，他們看艾爾莎的視線含有極大的敬意。

我再次心想：烏魯木特，你們這樣行嗎？

「打擾了──啊，這兩個小寶貝是跟我一起的，別在意。」

「是！」

連芙蘭還有小漆都是直接放行啊。艾爾莎的影響力真是不同凡響。

艾爾莎領著芙蘭，走在從大門通往宅邸的鋪石小徑上。

「我替屋主奧勒爾老翁辦過各種委託，他很欣賞我，現在都讓我自由進出。」

「院子好大。」

「嗷。」

「因為他以前是B級冒險者，做生意又很成功。聽說他還伺候過國王陛下呢。」

所以是個標準的成功人士就對了。如果是這樣，感覺跟芙蘭更合不來了。我只要看氣氛不太對，就趁還沒被盯上之前隨便找個理由閃人吧。

雖然說被人家找來，就表示已經被盯上了。

不過話又說回來，光是庭院就夠開闊了。都還沒走到宅邸咧。

庭院裡綻放著各色花卉，設置了噴水池以及雕像，景觀美不勝收。看來屋主是個相當講究品味的人。

艾爾莎跟芙蘭介紹各種花卉的名稱。像是那個可以做成香水，或是哪種精油的保溼能力特別好等等，無奈芙蘭對這些知識毫無興趣。

艾爾莎穿過庭院來到宅邸入口後，門也不敲就直接開門走了進去。看來真的是當成自己的家一樣。

「老爺爺！我來嘍～」

「艾爾莎大人，歡迎您的蒞臨。」

「哎呀，夏拉，好久不見了。上次給妳的保溼乳霜怎麼樣？」

「塗起來非常親膚，很有幫助。」

「那真是太好了。」

艾爾莎親切地跟出來相迎的女僕小姐寒暄。

「夏拉，奧勒爾老翁在哪裡呀？」
「老爺現在在陽台放鬆休息。」
「謝啦。芙蘭妹妹，走這邊。」
「嗯。」
艾爾莎婉拒女僕小姐的帶路，熟門熟路地帶著芙蘭往屋子裡走。
宅邸內部也一樣富麗堂皇。牆上掛著藝術價值必然不凡的繪畫，看起來要價不菲的花瓶裡插著美麗花卉。
艾爾莎走向位於二樓深處的陽台。
這裡也一樣寬敞開闊。而且由於這幢宅邸本身就蓋在高台上，從這裡能夠將烏魯木特鎮的風景盡收眼底。看到這副美景，就連芙蘭與小漆似乎也大為感動。
「哦——」
「嗷呼——」
兩人小跑步奔向護欄邊，兩眼發亮地從陽台遠望城鎮。
絲毫沒去搭理擁有這幢宅邸的白髮老人。
「哈哈哈哈。你們喜歡嗎？」
好險，看來是一位寬宏大量的人物。老人明明完全被忽視，注視芙蘭他們的神情卻溫馨慈祥。
「嗯！風景好美。」

「嗷。」

我不是不能體會芙蘭他們的感動。比起從天空俯瞰，從陽台眺望的景觀又有另一番風情。該說風景顯得更有深度嗎？彷彿更能感受到人群的呼吸。

「那真是太好了。我是白犬族的維薊特・奧勒爾。可以告訴我妳的名字嗎？」

「嗯，黑貓族的芙蘭。牠是小漆。」

「嗷！」

「謝謝你們今天接受我的招待。哎，總之都坐下吧。」

該怎麼說呢？比起艾爾莎又別有一種魄力。我想到了，感覺就像黑手黨老大那種的魄力。講話聲音也有種沉重的壓迫感。

我想他應該年事已高，但背脊挺得很直，走動起來步伐更是矯健。

「聽了別驚訝，老爺爺都已經七十好幾了呢。究竟是怎麼保持身心強健的？真希望你能教教我呢～」

「很簡單。只要隨時擁有目標，努力不懈就行了。這麼一來，就沒有那閒工夫變老啦。」

奧勒爾如此說道，酷酷地微笑。真、真是帥呆了。同樣身為男人，讓我不禁有點崇拜。我也希望自己老了以後能像他這樣。還有，幸好他沒有我想像的那麼難相處。

「這個很好吃，你們一定要嚐嚐。我最愛吃這個了。」

「嗯。」

奧勒爾請大家享用女僕小姐準備的茶水點心。

大概就跟老人說的一樣美味吧。芙蘭嚼碎酥脆的餅乾，已經在要求茶水續杯了。

「這茶也很特別，是庫洛姆大陸產的茶葉喔。這是我上了年紀之後才培養的興趣，也是這宅子裡我唯一講究的東西。」

唯一？那美麗的庭院與宅邸裡的藝術品，都沒有特別講究嗎？

「繪畫或花卉呢？」

「庭院我都只是請園丁適當地布置。要是按照我的興趣來做啊，三兩下就成了叢林啦。繪畫也只是跟上門推銷的藝術品經銷商隨意選購的。一個人有了權力，就連門面也不得不顧慮。很沒意思。」

奧勒爾自嘲地笑笑。

聽說他以前是冒險者，也許其實很想過著更簡約的生活吧。

「你找我來有什麼事？」

「哈哈哈，真是急性子。沒什麼特別理由，只是聽說最近蔚為話題的魔劍少女是獸人，想見個面罷了。」

「剛才我有跟妳說過，老爺爺就像是這鎮上獸人的代表，所以好像想認識一下芙蘭妹妹。」

「說什麼代表，沒那麼了不起啦。只是，儘管有離開過一段時期，我在這烏魯木特畢竟做了五十幾年的冒險者，熟人比較多一點。」

真的就只是這樣嗎？背後沒什麼內情？現在還是用一下謊言真理好了。雖然芙蘭才剛說過我太常用，但這個情況是情非得已……對吧？

「是因為我聽說妳是個強得可怕的獸人少女。妳引起了我的興趣。」

「怎麼樣，老爺爺？芙蘭妹妹很可愛吧！而且她真的很有本事！」

「確實是你會欣賞的那種女孩。好吧，我也很久沒遇到不怕我的小孩了。我欣賞妳。」

他說他欣賞芙蘭是真的。

「看來傳聞的內容是真的了？畢竟還有艾爾莎掛保證嘛。」

他說的傳聞究竟是什麼內容？正在疑惑時，奧勒爾笑著把傳聞內容告訴我們。說是階級為D卻身懷傲人的戰鬥力。說是誰敢與她為敵絕不寬宥。說是艾爾莎特別欣賞她。說她是將強力魔劍操縱自如的用劍高手。又說其強大實力可與B級冒險者匹敵。

芙蘭在各地的活躍表現，似乎經由商人或冒險者傳進了他的耳裡。

意外地很多都是事實，讓我很驚訝。然而，芙蘭表情顯得有些狐疑。

「我是黑貓族。這樣你還是相信？」

芙蘭不容許任何人瞧不起黑貓族。但正因如此，她也明白自己的種族在獸人之間被看得多低微。正因為她痛切地明白這種傾向，對事情的反應才會更加激烈，好讓任何人都不敢看輕他們。

可是，奧勒爾對這句話嗤之以鼻。

「啊啊？又不是只要是黑貓族就一定弱小吧？事實上，我年輕時就遇過強得嚇人的黑貓族哩。就在這裡的地下城。」

奧勒爾這樣說的時候，神情顯得有些懷念。

「哦？這件事我還是第一次聽說呢。」

「因為我沒提過啊。」
「那個人現在在做什麼？」
芙蘭用反常的強硬語氣問了。這也難怪，因為她是頭一次聽到除了自己以外還有其他強悍的黑貓族。
依妮娜在黑貓族當中或許也算本領高強，但與芙蘭相比之下稱不上強者。
然而，既然原為B級冒險者的奧勒爾說那人強得可怕，可見是真的很強悍。
芙蘭不可能不感興趣。
「……現在在做什麼啊……我也不知道。」
「那麼，是什麼樣的人？」
「誰知道呢？都五十三年前的事了，我早就忘了。」
他在說謊。可是，他為什麼要騙人？是在地下城喪命了還是怎樣嗎？事實上，奧勒爾的表情也很陰暗。或許他並不想多談。
「是嗎……」
「總之呢，我在獸人之間還算吃得開。妳有困難都可以來找我，我會盡量幫妳的。」
他說願意幫芙蘭做點什麼似乎是真的。不過，關於過去那個黑貓族的事就別追問了。難得認識一個對芙蘭友善的人，對人家不想談的事情追問不休搞不好會惹惱人家。
「噢，對了，安葬依妮娜小妹的事我已經接下來了。今天早上才剛讓她入土為安。」
「謝謝。」

動作還真快。都不用辦葬禮什麼的嗎？不，也許冒險者的殯葬習俗都是這樣？

然而，艾爾莎身為老手冒險者，似乎也覺得太快了。

「咦？已經下葬了？芙蘭妹妹最後沒能跟她告別，應該也覺得很遺憾吧？」

「嗯？我已經送過她最後一程了所以沒關係。」

「真的沒關係嗎？」

「對喔，艾爾莎你是這個國家出身的嘛。那不知道也無可厚非了。」

奧勒爾解釋給艾爾莎聽。他說對獸人而言，最要緊的是死後離魂升天的瞬間能得到他人送行悼念。還說靈魂升天後的肉體不太受到重視，葬禮也很簡單。他們似乎深信葬禮的意義不是對死者表示敬意，而是讓親朋好友理解並接受故人之死。

「我想這是因為獸人自神代以來經常作為戰鬥種族死於戰場，才會留下這種習俗。在戰場上捐軀時沒有多餘心力辦葬禮，所以才會認為只要死後立刻有同伴送自己最後一程就好。我們非但不在乎之後自己的屍體如何處置，甚至寧可讓同伴拿去堆成野戰掩體。」

就某種意味來說或許符合效益主義，也可能是大半人生置身戰場的獸人特有的思維吧。

芙蘭也是，面對依妮娜的遺體悼念過她的死亡，似乎就認為已經送過最後一程了。

「還有呢，其實我想委託小妹妹辦一件事。可以嗎？」

委託？還真突然。他想委託才剛認識的芙蘭什麼事？

「什麼樣的事情？」

芙蘭反問後，奧勒爾拿出一件東西放到了陽台的桌子上。

好像是一個墜飾。

「是送貨委託。地點就在附近。如果是艾爾莎的話今天之內就能辦完了。」

「那你怎麼不委託艾爾莎？」

「不，我想讓小妹妹妳來辦。怎麼樣？」

奧勒爾定睛注視著芙蘭。

「好。」

芙蘭隨即對奧勒爾點了點頭。難得看到她沒跟我商量就直接給答覆。

儘管猜不透奧勒爾的意圖讓我稍感不安，但只要芙蘭認為可以承接，我就沒意見。

「是嗎？謝啦。」

「嗯。」

奧勒爾神情像是鬆了口氣，面露微笑。看來是無論如何都希望芙蘭接下任務。

「那這份委託就交給妳了。我想請妳把這玩意兒送去給一個人。」

這個墜飾果然是委託的相關物品。怎麼想他都是事前就準備好了。也就是說只要芙蘭符合他的期望，他早就打算當場提出委託。

芙蘭拿起墜飾。就是個鑲了黑色石子的樸素墜飾。而且背面似乎就像相片墜子一樣可以打開。不過我們是不會擅自打開委託物品的。

只是，從它當中感覺不到任何魔力等等，怎麼看都只是普通的墜飾。我不認為這樣的東西有必要特地委託冒險者送貨。

然而，奧勒爾接著說出了一句令人震驚的話：

「好。麻煩妳把這個，送去給東地下城的地下城主。」

『啥？』

「給地下城主？」

好險！我差點就回問奧勒爾了。

因為他說地下城主耶？

然而，對於芙蘭的詢問，奧勒爾一副理所當然的表情點點頭。

「是啊。聽好了，絕對要由小妹妹妳親手交給對方喔。」

「我該怎麼做？」

「自己想辦法也是委託內容之一。」

更大的問題是，把這種東西拿給地下城主會發生什麼事？

之前聽說地下城主與迪亞斯締結了契約，也就是說對方具有能夠談判的智慧。上路之前或許先跟迪亞斯打聽一下比較好。

「哎，總之妳就先去地下城的最深地帶看看怎麼樣？憑小妹妹妳的實力絕非不可能吧？」

真是看得起芙蘭。我想他應該無意用激將法，但芙蘭完全被激起了鬥志。她充滿幹勁地點點頭。

「嗯！當然！」

話說回來，處理這項委託會遇到什麼狀況，我完全無法預料。

接下來該怎麼做呢……我們離開奧勒爾的宅邸，與艾爾莎一同前往冒險者公會的路上，芙蘭不知為何主動向我道歉。耳朵軟趴趴地下垂，神情顯得萬分歉疚。

（對不起。）

『嗯？什麼事對不起？』

（我擅自接下了委託。）

喔，原來是這麼回事啊。

『我是覺得有點不小心，但只要妳想接就沒關係。』

（謝謝。）

『不過，妳還真喜歡那個老先生耶。』

奧勒爾氣宇不凡又心胸開闊，跟人講話不擺架子。的確是芙蘭會欣賞的類型，但我還是覺得她委託接得意外爽快。

芙蘭在依妮娜死後一直委靡不振的心情似乎稍微好轉了點，我是覺得很高興，只是仍然有點擔心。

然而，芙蘭似乎也並非只憑感覺做這個判斷。

（那位老爺爺已經進化了。）

『咦？真假？』

（他是白犬族進化後的種族，叫白狼。）

『可是，他不是自稱白犬族嗎？』

他分明說過自己是白犬族的維薊特・奧勒爾。

（即使經過進化，白犬族還是白犬族。只是會變成白犬族的白狼。）

『喔，原來是這樣啊。所以芙蘭如果進化，也還是黑貓族嗎？』

（嗯。黑貓族的什麼什麼。）

『可是，真佩服妳看得出來那個老先生已經進化了。』

（只要都是獸人就感覺得出來。）

『哦，你們都是這樣嗎？』

（嗯，都是這樣。）

這方面要算是野性的直覺嗎？或者是種族特性？

（為了進化，我要問他一些事情。所以作為代價，先接下了委託。）

『原來是這麼回事啊。』

「嗯。」

看來是經過深思熟慮才接的委託。

「哎呀？妳有說什麼嗎？」

「沒什麼。」

「是嗎……？」

我們一邊用艾爾莎最擅長的抄捷徑走法前往公會，一邊問他一些關於地下城主的問題。

艾爾莎一邊偶爾在屋頂上撞見正在晾衣服的人把對方嚇壞，一邊告訴芙蘭很多情報。

「關於委託，建議妳可以先去跟公會長報告一聲。只要申請成為公會中介的正式委託，對芙蘭妹妹的升級一定有幫助。」

不只如此，他還說要見到地下城主比我們想像的更難。畢竟就連艾爾莎，都說他從沒見到過地下城主。

「是這樣喔？」

「並不是只要到達最深地帶，就能見到深居簡出的地下城主呀。每次去一定能見到城主的大概也就只有公會長了吧？」

拜託喔。這項委託真的有辦法達成嗎？

「唔——」

『哎，反正接都接了，就來想想怎樣才能達成委託吧。』

我們到現在都還不明白奧勒爾為何要特地委託芙蘭，但反正失敗時也不用受罰或賠錢，最壞的情況一句話委託未能達成就沒事了。不過我們沒打算失敗就是。

抵達公會後，我們立刻去見迪亞斯。

一般來說應該沒這麼容易見到公會會長，但我們有艾爾莎撐腰。

只要艾爾莎說有事找公會會長，誰也擋不了他。

進了辦公室，難得看到公會長在處理文書工作。儘管我們來到烏魯木特還沒幾天，但我完全無法想像迪亞斯認真工作的模樣。他只給我成天在外走動的印象。

艾爾莎似乎也有同感，略顯驚訝。

「哎喲？難得看你在耶。」

「當然了，我也不是整天都在外頭走動啊。找我有事啊？」

「是呀，芙蘭妹妹找你。」

「哦哦？」

在迪亞斯的注視下，芙蘭談起從奧勒爾那裡接下的委託。

從奧勒爾把她找去的部分開始講起，說到享用好茶的時候最為熱情，至於最後接受委託的部分則簡單扼要。

「這樣啊，妳見到奧勒爾了啊……」

「你們認識？」

「算是吧，這個鎮很小。不過，他給了妳委託啊……」

「就是不懂老爺爺他在想什麼呢。公會長你懂嗎？」

「唔……奧勒爾他也……」

迪亞斯略作沉思。

「嗯？」

「沒有，沒什麼。這項委託，我可以受理。不過，有幾件事情妳要注意喔。首先理所當然地，禁止傷害地下城主。觸犯禁令的話最輕也是判死刑喔。」

「我知道。」

這已經講過很多遍了，我們十分清楚。一個弄不好地下城主搞不好會摧毀烏魯木特，我們無意主動攻擊對方。

「還有，我不能保證妳一定能見到地下城主喔。」

就連艾爾莎都沒見過了，無可奈何吧。

「這我也知道。」

「那就好。」

「嗯。」

「總之呢，她的脾氣很拗。萬一真的見到面了，建議妳別惹火她為妙。」

「她？」

地下城主是女性嗎？

「說溜嘴了。這點妳也自己去確認吧，這種事不該由我隨口到處亂說。」

「好。」

後來，我們調查過東地下城城主的情報，但沒能得到什麼有用資訊。城主的情報似乎受到刻意隱蔽，只知道她是女性，能夠進行對話，其他則一無所知。

我們又調查過西地下城城主的情報以期找到些許線索，但一樣沒有收穫。原來西地下城屬於東地下城的附屬設施，只有頭目而沒有城主。不，應該說東城主同時也是西城主比較正確。

更何況聽說很少有人能到達最深地帶，到了那裡能見到地下城主的人更是沒幾個。

『總之只能去看看了。』

「嗯。」

反正我們本來就有意把東地下城的下層作為目標。

『芙蘭，有辦法解決嗎？』

「嗯。」

來到烏魯木特到了第五天。

我們待在東地下城的第十四層。目前正在這幾個樓層一面狩獵魔獸，一面磨練陷阱方面的技能。

雖然還得達成奧勒爾的委託，但要是太急躁弄到受傷就本末倒置了。因此我們不慌不忙，慢慢進行攻略。

眼下，芙蘭正在與陷阱搏鬥。畢竟已經來到地下城的下層，這幾層的陷阱無論是難解還是狡詐程度都與上面樓層差多了。

例如看到陷阱布滿了無數誘餌鋼索，結果其實只要不去亂動就不會啟動陷阱，或是飛出的箭啟動別的陷阱，那個陷阱又再起動另一個陷阱。

內容也是，猛毒系以及傳送系的高危險陷阱漸漸多了起來。

除此之外，也開始出現傳送封印或是氣息察覺封印等一些特殊空間。不過我們擁有封印無效，對我們沒用就是了。

儘管公會長說過他跟地下城主做過交涉，但終歸還是地下城。看來並非尋常的修練場。

「……嗯。弄好了。」

『哦？我看看。』

嗯，解除得乾乾淨淨。

這座地下城，由於越是往下走陷阱的數量就越嚇人，很多魔獸擁有察知系、感知系或陷阱系的技能。儘管戰鬥力不算太高，卻會利用陷阱或暗處使出狡詐手段攻擊我們。

不過，多虧吸收了一堆牠們的魔石，我的技能等級上升了很多。如今有全方位察知4、全存在感知4與陷阱解除4。

而且又有這麼多陷阱供我們練習。多虧於此，芙蘭解除陷阱的本領比起剛進地下城時，有了飛躍性的提升。

再說，日前在巴博拉購入魔石獲得的新魔術——冰雪魔術與熔鐵魔術，在解除陷阱時也頗有幫助。

只是另一個新獲得的月光魔術完全派不上用場就是了。一個是能在夜間提升能力值的月相盈虧，另一個是能在一定時間內獲得夜視能力的夜視界。坦白講很難說有沒有用，短期間內大概不會用到吧。目前只想提升等級，盡快得到反射系的魔術。

不過，另外兩項則是正用得過癮。

只要用冰雪魔術凍住陷阱內部，就能妨礙陷阱的發動；若是爆炸系陷阱的話光用這招就能阻止了。

熔鐵魔術的應用範圍更廣。能夠一如其名地熔解鋼鐵直接讓陷阱失效，或是熔接機關讓它無法運作。

話雖如此，不愧是以陷阱為主的地下城。即使芙蘭的本領逐漸有進步，仍然不是每次都能確實解除。

這次也是，芙蘭短促地叫了一聲。

「啊。」

『短距跳躍！』

「嗷嗚！」

超高速射出的水彈，灑落在我們剛才的所在位置。要是被直接擊中的話想必已經身受重傷。萬一打中頭部等處，這種威力甚至可能致命。而且以水形成的彈丸很難看清楚。

「抱歉。」

『看來還不到完美的地步喔。』

「嗯。」

話雖如此，這個陷阱屬於不解除就無法前進的類型，無可奈何。

我們現在除了奧勒爾的委託以外，還有四個目標。

首先是替我們自己練等，然後是達成委託以提升階級，再來是練熟各種技能。最後一個是獲得能夠抵擋思考操控系技能的技能。

具體來說我們需要一種技能，用來抵擋強制親和或思考誘導等等，那種會對我方思考或精神做出些許影響的討厭技能。

這些技能不同於異常狀態等等，只不過是少許的操控，或是簡單的誘導。
正因為如此才更難察覺，若是對方巧妙運用這招就更難應付了。
我們來到烏魯木特後已經被這類技能整到了兩次，於是決定找出方法預防這些思考操控系技能。
本來想過有沒有簡便的防禦系魔道具可以使用，但店裡當然不可能剛好有賣。去過艾爾莎告訴我們的幾家魔道具店，都沒有看到。而且能夠完全抵擋高階技能的魔道具似乎特別貴，就算有賣也實在不是我們手邊金錢能買得起的。
這樣一來，還是只能靠技能了。
我們在冒險者公會的圖書室查閱了半小時的資料，想找找有沒有哪種魔獸擁有類似的技能；結果查到了超乎想像的詳細情報。
與地下城主締結契約，出現魔獸長年固定不變似乎讓公會累積了豐富的相關情報。不只是出現樓層與弱點等等，各種素材的用途，或是擁有鑑定能力的冒險者查出的魔獸所持技能情報等等也都鉅細靡遺地整理成冊。
結果我們得知，在這座地下城的深層有種魔獸擁有耐人尋味的技能。
技能名稱是思考遮蔽。
資料上也記載了幾場戰鬥紀錄，其中包括了迪亞斯年輕時對付該種魔獸留下的紀錄。紀錄寫到思考誘導技能連續失敗了好幾次。由於這種魔獸擁有高等級的思考遮蔽，可以推測只要有了這項技能，定能抵擋思考操控系的技能。

因此我們現在一面練習技能的同時，也以擁有思考遮蔽技能的魔獸棲息的地下城深層——換言之就是第十八層以下為目的地前進。

這樣也能完成奧勒爾的委託，可說是一舉兩得。

從我們闖入地下城正式展開攻略以來，至今過了兩天。

通往第十四層的階梯就在眼前了。

我覺得步調還算快。不，比起其他冒險者應該快得異常。

這都得感謝可靠的方便技能——次元收納的幫助。

不同於其他冒險者，我們不需要扛著大量糧食等物資，所以不會被行囊妨礙探索，得到的魔獸素材等等也一樣可以收起來。光是這樣在地下城探索上就形成了非常大的優勢。

聽說一般冒險者打倒魔獸時必須當場解體，盡可能只把比較珍貴或交貨用的素材帶回去。解體工程其實還滿花時間的，況且行囊越重行進速度也就越慢。而且越是往地下城深處前進，出現的魔獸不但更強，陷阱的難度與設置數量也會上升。結果導致越是在地下城裡前進，攻略速度就越慢。更麻煩的是魔獸素材有很多容易腐壞，裝載量也有限。

除非以攻略地下城底層為目的，否則似乎沒有幾個冒險者會在地下城裡待上好幾天。

除此之外，問題也不只限於重量等物理層面。冒險者必須過著以難吃口糧果腹，在不知何時會被魔獸襲擊的陰暗地窖裡爬行的生活。也有很多冒險者因此導致精神出狀況。無法長期維持動力，似乎也成了長期探索地下城的一大障礙。

關於這點，芙蘭與小漆完全沒有半點精疲力盡的樣子。畢竟三餐美味，又能隨身攜帶鬆軟床鋪睡個好覺。生活水準與其他冒險者不能相提並論。而且芙蘭他們作為戰鬥狂的才能正逐漸得到發掘，魔獸變強他們反而高興。豈止動力沒有降低，心情反而還越來越亢奮。

現在也是，他們面對看起來很有挑戰性的魔獸，兩眼都發亮了。

「這次一定要一擊解決。」

「咕嚕！」

下到第十四層進入的第一個房間裡，佇立著多個巨大身影。

『是高等食人魔啊。』

也就是食人魔的高等種。身高將近有四公尺，具備連鐵劍都能彈開的堅硬皮膚，以及發達如鎧甲的肌肉。其臂力之強勁，從牠們使用的武器就能想像得到。牠們能夠輕鬆揮動巨大鐵棍，或是宛如替大如鐵桶的鐵球裝上握把做成的巨大錘矛。此外，牠們也是在這地下城較為罕見，不具特殊能力的腦袋裝肌肉型魔獸。

牠們從樓上的第十三層開始出現，是超乎想像地耐打的對手。索性可以說牠們就算受到了內臟外露的重傷，仍能藉由高度再生力重返戰局。

可能是之前遭到以為已經殺死的高等食人魔反擊實在太不甘心了，芙蘭堅持要一擊送這些傢伙上西天。

『那麼，這個房間不會有陷阱了。』

此外，這座地下城的魔獸當中就只有這些傢伙不會應付陷阱。因此高等食人魔所在的房間從來沒有設置過任何陷阱。

八成是因為牠們絕對會害死自己吧。

只是相對地牠們也特別有力氣，強悍到即使是D級冒險者也無法輕取。

然而對於硬碰硬就能正常打贏的我們而言，卻是不用擔心陷阱、可以安全打鬥的地點。

要不是芙蘭嘔氣堅持要用劍打倒牠們，一碰上直接用魔術就秒殺了。

『我們上！』

「嗯。」

「嘎嚕嚕嚕嚕！」

發動奇襲一口氣殲滅就對了。因為磨蹭太久，有時會引來更多的魔獸。

小漆一鼓作氣撲向最右邊的高等食人魔，想咬死牠。

「嘎嚕吼！」

接著，箭雨灑向了我們。

『唔喔！風罩術！』

「嘎嗚？」

我連忙用魔術擋下，小漆急忙躲進影子裡。

看來這個房間裡還是有陷阱。一看，高等食人魔用堅硬皮膚把箭全彈開了。

原來如此，所以是對高等食人魔而言完全不成問題的陷阱就對了。但對我們而言，卻十分足以構成威脅。

到了第十四層，地下城的狡詐程度更上一層樓了！

『總之先把這些傢伙收拾乾淨吧！』

「嗯！」

一瞬間，我想到直接用魔術全部轟掉比較快，但還是作罷了。因為我如果那樣做，意氣軒昂地舉劍迎戰的芙蘭絕對會鬧彆扭。得留點機會給她表現才行。

『一半交給我跟小漆。其餘兩隻由芙蘭妳來對付！』

「嗯。」

『煉獄爆烈！』

「嘎嚕嚕嚕！」

我放出的火焰魔術貫穿了一隻高等食人魔，瞬時將牠燒成焦炭。緊接著，小漆自影子裡一躍而出，射下闇黑長槍刺穿了另一隻。

這下被高等食人魔啟動陷阱的可能性就減半了。

「咕哦哦哦喔喔！」

「太慢了！喝啊！」

芙蘭輕盈躲開高等食人魔的棍棒，用空中跳躍一口氣往上跳。空氣拔刀術的架式早已完成。

然後，一鼓作氣拔出的我，砍斷了高等食人魔粗如圓木的脖子。

咻——被砍下的腦袋脫離胴體，斷面噴出鮮血。

慢了一拍，失去首級的龐然巨軀轟然倒在地下城的地上。

高等食人魔再怎麼頑強，被砍斷脖子似乎也會當場死亡。

接著，芙蘭出手襲擊另一隻。

這次的奪命手法極其簡單俐落。

她像方才那樣躲開攻擊接近對手，將我刺進位於心臟附近的魔石。只要沒有什麼堅持，這應該是最簡單的奪命方式。

『現在就算出現高等食人魔也不能保證安全了啊……』

「正合我意。」

地下城的難度越是提升，芙蘭的鬥志似乎就越旺盛。表情漲滿了幹勁。

『接下來陷阱的難度應該也會再上升一個階段，要小心啊。』

「嗯。」

『小漆也要小心。不要再像剛才那樣了。』

「咕嗚……」

後來我們重新提高警覺繼續前進，發現了一個從未看過的陷阱。

「這裡有奇怪的線。」

『真佩服妳能發現……我只能隱隱約約看見一點。』

「這個也是陷阱？」

就跟電影裡常見的紅外線感應器陷阱一模一樣。既然肉眼也能看見，可見應該不是紅外線……不過光看這樣，不知道會啟動何種陷阱。

「要啟動一次看看嗎？」

『說得也是……為了今後著想，是想多了解一點。』

我們決定盡可能離陷阱遠一點，故意啟動陷阱看看。

我創造出分身，讓他去碰感應器。

『什麼都沒發生？』

沒有箭雨，也沒有開洞。沒有長槍飛出，也沒噴出什麼氣體。

「好像有聲音。」

『聲音？』

轟轟轟……

芙蘭說得的確沒錯，地下城內迴盪著詭異的重低音。搭乘有點老舊的電梯可能就會聽到這種聲音。

問題是，我們不知道發生了什麼事。

我正在戒備周遭狀況時，芙蘭指向從房間延伸出去的通道牆壁。

「師父，牆壁在動。」

『咦？』

芙蘭說得沒錯。通道的牆壁正在滑動。我們繼續旁觀，發現一直線延伸的通道變成了右彎構造。

原來如此，還有這種陷阱啊。讓迷宮構造發生變化，目的大概是要讓人迷路吧。真是大手筆的陷阱。

不過反正肉眼可見，小心一點應該就能躲過。再來只要找出解除的方法就完美了。
我本來是這麼想的——
轟轟轟……
剛才那種振動聲再次傳來。
「師父？」
『不是我，我已經消掉分身了！小漆呢？』
「嗷嗚嗷嗚！」
小漆也拚命搖頭，強調不是牠。可是，牆壁就是在動。
然後，這次換成左側牆壁消失不見，出現新的通道。通道裡有一隻高等食人魔。
『我懂了，是高等食人魔啟動了陷阱！』
換言之，這就是這種陷阱的特性。無論冒險者們自己有多小心，在地下城內四處走動的高等食人魔還是會啟動各種陷阱。也有可能發生其他冒險者不慎啟動的狀況。
「吼嚕嚕嚕嗄啊啊！」
對方似乎也發現我們了。
『先把那傢伙收拾掉！』
「嗯！」
『受不了，這地下城真夠棘手的！』

然而這點程度的棘手機關，不過只是開端罷了。

到了第十五層以下之後，故意啟動陷阱對付我們的討厭魔獸數量大幅暴增了。

一種名叫迷霧怪的霧狀魔獸尤其麻煩。這種魔獸的本體輕薄如霧，擴散時毫無存在感，物理攻擊也無效。然而將霧狀身體聚集於一處時卻能發揮足夠啟動陷阱的物理能力。

我們已經好幾次在不知不覺間被迷霧怪啟動了陷阱。

到抵達第十八層為止就啟動了三十次以上的陷阱。就連芙蘭也難掩疲勞之色。

直到半路上想到對付迷霧怪的方法之前，一路上真是危機重重。不是在開玩笑。

如果只是要對付牠的話其實很簡單。只要在闖入新的通道或房間前，先用廣範圍魔術攻擊整個空間就行了。無論牠躲得多好，我們只消廣範圍施展魔術讓牠無處躲藏，三兩下就清潔溜溜了。這是因為迷霧怪的戰鬥力很低。用個兩三招魔術就能打掃乾淨。

視情況而定還能事先啟動陷阱，一舉兩得。

只是，這樣就完全沒有修行到了。不過，反正已經來到我們要找的魔獸棲息的樓層，我覺得差不多該以安全為第一了。要找的是名為骯髒精，宛如黑色光球的魔物。

沒錯，之前提到的擁有思考操控防禦技能的魔獸，出現情報大多集中在第十八或十九層。

話雖如此，目擊次數比起其他魔獸仍然極端稀少。大概是棲息數量少，隱密能力也強吧。

我們實際上在第十八層到處徘徊，到現在都沒能遇到一隻。

只有經驗值與魔石值不斷累積。目前芙蘭的等級達到４３，我也快升等了。

特別是芙蘭的等級達到上限時會發生什麼事……如今賺經驗值逐漸成了第一要務。

『找不到也沒辦法，總之繼續前進吧。』

「嗯。」

我們就這樣又在地下城裡探索了幾十分鐘。我不幸地想到了一件重大的事實。

『我現在才想到……』

「嗯？」

『對付迷霧怪的飽和攻擊，搞不好把骷髏精也殺掉了。』

「啊。」

『抱歉。我應該要想到的。』

大概是用魔術連魔石一併消滅了。難怪找都找不到。

『沒辦法了。不要再用魔術掃蕩戰術，慢慢找吧。』

「好。」

這麼一來，前進速度就頓時變慢許多。因為這下子不只迷霧怪，還得對付其他棘手的魔獸。

「咕嚕！」

『怎麼了，小漆？』

「嘎嚕嚕！」

只見小漆先是突然發出低吼，接著對牆壁施展了闇魔術。漆黑長槍撞擊牆壁。往該處仔細一瞧，的確有點不自然。

「嗶嘰咿咿咿！」

『嗚哇，好噁！』

一條橙紫雙色、一看就像有毒的肉蟲出現在眼前。

牠黏在牆上，一邊口吐黑黑的液體一邊蠕蠕而動。腹部被小漆用魔術開出了洞，流出惡臭難聞的液體。

『應該說，怎麼被牠靠得這麼近都沒發現？芙蘭妳呢？』

「我也沒發現。」

「嘎嚕！」

原來是擬態猛毒爬行怪。

好像是一種運用擬態、氣息遮蔽與消音行動長時間潛伏的等待型魔獸。技能具有王毒牙、毒素魔術與噴毒，一身都是毒。

小漆似乎是聞味道發現的。不愧是狼。

我們在進入地下城之前收集到的情報，指出最需要提防的就是這種魔獸。驚人的是牠直接性造成的傷亡人數比高等食人魔還多。

想想也是啦。牠身懷高性能的隱密能力，又有一擊必殺的用毒能力。

縱然是中級冒險者，不是長於探索的人恐怕應付不來。

但這傢伙的素材似乎挺有用處，光是擬態猛毒爬行怪的素材交貨委託就有多達四件。分別是皮、毒囊、毒牙與肉。

坦白講我無法想像要怎麼吃這傢伙的肉，但聽說作為高級食材很受歡迎。不過如果處理毒素失敗好像會很慘。大概就跟河豚差不多吧。

魔石值不是很高，但可以順便賺取氣息遮蔽與毒素魔術的熟練度，那就來場獵蟲行動吧！

『小漆加油！』

「小漆加油。」

「嗷？」

全靠小漆的鼻子了！

兩小時後。

我們讓化為肉蟲殺手的小漆帶頭，在第十八層裡順利推進。

目前已經解決了將近十隻肉蟲，真是賺翻了。

但是，我們卻發現了更讓人眉開眼笑的東西。

『有寶箱！』

「嗯。」

本日的第一個寶箱來了。

聽說烏魯木特的地下城以寶箱較多而聞名。畢竟跟地下城主締結了契約，可能是覺得讓冒險者獲得點利益也沒關係吧。

據說上面樓層多為藥水類，下面樓層則是魔道具比較多。

事實上我們也撿到了幾瓶藥水。

『這可是第十八層的寶箱呢。值得期待喔。』

只是，可不能想都不想就打開。陷阱當然沒有忘記設置。

大概是強酸系陷阱吧。一旦啟動，隊伍就會遭受到強酸攻擊。而且還不只如此，是整個寶箱都會融解，糟蹋掉裡面寶物的那種類型。

這種機關真惹人厭。

「我來解除。」

『交給妳了。要當心喔。』

「沒事！」

面對本日最高難度的陷阱解除工作，芙蘭已經興奮到最高點開始著手了。

芙蘭一邊低聲沉吟一邊觀察寶箱周圍，時不時還敲敲牆壁或地板聽回音。之後，她使用解除工具以及魔術，冷靜地一步步癱瘓陷阱。要是在做她不擅長的事情時也能發揮這種專注力就好了。具體來說希望能在念書或查資料的時候好好發揮。

「弄好了！」

『哦，很快嘛。』

「我很認真！」

芙蘭就這樣一臉雀躍地打開寶箱。一看，裡面放了個有意思的東西。

看來是格鬥家專用的武器。屬於裝在手臂上的鉤爪類武器。

構造是用皮帶將黑色金屬板固定在手臂上，完整覆蓋從手背到上臂的部位。然後從手背部位伸出如動物爪子般輕微彎曲，長約二十公分的三根銳利鉤爪。

名稱：捕縛之爪
攻擊力：230　保有魔力：100　耐久值：700
魔力傳導率：D+
技能：麻痺擊

很棒的一點是它似乎能藉由注入魔力的方式伸縮爪子，平常不會妨礙動作。而且還具備讓對手麻痺的技能，實用性想必也很高。

雖然我們不能使用，但性能還不賴，感覺可以賣到不少錢。

然而，芙蘭似乎有別的想法。

「師父，這個可以給小漆用嗎？」

『什麼？不，經妳這麼一說或許真的能裝備……？』

它似乎還附有配合裝備者變大縮小的尺寸調整功能，而且配合手腕的轉動，手背部分也做成能大幅往後翻的構造。

的確或許可以裝在小漆的前腳上。

『芙蘭，妳幫小漆裝上。』

「嗯。小漆，把腳伸出來。」

「嗷！」
「那麼，先給我右腳。」
「嗷。」
小漆右前腳一彎抬起來，芙蘭替牠裝上外觀有如鐵製護手的捕縛之爪。
看來裝備起來的感覺還好。爪子發動尺寸調整功能，裝在小漆的腳上正合適。
兩腳裝上新裝備的小漆，意氣自得地挺直身子站立。尾巴搖到都吹起微微輕風了，看得出來牠很高興。
『很適合你喔，小漆。』
「好帥。」
「嗷嗷！」
『會不會有哪裡怪怪的？像是影響到走路，或是金屬配件會卡到之類。』
「嗷嗚？嗷嗷！」
看樣子沒問題。
牠注入魔力，不必要地讓爪子伸伸縮縮當好玩。
這個爪子的攻擊力不是很強，但總比小漆的赤腳（？）來得強吧。況且小漆擅長打帶跑戰術，與能夠拖慢對手動作的麻痺技能適性極佳。這真是意外撿到寶了。
後來，小漆卯足了勁。
一定是很想使用剛入手的玩具——我是說武器，想得不得了吧。

牠積極地抓出魔獸，興高采烈地撲上去。

從肉蟲殺手升級為魔獸殺戮貪狼的小漆，以驚人的速度在地下城裡橫衝直撞。

除了對付高等食人魔的時候以外，甚至完全沒有我們出手的餘地。

然後不知不覺間，就來到了通往第十九層的階梯。哇——這裡簡直是專為小漆設計的地下城嘛。

「師父，現在怎麼辦？」

『都來到這裡了，就去下一層吧。反正聽說骯髒精也會出現在第十九層，肉蟲也獵到了需要的數量。沒必要賴在第十八層到處徘徊。』

「嗯，好。」

於是我們開始下樓，豈料……

「嗷？」

『怎麼了，小漆？』

「嗷嗷！」

小漆階梯走到一半，不知為何開始對著台階吼叫。

看起來像是對著空無一物的石階吼叫。但我全面發動感知系技能，發現那裡有著某種東西。

「嘎嗚！」

小漆對著地板射出漆黑長槍。怪了，我剛剛才看過同樣的狀況耶。

「啊啊啊啊——！」

可能是被小漆的攻擊逼出來了，某種東西伴隨著尖銳叫聲從地板微微滲透般現身。

模樣看起來就像是保齡球大小的漆黑光球輕飄飄地浮空。其輪廓搖擺不定，不仔細凝視的話有可能會追丟。

與我們查到的特徵完全相符。

『是骯髒精！』

沒錯，這就是我們苦苦尋覓的骯髒精。

經過鑑定，得知牠的生命力與臂力都比哥布林還不如，魔力與敏捷性卻達到威脅度D。技能也很豐富。有風魔術、氣息遮蔽、思考遮蔽、精神異常抗性、魔力吸收、闇魔術與闇抗性等等，多種強力技能應有盡有。

牠似乎是以闇魔術躲在階梯的影子裡。正因為小漆也是闇魔術的高手，才能察覺到吧。差點就遭到奇襲了。

想到小漆不在的情形就覺得可怕。恐怕無法全身而退吧。

『小漆，幹得好！晚點給你獎勵。』

「嗷？嗷嗷！」

『賞你特辣咖哩！』

「嗷喔喔！」

「唔。我也會加油。」

可能是受到小漆的獎勵觸發了，芙蘭鼓起幹勁把我舉好。

『絕對要得到魔石！』

「嗯！」

那傢伙擁有思考遮蔽技能。這正是我們尋求的技能，絕對要弄到手。

『小漆，注意不要讓牠用傳送逃走了。』

「嗷！」

「喝啊！」

芙蘭不把立足處狹窄的階梯當一回事，揮劍斬向骯髒精。

「啊啊啊啊！」

「唔。」

然而，她的攻擊穿過了對手的軀體。

是闇魔術嗎？似乎是在一瞬之間讓實體消失，使得物理攻擊直接穿透。

「火箭術！」

「啊啊！」

『嘖！動作真快。』

不只動作，魔術的發動也很快。芙蘭施展的火魔術，被類似黑盾術的闇黑盾牌擋下了。

『火箭術！』

「火箭術！」

『火箭術！』

這次使用盾牌擋不完的大量魔術轟炸牠！

超過三十枝火箭毫不間斷地灑在骯髒精身上。

這下看你怎麼擋！但意外的是……

「啊——！」

『消失了……！不對，是傳送！』

先是身影消失不見，接著骯髒精出現在約三公尺外的位置。

雖然似乎只能移動很短的距離，但還是很麻煩。

如果只是要打倒，連續發射範圍魔術就行了……

但最要緊的是魔石。不能用高威力的魔術把魔石給破壞掉。

假如是高階高等級的對手，魔石也都又大又硬所以不用太擔心。但這傢伙只是不好打，實力其實不怎麼樣，無法期待魔石有多大硬度。

既然如此——

『那就快到讓牠逃不掉，一劍劈死！』

「嗯。」

先來做點牽制。

「嘎吼！」

『火箭術！』

「啊啊——」

為了躲掉我們施展的攻擊，骯髒精用了陰影傳送。但是，這就對了。

骯髒精不具有詠唱縮短技能，無論魔術發動得多快，應該都不能連續進行傳送。既然如此，只要抓準傳送後的那一瞬間下手即可。

芙蘭全面發動感知技能預測傳送位置。

可能是在這座地下城辛苦了半天獲得的成果，我們清楚感覺到了骯髒精的傳送目標。

芙蘭一個跳躍到達傳送位置。

「喝啊！」

然後芙蘭的右手一閃而過，附帶火屬性的我斬殺了骯髒精。魔力從魔石流入我的體內。

「啊啊啊啊啊！」

黑球發出刺耳尖叫消失了。我懂了，只有魔石而不會留下素材，或許也是導致目擊情報較少的原因之一。

『好，拿到思考遮蔽了！』

「嗯！」

『為了提升技能等級，就繼續展開獵精行動吧！』

「嗷喔！」

初次遇到骯髒精之後過了三小時。

『芙蘭、小漆，晚飯做好嘍。』

「嗯！」
「嗷！」
我們在第十九層的一個角落露營。
我們把床放在沒有陷阱的小房間角落，以我與小漆張開的五重結界確保安全。我不用睡覺所以可以徹夜看守，芙蘭與小漆對氣息也都很敏感。除非是被初次看到又具有高度隱密能力的魔獸或是階級特高的冒險者襲擊，否則應該沒有問題。
「姆咕姆咕姆咕！」
「嘎嗚嘎嗚嘎嗚！」
芙蘭坐在床邊大口扒咖哩。還加上唐揚雞、起司漢堡排與炸豬排等胖子最愛的三種配菜。
小漆在她腳邊狼吞虎嚥地吃我跟牠說好的特辣咖哩，嘴巴旁邊弄得滿是醬汁。等一下得做個淨化才行。
芙蘭擺動著雙腳哼歌，不時還光著腳踩在腳邊小漆的背上搓揉牠的毛。
今天成功打倒骷髏精，也獲得了思考遮蔽。芙蘭的等級也升到４４，探索過程可以說相當順利。明天應該就要到達第二十層了。芙蘭也很有可能升到４５級，換言之就是達到上限值。
但是在那之前，我得先跟芙蘭把一件事說清楚。
雖然要對心情正好的芙蘭潑冷水讓我過意不去……
『芙蘭，可以講兩句話嗎？』
「嗯？」

『妳就快升到45級了。』

「嗯。」

『就我的鑑定結果，芙蘭的等級上限是45。』

沒錯，要談的就是等級問題。她只要再升一級，就會達到黑貓族的上限45級。屆時就無法繼續升等，也就是所謂的等級封頂。

「我知道。」

『只是呢，那個……』

我打算把我的推測告訴芙蘭。

雖然很難以啟齒，但還是應該先講清楚，免得事情發生了再來失望。

我鐵著心腸，把話說明白：

『就算達到45級，我覺得能夠進化的可能性還是很低。』

雖然大家都說黑貓族很弱，但應該不是所有人都完全不會打鬥。我不認為至今沒有任何一個黑貓族達到Lv45。

也就是說，黑貓族想要進化除了等級封頂之外，應該還必須滿足其他條件。這是我的看法。

本來以為芙蘭會受到打擊，沒想到她意外地冷靜。

看來芙蘭也有同樣的想法。

「嗯。」

也沒顯得有多著急，只是點了個頭。

「也有其他種族需要滿足條件才能進化。狐系獸人就是有名的例子。」

芙蘭向我舉出獸人當中特別有名的狐獸人作為例子。

她說像是叫做銀狐族的種族，只有天賦異稟能夠學會固有技能「狐火」的個體才能在等級夠高時進化。

原來如此，那麼黑貓族也有可能是以某種特殊技能作為進化的觸發因子。

「細節我不太清楚，但聽說白狼也是屬於特殊進化。」

『是這樣喔？』

「所以，問問老爺爺也許能獲得某些線索。」

『所以妳才會接下奧勒爾老先生的委託？』

「嗯。」

也是，以進化為目標的芙蘭不可能沒想到這點。

反而可能比我想得還周到。

『那就繼續尋找可能滿足條件的技能吧。』

「嗯！」

還好，芙蘭的動力沒有下降。

不如說作為條件之一的等級封頂近在眼前，還讓她充滿了幹勁。

「我一定會進化給大家看。」

『很好！就是這份志氣！』

Side 艾爾莎

「不、不得了了！」

「哎呀？這麼慌張是怎麼了？」

「啊啊，艾爾莎大姊！」

士兵長華生神情焦慮地衝進冒險者公會裡來。

他們是為國效力，我們則是冒險者。

儘管立場不同，在這烏魯木特卻架構起了完善的協調機制。

這是因為在烏魯木特有著許多粗魯野蠻的冒險者，雙方無論如何都得互助合作才能維持治安。

再來就是那個公會長居中協調得好。只可惜個性就是不夠認真，讓我沒辦法尊敬他。

現在也是不知道跑哪去了，人不在公會。可能得由我來聽這個報告了。

「所以，究竟出了什麼事了？」

「囚、囚犯越獄了！」

「囚犯？你是說索拉斯嗎？」

「是！」

索拉斯。芙蘭妹妹抓來的冒險者叛徒。

經過公會長的審問，我們得知了許多事實。

索拉斯似乎是受到某人的指示才進行活動。儘管還沒問出幕後主使的名字，但目的已經揭曉。

首先是潛入冒險者隊伍，收集情報與奪取魔劍。

他們的目的不單只是為了錢，而是專挑攜帶魔力寶劍的隊伍。幕後主使並未把真正目的告訴索拉斯，只是命令他這麼做。

另一個目的，是收集擬態猛毒爬行怪與瘟疫螞蟥這兩種魔獸的毒囊。這兩種魔獸即使在地下城內數量仍然稀少，而且一旦用錯方法打倒，毒囊就會破損而無法當成素材使用。特別是瘟疫螞蟥每年只有幾次目擊消息，被稱為夢幻魔獸。因此並不是只要鑽進地下城就能入手，冒險者們都得建立各種門路收集相關情報。

瘟疫螞蟥由於數量稀少，所有素材加起來價值超過一百萬戈德。但是牠威脅度高達D，再加上擁有強烈毒素與棘手的特殊能力，光是想安全打倒都是件難事。因此，有很多冒險者不會自己動手，而是出售目擊情報。我如果事前沒有準備，也不會想試著對付那種魔獸。

這些原因讓他們收集到了不少情報。然後根據目擊情報獵捕瘟疫螞蟥獲得素材，回程再殺光冒險者們掠奪素材就行了。

或者是有時看哪個隊伍持有獵捕瘟疫螞蟥不可或缺的特殊藥水，就襲擊他們搶走藥水，再讓幾名部下去狩獵。

只是，瘟疫螞蟥全身都是能夠製成禁藥的素材，入手之後不能擅自賣給冒險者公會以外的業者。

由於在地下城入口登錄過的公會卡會記載隊伍打倒的怪物，打倒過瘟疫螞蟥的事情是瞞不住的。而這種魔獸的素材被禁止擅自帶走，必須在地下城的入口交給人員保管。當然也可以編謊說打倒了魔獸但沒得到素材，只是那樣做很可能會被士兵盯上。對於盡量希望低調活動的索拉斯等人而言會是致命傷。

於是索拉斯等人想到的手法，就是殺光隊員搶走毒囊後，在地下城內交給手下夾帶出去。索拉斯似乎總是一面假裝成隊伍的倖存者，一面交出瘟疫螞蟥的毒囊以外的素材。看來是真的很需要毒囊。

一般來說索拉斯每次都獲救應該會引起疑心，但這時就輪到他的強制親和技能登場了。士兵們似乎把他錯當成熟人，從來不曾起疑。此外，士兵也不是永遠負責同一個崗位，沒有一個士兵多次撞見索拉斯獨自倖存的場面，想必也成了他不受懷疑的理由。不，我想應該是索拉斯精心安排行動不讓士兵們起疑。真是個卑鄙小人。

我真心感謝芙蘭妹妹逮到這人，卻沒想到……

「你說索拉斯逃走了是怎麼回事？他可是手腳各沒了一隻耶？還是說有人幫助他逃獄？」

「尚、尚待調查！只是，東邊值勤站的牢房有破門的痕跡，看守的士兵無一倖存……！」

「嘖！派人搜索了嗎？」

「已、已經出動所有士兵了！」

幫忙。

「知道了！我也去號召冒險者提供協助！」

只能懸賞捉拿索拉斯，讓冒險者們拿出幹勁了。誰敢有意見，我就踹飛那些人的屁股逼他們

「拜託您了！」

「城門封鎖了沒？」

「那邊也已經處理好了！」

「那就讓冒險者去鎮上抓人吧！」

「還、還有，您知道名叫芙蘭的少女現在人在何處嗎？」

「芙蘭妹妹怎麼了？」

「搜捕的過程中，似乎在鎮上救到性命垂危的冒險者，他們作證說曾經被問過名為芙蘭的少女冒險者人在何處。」

「對方是索拉斯嗎？」

「冒險者說不知道……因為雙方本來並不認識。只是，那個襲擊冒險者的人似乎四肢健全。」

「啊——煩耶！什麼都搞不清楚！」

這麼緊急的時刻，公會長到底跑哪去了啦！

總之先去牢房看看吧。說不定能找到一些線索！

第四章　暗路的前方

討論過進化問題的隔天，我們終於抵達了第二十層的最深地帶。

「這裡，就是最深層？」

『是啊，走完這個樓層就是頭目房間了。』

話雖如此，這個樓層正是最大難關。

別名「陷阱森林」。正如其名，設置了數量驚人的陷阱，是最困難的樓層。

『聽說這裡有著無數的陷阱。要小心喔。』

「好期待。」

『雖然聽了讓人放心，但別以為跟之前的樓層一樣喔。』

根據在圖書室查到的資料，解除一個陷阱有時會連帶著啟動其他陷阱。大概表示陷阱之間有連動功能吧。

『不能只看單一陷阱，要俯瞰整體。』

「好。」

於是，芙蘭開始腳踏實地攻略地下城。

從入口開始就有一堆陷阱。而且都是還算簡單的陷阱。

然而仔細一瞧，會發現解除這些陷阱反而會啟動天花板上的致命陷阱。
那麼是否只要先解除那些致命陷阱，再解除地板上的陷阱就好？答錯了。必須先解除地板上三個陷阱的其中兩個，然後是天花板，最後再解除剩下的那一個才是正確答案。是我們這幾天一個勁地解除陷阱，一個勁地提升陷阱與危機的感知能力才看得出來。假如是初次看到的話鐵定已經解除失敗了。

『才入口就這麼嗆啊……』

「嗯！」

不像我光是看到這個就煩了，芙蘭面對有挑戰性的陷阱，面露開心的表情立刻開始著手解除。

『小漆，戒備周遭情形。提防那些會啟動陷阱的魔獸。』

「嗷！」

其實最輕鬆的做法是連續發動範圍魔術，直接把陷阱與魔獸幹掉走人。

「唔嗯……嗯……哦哦。」

但是看芙蘭這麼專心，我無法跟她說『轟個幾招範圍魔術就好啦！』。

兩小時過後。

「搞定了！」

『這樣啊，恭喜妳。』

解除了今天最大的一個連動陷阱，芙蘭笑逐顏開。

「嗯！」

『可是，好像有點太花時間了喔～』

「會嗎？」

『會啊。才走這麼一小段距離，就花了這麼久的時間……』

從入口到這裡連二十公尺都不到。

芙蘭似乎也發現了。她回頭望向走過的路，面露驚愕的表情。大概她以為走了更長的距離吧。

「……有點太專心了。」

『是啊。這樣下去可能沒辦法在今天內闖完這層喔。』

「嗯。我會加油。」

但還是不說要用魔術作弊呢。

後來，芙蘭解除陷阱的速度是加快了沒錯。只是失敗率也上升了。差不多每五分鐘就會啟動一次陷阱吧。有時險些被陷坑吞沒，有時拚命逃離綠色煙霧，有時閃避四面射來的鐵槍。

真佩服她能全身而退。換成一般冒險者的話現在就算一腳踏進棺材也不奇怪。

是因為芙蘭擁有可讓毒素失效或躲開的操毒、可進行空間跳躍的時空魔術、能夠事前察知危險的危機察知，還有障壁技能可作為最終防禦，才能夠一句話「不小心失敗了」了事。

「啊，失敗。」

「嗷嗚！」

最受到池魚之殃的要屬小漆。都不知道替牠用了多少次回復魔術了。

即使如此，小漆仍然任勞任怨地靠在芙蘭身旁戒備周圍情形。晚點得好好地賞牠一頓摸摸才行。

「啊。」

「嗷嗚嗚！」

後來又過了幾個小時。

芙蘭解除陷阱的技術也變得逼近專業，看來已經熟能生巧了。

現在也是，她才剛游刃有餘地解除一個還算複雜的陷阱。但是，問題也發生了。

「嗯……」

芙蘭用力挺直背脊，伸展肌肉僵硬的身體。眼中已然失去之前那種燦爛的光輝。

應該說，芙蘭解除陷阱已經解除到完全厭倦了。是因為本人說想做我才讓她做到現在，但早知道就讓她中間休息一下或是喘口氣了。

讓我想起生前有一次玩賽車遊戲連續玩上二十小時，等到練成高段玩家時已經膩了，後來就碰都不碰了。

「師父。」

『怎麼了？』

「……接下來的用魔術轟掉。」

『好啊，我覺得可以。』

「嗯。」

再耗下去，可能就沒辦法在今天內通過這個區域了。只要芙蘭覺得可以，我歡迎都來不及。

『那麼，我們動手吧。』

「嗯。」

我與芙蘭退後，跟陷阱地帶拉開距離後，開始用魔術猛轟廣範圍區域。

衝擊與振動啟動了各處的陷阱，有些地方噴出毒氣，有些還延燒到別處引發大爆炸。

兩人合計施放了大約二十發魔術後，從通道感覺到的陷阱存在減少了一半。

感知到輕微衝擊或熱源就會發動的那類陷阱，幾乎都啟動了。

其餘陷阱則不採用大範圍攻擊，而是瞄準一個點。也就是以火焰魔術或土魔術進行狙擊，一個個從遠處啟動。這些大多都是踩到特定石板，或是大到某種程度的物體入侵固定區域時會啟動的類型。

『好，繼續前進吧。』

「嗯。」

即使如此還是剩下了些許陷阱，都屬於無法用魔術啟動的類型。我想大多是藉由感知生命力發動的陷阱。

不過，數量很少。

『認真上吧。』

「好。」

我們運用空中跳躍與空間傳送這兩項能力，跳過其餘陷阱前進。

時不時會聽見背後傳來陷阱啟動的聲響，但那時我們早已越過它繼續前進了。

想到剛才花了整整半天才走一百公尺多一點，現在真是一路順暢。

結果，後面大約兩百公尺的路程，才十分鐘我們就走完了。

在這個地方被迫磨菇了老半天，使得芙蘭與我的技能都受到大幅鍛鍊，使用方式也更純熟。

所以也不算是浪費時間……

但總覺得不太能釋懷，這怪不得我吧。

『好，這條通道的前方就是地下城頭目的房間了。』

「終於來了。」

突破陷阱森林，穿越最後的通道，一扇高度將近十公尺的門出現在眼前。

刻有鬼臉雕飾的巨大鐵門，給了來者一個下馬威。

可能是具有遮蔽魔力的效果，我們難以取得門扉後方的情報。

「地下城主就在這個後面？」

『大概吧。沒收集到情報，所以只能用猜的。』

「這樣啊。」

『至於頭目則是情報太多，完全猜不到門後方會出現什麼。』

我們現在探索的東地下城，是沒有固定頭目的地下城。正確來說是會根據抵達終點的隊伍類型，使得出現的頭目產生變化。

據推測，似乎會從大約十五種頭目當中，選出符合隊伍水準的對手。

隊伍比較弱的話就是威脅度E左右，聽說還出現過比途中的高等食人魔更弱的頭目；但也聽說出現過威脅度相當於C，超出地下城階級的頭目。

根據從事地下城研究的魔術師資料記載，頭目似乎會隨著隊伍在地下城內做過的行動產生改變。

總之，我把過去出現過的頭目當中，特別強悍的幾種魔獸的相關情報背了起來。

威脅度C級的魔獸已有三種經過確認。

我以前也對付過的巨虎魔獸，暴君劍齒虎。

能夠吐出煙霧造成各種異常狀態的六頭大蛇，煙霧多頭蛇。

召喚並唆使死靈應戰的幽魂統治者。

前兩種艾爾莎對付過，幽魂統治者則是阿曼達等人尚為C級時打倒過牠。

其他隊伍挑戰的頭目當然也有留下紀錄，但聽說沒有出現過威脅度C的魔獸。

從這點來判斷，很有可能都是安排強者對付強者，弱者對付弱者。

迪亞斯則是直接放行，不用戰鬥。

好了，那麼我們的面前會出現什麼樣的頭目？如果出現弱的可以輕鬆一下，但也會覺得有點被看扁。不過出現太強的對手也很傷腦筋就是。

最理想的狀況是派個威脅度大約在D前段班的魔獸過來。

這樣既能收到修行之效，又能賺錢。

不過沒差，如果出現太強的對手，逃走就是了。這座地下城的一大特徵，就是進了頭目房間之後門不會上鎖。

只要不被頭目瞬殺，最不濟可以選擇逃跑。據說是迪亞斯與地下城主締結契約時講好的。

『雖說比較安全一點，但頭目還是頭目。不可以鬆懈喔。』

「當然。」

芙蘭大概不用我來提醒吧。

『那就走吧。』

「嗯！」

「嗷！」

芙蘭露出充滿期待的表情，推開門扉。

門扉似乎相當有重量，即使芙蘭用盡全力也只能慢慢推開。

嘶嘶嘶嘶——

然後，沉重門扉被她往左右推開，只見一個黑色巨物坐鎮室內。

「一顆球？」

『是一顆球。』

「嗷？」

那東西正如芙蘭所說，是一顆球。以圓球來說形狀有點不夠工整。

該怎麼形容才好呢？

把好幾塊巨大龜殼連結成球形？圓形的巨大黑鳳梨？表面堅硬粗糙、直徑約十公尺的二十面體？

雖然是個莫名其妙的玩意兒，但相當強悍。從牠陣陣傳出的強烈存在感，讓我們有了這唯一一項認知。

名稱：災難球蟲
種族：魔蟲
Lv：45
生命：1023　魔力：521　臂力：535　敏捷：412
技能：空中跳躍5、硬化8、氣息察覺5、再生8、衝擊抗性8、振動衝7、精神異常抗性8、異常狀態抗性8、突進9、熱源感知3、魔術抗性7、魔力感知5、魔力釋放7、甲殼強化、甲殼輕量化、甲殼硬化、再生強化、自動魔力回復、重量增加
解說：身體包覆異常進化甲殼的球蟲。雖是蟲型魔獸，但不會用翅膀在空中飛躍。主要攻擊手段為運用球形身軀進行的突進攻擊，一擊的威力足以震垮要塞牆壁，且能運用魔力釋放急速轉換方向。要對牠造成傷害即已極其困難。威脅度為C，但單論戰鬥力則直逼威脅度B。
魔石位置：身體中央。心臟部分。

威脅度C的前段班。毫無疑問地是個強敵。

更大的問題是，我們有辦法給這傢伙造成夠大的傷害嗎？這傢伙不但抗性系技能異常充足，還又硬又具有再生能力。不會使用魔術或許是個弱點……然而面對如此龐然大物的突進攻擊，那點小弱點也不重要了。

沒那多餘精神觀望情勢了！

『芙蘭、小漆，從一開始就卯足全力！』

先下手為強再說！

我們對著佇立於房間中央的球蟲，三人一齊施放了魔術。

『煉獄爆烈！』

「龍捲騎槍！」

「嘎嚕嚕！」

然而，我們施放的魔術被對手輕易躲開。

沒想到球蟲竟然展現出無法置信的加速，瞬間滾離原位躲掉了魔術。

那動作看了讓人非常不舒服。沒有任何蓄勢而發的舉動，忽然就從靜止狀態一路高速轉動離開。八成是用魔力釋放帶來的後衝力加速了吧。

必須拋開巨大沉重＝笨重的印象才行。

「要來了！」

『快閃避！』

魔獸活用閃避的速度，順勢描繪出巨大弧線往我們衝刺過來。被大石頭追著跑的印第安納博士也許就是這種心情？發出轟轟巨響緊追在後的巨大黑球，可說氣勢萬鈞。

芙蘭踢踹地板試圖閃避，球蟲卻來個九十度轉彎展開追擊。沒想到使用魔力釋放，竟能達到角度如此尖銳的移動軌道！

芙蘭隨即利用火焰魔術的後衝力跳開，免於直接遭受攻擊，但只不過是擦到一下就把芙蘭遠遠震飛了出去。

「唔嗚！」

『芙蘭！妳還好嗎？』

「嗯……只是擦到。」

『光是擦到就受到這麼大的傷害，豈不是更糟糕嗎！』

不光是加速帶來的駭人攻擊力，振動衝也很難應付。只不過是稍微碰到一下，振動就會帶來滲透性傷害。

打近身戰危險性恐怕太大。

但是，那傢伙具有魔術抗性。我也不認為光用魔術進行遠距離攻擊能打倒牠。

『真難對付！』

「可是，好久沒遇到強敵了。」

『所以呢？』

「又是一次變強的機會。」

真是，戰鬥狂就是這樣！太可靠啦！

黑球再次逼近笑得大膽無畏的芙蘭。

「喝啊！」

這次為了避免被牠釋放魔力追趕，芙蘭將牠引誘到眼前才躲開。由於光是擦到都有危險，這種距離實在教人捏一把冷汗。

豈料對手也不簡單，不會被這點程度的行動反將一軍。

之前用作移動手段的魔力釋放，這次改成用來攻擊我們了。毋寧說這才是原本的用途，本來就該有所戒備了。

「嗚唔！」

畢竟都能讓那種龐然大物急遽加速了。這記攻擊的力道竟突破了我們緊急張開的障壁，把芙蘭震飛開去。

儘管沒有受到外傷，吃了強烈衝擊的芙蘭動作不由得慢了下來。

球蟲就趁這時候衝撞了過來。

『該死！』

「謝謝師父救我。」

要不是我趕緊用短距離傳送躲開，現在已經變肉餅了。

而且，那傢伙的攻擊還沒結束。意想不到的是，牠竟然利用撞上牆壁的反作用力，彈跳著往我們這邊撞來。雖然外形猶如昆蟲，看來智商不低。

「那就換這邊！」

既然逃往左右兩邊都會轉彎追過來，那就往上。

芙蘭騰空一躍，想跳過牠的上方。

這樣一個龐然大物，就算釋放魔力也不可能跳得多高。我們本來是這麼以為的——

「嘰咿咿咿！」

「！」

我們的猜測隨即落空，球蟲速度快得幾乎跟在地上滾動時無異，追上了人在空中的芙蘭。想必是不只魔力釋放，連空中跳躍也用上了。

『慘啦！』

我使用念動與障壁，勉強化解了球蟲的撞擊力。然而芙蘭再次被振動衝打向上方，背部狠狠撞上天花板。

「咳噁！」

芙蘭就這樣摔在地上，嘴角流血。看來是球蟲的攻擊與背部撞到的衝擊傷到了內臟。

『芙蘭，先跟牠拉開距離！』

「……」

我用傳送一口氣遠離球蟲，治好芙蘭受的傷。明明沒被直接擊中，生命力竟被扣掉一半……

『只靠近身戰太危險了，接下來攻擊要開始穿插魔術。就算說有抗性，至少不會無效。就用威力超越防禦力的魔術轟炸牠。』

「好。」

『用魔術做牽制，出現破綻了再攻擊。這應該是最好的作法。』

「嗯。」

『先從這招開始！煉獄爆裂！』

我施放的兩條火帶，左右夾攻包圍球蟲。

接在這招攻擊之後，芙蘭又對準球蟲射出追加的煉獄爆裂。

這下牠無論想不想逃，都會身陷火海。

「嘰嘰！」

不對，我忘了還有上方。

球蟲向上飛躍，用從牠那龐大身軀想都想像不到的輕盈身手，跳過進逼而來想將自己燒死的火舌避開危險。

不過，這個動作我們已經看過一次。不會再驚慌失措了。

『你沒辦法連續發動魔力釋放吧！』

光靠空中跳躍應該無法做出至今那般機敏的動作，絕對是配合使用了魔力釋放。而且威力那般強大的魔力釋放，不可能有辦法連續施展。

也就是說，現在這一刻牠無法用魔力釋放進行閃避！

『芙蘭！小漆！』

「嗯！」

「啊喔喔嗚！」

我們各自施放的魔術捕捉到那黑色巨軀，正中目標。

「嘰咿咿！」

球蟲發出刺耳的尖銳叫聲，被炸飛了超過十公尺之遠。牠的外殼一部分被燒得通紅，黑煙直冒。

這場戰鬥開始以來，頭一次對牠造成了顯眼傷害。

芙蘭沒錯過這個機會。她一使出魔術之後直接飛奔而出，對著被打落地面的黑球展開攻擊。

「喝啊啊！」

芙蘭施展劍技，試著對燒得通紅的外殼補刀。

嘎吱吱——鏗！

即使被烤得火燙，那身軀依然堅硬異常。我的劍身與球蟲的外殼互相擦撞，奏響尖銳的音色。

豈止如此，彼此施放的振動系攻擊也激烈相搏——芙蘭神情苦澀地被迫後退。想必是比起纏繞於我劍身上的振動，球蟲射來的振動更具威力。非但無法讓兩者振動相抵，反而只有我們的振動被抵消。

即使如此，我們至少有在球蟲的外殼上刺出了淺淺的傷口，無奈……

『嘖！這麼快就再生了。』

「嗯……」

不夠充分的攻擊只能留下切削表面的小傷，似乎隨即就能再生治癒。單純就防禦力而論的話恐怕與燐佛德相等。

不只如此，牠還會配合我方攻擊的瞬間，使出振動衝作為反擊。看來是用察知系技能正確掌握了我方的動作。

一邊閃躲攻擊一邊零散出招，實在無法妄想打倒災難球蟲。那樣受傷的反而是我們。

『不夠充分的招式攻擊也沒用……』

「那傢伙好硬。」

『芙蘭，妳使用各種屬性劍，找出可能最有效的屬性。我也會使用各種法術，刺探牠的弱點。』

「我會加油。」

『接下來得忍耐一段時間，要請妳多加油了。』

「嗯！為了獲勝。」

『好，我們上！』

於是，我們與球蟲的激烈交鋒開始了。

我們一邊拚命躲掉球蟲的突進，一邊使出各種攻擊以尋求能夠突破現況的計策。

重視變化勝過威力，持續觀察球蟲被打中時的反應。

像是排斥哪些招式，以及在何種情況下會採取何種動作。

以芙蘭的受傷作為代價，我們逐漸獲得各種情報。

然後，累積了幾次重大失誤與數不清的小失誤後，我們多少掌握到了一點手感。芙蘭用不知是第幾次的回復魔術治癒傷口，燃起無論被痛打多少次都不見衰減的鬥志，挺身面對球蟲。

『這下就看見取勝之路了。』

「下一次，一定要砍傷牠。」

『好！從剛才到現在挨打挨夠了！來讓那隻臭蟲知道厲害吧！』

「嗯！」

『先吃我這招！』

我施放的是對廣範圍散播小火的火魔術「爆烈烈焰」。而且我注入了過剩的魔力，進一步擴大範圍。

我沒在期待藉此對球蟲造成傷害，真正的目的是要奪走牠的知覺。

以火焰奪走視覺，爆炸聲奪走聽覺，高溫封鎖熱源感知，過剩的魔力封鎖魔力感知；分別鈍化牠的每一項知覺。

混入這波火焰巨浪之中，我們消除了氣息。

取而代之地小漆一躍而起，撲向了球蟲。

「嘎嚕嚕！」

小漆的攻擊力無法給予球蟲決定性打擊，但能夠挑釁引起牠的注意。

「嘎嚕吼喔！」

球蟲對小漆施放的闇魔術起了反應，改變軌道殺向小漆。

小漆現在雖然是巨狼的外形，但比起球蟲還是好小一隻啊。好像隨時都會被牠踩扁。

然而小漆的敏捷性在芙蘭之上，還擁有影渡能力。

牠有驚無險地躲掉了球蟲的突進。

過程中還不時故意停止動作或是施放闇魔術，幫我們引開球蟲的注意。

我不知道球蟲有沒有憤怒情緒，但牠的眼睛確實完全對準了小漆。

利用小漆幫忙爭取的時間，我們也做完了準備。

可能是在這座地下城重複了幾百遍練出來的，我如今形態變形用得十分上手。特別是最常使用的刀形態，現在一瞬間就能變完。不只如此，長時間輕鬆自然地維持這個形態也不是問題。

芙蘭把包覆空氣刀鞘的我架在腰側準備出招。

這是曾讓燐佛德身受重傷的必殺技——空氣拔刀術。我們在地下城練習了無數次，接下來要施展的是完全版，是拿出真本事的一擊。

由於空間不像與燐佛德交戰時那樣開闊，想完全重現當時的攻擊恐怕辦不到。無法期待獲得自上空墜落帶來的動能。再加上之後的狀況難以預料，也不能把全部的魔力注入這一擊。

但還是有辦法可想。我們可不是像無頭蒼蠅一樣四處逃竄而已。

『小漆！這邊！』

「嗷！」

小漆聽從我的指示，將球蟲誘導到我們這邊來。然後，追趕逃走的小漆過了頭的球蟲，撞上了就在我們旁邊的牆壁。

這正是我們等著逮到的破綻。

諒球蟲再厲害，撞上牆壁還是不得不停頓一小段時間。牠在利用反作用力反彈回來時似乎會使用空中跳躍，但小漆已先用在空中奔逃的方式精明地讓球蟲用過了空中跳躍。應該還有幾秒鐘的時間無法使用。

芙蘭趁這機會衝向敵人。

她利用遍布於空間內的絲線的反彈力道急速衝出，用風魔術與火魔術進行加速。接在堪稱神速的向前踩踏之後，施展的是以重量增加、振動牙、屬性劍等技能增強威力、務求必殺的空氣拔刀術。

我在空氣壓縮而成的刀鞘內奔馳，被她以前所未有的速度一揮而出，所有的破壞力全集中於我的刀尖。刀身軋軋作響。

「喝啊啊！」

『到手了！』

這一擊肯定能將球蟲砍成兩半。

無論牠擁有多硬的外殼都沒用。是我們贏了。

這一擊的確足以讓我如此確信。

然而，我們似乎太小看對手了。一個不過就是攻擊力較強的單細胞生物，自然不可能被列為威脅度C。

力。

嘰吱吱吱吱——

沒想到這隻臭球蟲，居然利用魔力釋放讓自己如陀螺般順著斬擊的方向旋轉，卸除了攻擊威力。

外殼是被砍出了很深的裂口沒錯，但似乎沒能傷及裡面的本體。

『可惡啊！這樣都還不行嗎！』

「果然厲害。」

『真服了妳這樣還笑得出來。』

「嗯？」

就連自己使出渾身解數施展的攻擊被化解，芙蘭都還笑得勇猛。

『不過，最低目標已經達成啦。』

要是能用這招解決牠當然最好，但我們當然也有考慮到失手時的狀況。

雖然我原本滿心期待能一招決勝負啦！

『果然跟我們想的一樣。』

「嗯。結凍了就不能再生。」

我們觀察剛剛才砍透的傷口。

芙蘭攻擊球蟲時使用的屬性劍，不是常用的火焰或雷鳴，而是冰雪屬性。

在至今的攻防當中我們處處尋找其弱點，發現被冰雪屬性傷到的部分再生得非常慢。

這下完全得手了。

方才以空氣拔刀術切出的裂傷，遲遲沒有再生的跡象。想必是因為冰雪屬性凍住了傷口。再來只要對準那個裂痕再攻擊一次即可。這次想必能深達內部。

「再一遍！」

『好，這次一定要解決牠！』

「嗷！」

像牠剛才那樣釋放魔力旋轉身體，會大幅減弱我們造成的傷害。況且如果被牠那樣高速旋轉，要正確瞄準裂痕也很困難。

『先讓那傢伙使用魔力釋放，然後立刻攻擊牠。威力大到能移動那個龐然大物的魔力釋放，應該沒辦法連續使用才對。』

「嗯。要再拜託小漆了。」

「嗷！」

為了打倒那傢伙，我們再次展開行動。

步驟還是一樣。小漆反覆攻擊引開那傢伙的注意，我們則默默靜待時機。

然後，機會立刻就來臨了。

球蟲再次中了小漆的引誘，撞進了牆上。而且還在前一刻釋放魔力改變過軌道。

我們立刻衝了出去。

剛才我們挖出的傷口，不偏不倚地對著我們。

不能使用魔力釋放，弱點又暴露在外。這樣的大好機會，絕不能白白錯過。

『只要能對那裡再狠狠打上一次，就是我們贏了。』

「嗯！」

『我們上！』

「喝啊啊！」

芙蘭再次以最大速度踏地發勁。

『到手啦！』

然而，我們似乎誤判了球蟲的潛力。剛才明明才反省過同一件事，或許是勝利近在眼前使我們太心急了吧。

戰況是我們占優勢，只差一步就能贏了。我們是這麼以為的。

不，是對手讓我們這麼以為。沒想到竟然在心理戰上輸給一隻蟲子，真是奇恥大辱！

砰啪！

驚人的是，在芙蘭即將一劍砍中敵人時，球蟲的傷口竟從內側爆炸開來。魔力釋放讓球蟲的甲殼爆炸四散，襲向我們。等於是從極近距離內發射的超高速霰彈。

八成是故意等我們進入極近距離內，好讓我們躲不掉吧。那傢伙似乎也在硬撐，看得出來牠的魔力大幅減少。

「嗯啊啊！」

『可惡！』

經過壓縮的白色魔力閃光，以及碎成霰彈狀的球蟲甲殼，遮蔽了我們的整個視界。

萬萬沒想到，牠竟能在這麼短的時間內再度使用魔力釋放技能。至今的戰鬥中牠完全沒有半點類似的動作。這可能就是球蟲的殺手鐧了。

我們已經使用時空魔術加快時間流動，雙方應該有時間差距，碎石飛來的速度卻快得厲害。真不知道原本快到什麼程度。僅僅一發直接擊中恐怕都無法避免身受重傷。

慘了，全力展開的障壁都來不及擋！我反射性張開的障壁也被脆弱地轟飛。

我對著前方，解放了累積用來準備發動念動彈射的念動力。然而，為了保護芙蘭而廣範圍發動的念動，力道算不上太強。它應該有大幅減弱霰彈的威力，只可惜無法完全擋下。

芙蘭已經同時發動了數量將近極限的技能與魔術，自己又正在展開高速突擊。面臨這緊急狀況自然沒有多餘心力做閃避。

「唔嗚！」

『短距跳——』

聽著芙蘭的慘叫，我急著想發動空間跳躍。

得先拉開距離逃走才行！

（不行！繼續打！）

然而，我的魔術被芙蘭阻止了。

芙蘭故意暴露出左半身，保護慣用的右手。她彎曲左臂，同時護住臉孔與心臟。而且她似乎中途取消了幾種技能，張開了臨時障壁。然後原地踏穩腳步，不讓自己被吹飛開去。

然而，就算障壁與念動降低了攻擊威力，終究是超高速的碎石彈雨，仍然保有能穿透人肉的威力。

彷彿要證明這一點，芙蘭身上插滿了無數的小碎片。

撕裂的傷口又有碎石刺入擴大傷口，左半身一瞬間就被切割得皮開肉綻。數不清的傷口縱然是成年人也會痛得哭叫。

「呃嗚……」

但是，芙蘭只是短促地痛呼一聲，隨即咬緊牙關承受痛楚。連我都聽見她牙齒磨擦出的嘰嘰聲。然後，芙蘭撐過了球蟲的殺手鐧，彷彿要嘔出所有的痛楚般渾身是血地吼叫：

「噴火……推進——！」

芙蘭以火焰魔術再次獲得加速，卯足全力將我向前刺出。

球蟲失去甲殼變得毫無防備，芙蘭的攻擊就這樣不受任何障礙地深深陷入其血肉之中。可以感覺到斬裂的不是之前那種堅硬甲殼，而是柔軟的肌肉。

「嘰咿咿咿咿咿咿！」

尖叫聲淒厲到震得房間裡空氣啪啪作響。球蟲發出了哀嚎。

「……呼……唔嗚……」

芙蘭維持半個人陷進球蟲體內的姿勢，渾身癱軟無力。

『芙蘭，再撐一下！』

「這就是，最後一擊……！」

『對！』

就算是為了芙蘭，必須在這裡一決勝負！

我腦中已經有了影像。

我一邊釋出所有魔力纏繞於劍身，一邊發動屬性劍・風與振動牙。然後，我以最大出力使出形態變形。腦中想像的，是以前播報員小姐使用過的形態變形。就是用尖細絲線貫穿骷髏們的魔石，加以吸收的那副模樣。

想像自己的劍身伸出銳利長毛，我讓自己的身體逐漸變形。我的劍身化作一百條以上的鋼絲，從內側把球蟲切成肉片。

我又搭配使用操絲技能，讓鋼絲更深入地奔竄於球蟲體內。

果然還是無法像播報員小姐那樣操縱自如，沒能把內部攪個稀巴爛。但好歹還是成功讓鋼絲更為深入地挖穿了球蟲的體內。

『最後收尾！』

「嗯！」

芙蘭又擠出最後的力氣，發動雷鳴屬性劍。

「嘰嘰……嘰咿咿咿咿！」

芙蘭的屬性劍似乎成了致命一擊。球蟲發出臨死慘叫後，慢慢地不再有任何動作。

〈自我進化的效果已發動，獲得自我進化點數60點。〉

好久沒聽到這個廣播了！但是，現在芙蘭比較重要！

我十萬火急地讓芙蘭躺到地板上。

『大恢復術！大恢復術！』

「嗚唔啊……！」

肌肉從被深深割開的裂傷內部隆起，把殘餘的碎石擠出體外。肉體急速再生造成的劇痛，強到就連撐過球蟲攻擊的芙蘭都發出哀叫。

『芙蘭，妳還好嗎！』

「師、父……」

也沒留下顯眼的外傷，看來是順利治好了。

『手指或腳都能正常活動嗎？』

「嗯？嗯，可以動。」

『是嗎？那就好。』

看來也沒留下後遺症。

「……我們贏了？」

『是啊。我們贏了。』

聽我這樣說，芙蘭躺在地上雙手握拳指天。然後，開心地低喃：

「久違的勝利。」

『什麼意思？』

「很久沒有正面對抗強敵，獲得勝利了。」

聽到芙蘭這麼說，我回想以往的每場戰鬥。

惡魔被地下城主拖累無法完全發揮力量，幾乎像是自尋毀滅般讓我們撿到了勝利。

與阿曼達的模擬戰當中，我們束手無策，被打得落花流水。

對付巫妖則是輸得徹底。要不是有播報員小姐在，我們已經死了。

至於中土巨蛇則是沒能解決掉牠，況且芙蘭也沒有直接出手。

對付巴魯札時被我的失控澆了冷水，對芙蘭來說想必不是太爽快的一場勝仗。

燐佛德則是如果沒有阿曼達等人出手相助，我們早就輸了。

這樣想來，光靠我們幾個正面迎戰足以毀滅大都市的強敵並取得勝利，或許是自傳說級骷髏以來的第一次。

〈芙蘭的Lv上升到45。〉

「嗯！」

『哦哦！終於來了！』

名稱：芙蘭　年齡：12歲
種族：獸人・黑貓族
職業：魔導戰士
狀態：結契（使劍者）
Lv：45／45
生命：551　魔力：432　臂力：286　敏捷：275

技能：隱密4、風魔術2、宮廷禮儀4、氣息察覺5、劍技7、劍術7、邪氣抗性1、瞬發6、火魔術4、料理2、不死者殺手、邪惡殺手、昆蟲殺手、氣力操作、哥布林殺手、精神安定、惡魔殺手、剝取高手、不退、方向感、魔力操作、夜眼

固有技能：魔力聚集

特殊技能：黑貓加護

稱號：不死者殺手、一騎當千、邪惡殺手、昆蟲殺手、解體王、回復術師、哥布林殺手、殺戮者、技能收藏家、技能收集狂、地下城攻略者、超強敵吞食者、惡魔殺手、火術師、風術師、料理王

裝備：黑貓系列（名稱：黑貓鬥衣、黑貓手套、黑貓輕鞋、黑貓天耳環、黑貓外套、黑貓皮帶）、力量手環＋1、替身手環

Lv45。芙蘭的種族等級終於達到上限了。

『——』

「嗷……」

我與小漆屏氣凝神守望著芙蘭。

究竟會發生什麼事？

「——」

芙蘭也把手掌張張合合，似乎在確認有無任何變化……

『什麼都沒有呢。』

「嗯。」

「嗷嗚……」

但沒出現什麼特別變化。芙蘭也沒有要進化的跡象。雖說一如事前預料，仍然令人沮喪。

『芙蘭，妳可別太失落喔。』

「不要緊，我明白。」

『這樣啊？』

「嗯。比起這個，師父也升等了？」

『啊，差點忘了。剛才心思都放在戰鬥上嘛。我來看看。』

這會來看看自己的能力值吧。

名稱：師父
裝備者：芙蘭
種族：智能武器
攻擊力：622　保有魔力：4150／4150　耐久值：3950／3950
魔力傳導率：A＋
自我進化〈階級12．魔石值6689／7800．記憶體112．點數62〉
技能：鑑定10、鑑定遮蔽、形態變形、高速自我修復、念動、念動上升【小】、心靈感應、攻擊力上升【小】、時空魔術10、技能共享、裝備者能力值上升【中】、裝備者回復上升【小】、

天眼、封印無效、保有魔力上升【小】、魔獸知識、魔法師、記憶體增加【中】
獨有技能：謊言真理5、次元魔術1
超越技能：技能掠奪SP、創造複數分身SP

『自我進化點數累積了足足62點耶。這下又可以強化個過癮了。』

還有一件不起眼但令人高興的事，就是攻擊力超過600了。在我過去看過的劍當中，攻擊力超過600的劍可不多。這下我已經踏入沒了技能也稱得上名劍的領域了。哼哼哼，我已不再是看到格爾斯老先生打造的劍，變得灰心喪氣的那個我啦！

「恭喜師父。」

『謝啦。下次就輪到芙蘭進化了！』

為此，得找到讓芙蘭進化的線索才行。不曉得奧勒爾知不知道些什麼，但他自己就是進化過的長老，總不可能全無半點情報吧。

『好，為了跟奧勒爾請教，得先見到地下城主才行。』

「嗯！」

我與芙蘭正氣勢高漲時，小漆過來芙蘭的腳邊磨蹭不走，在提出某種訴求。

「嗷嗚！」

『對喔，說到這個，小漆也升等了。得幫你看看才行。』

名稱：小漆

種族：黑暗野狼・魔狼・魔獸

Lv：30／50

生命：754　魔力：865　臂力：401　敏捷：507

技能：暗黑抗性8、暗黑魔術4、敏銳嗅覺10、隱密7、牙鬥技6、牙鬥術6、潛影10、影渡6、空中跳躍8、恐懼4、警戒7、氣息遮蔽6、再生5、屍毒魔術2、邪氣感知1、邪氣抗性1、瞬發5、消音行動6、死靈魔術5、生命探知8、精神抗性6、爪鬥術1、毒素魔術10、回聲定位8、咆哮8、趁夜潛行10、闇魔術10、夜視、王毒牙、自動生命回復、自動魔力回復、毒素無效、身體變化、魔力操作

獨有技能：捕食吸收

稱號：劍之從屬、神狼從屬

裝備：捕縛之爪

在球蟲戰當中又升了等級，終於進入30大關了啊。只是比起芙蘭，等級似乎升得較慢。大概是因為原本就屬於強悍魔獸吧。但是，還是有在紮實地成長。

「小漆，你好強喔。」

『而且多了個爪鬥術？你學會新技能了耶。』

牠原本就會用前腳打擊敵人，但自從裝備捕縛之爪後就開始認真用爪子應戰了。大概是收到

成效了吧。

小漆銜起腳邊的一片石子，靈巧地拋到半空中。石子往上飛了幾公尺，然後往下掉。小漆輕輕用後腳站起來，朝著落下的石子揮動了左右前腳。

「嗷！」

爪子霎時從手甲飛出，咻嗶嗶地撕裂空氣。速度還挺快的。而且，看到石子被漂亮地切成四片，可知威力也不容小覷。再加上還附帶麻痺效果，十分足以作為戰力。

「嗯。小漆好帥。」

「嗷！」

小漆得到稱讚，開心得很。

能力值也有了大幅上升，不但比起其他C級魔獸毫不遜色，技能與球蟲等魔物相比更是不同層次的豐富。

較差的能力值靠技能應該足夠彌補，實力更是日漸成長到不辱威脅度C之名。

現在只缺戰鬥經驗，以及沉著的性情了吧。再來就是野性之類的？

我也知道自己平常太寵小漆……可是牠能夠與人溝通，不用訓練就很聽話，又愛撒嬌會討摸，等於是狗主人美夢成真。我就是忍不住想疼牠。

小漆得到芙蘭摸頭，瞇著眼睛在搖尾巴。也許沒露出肚子已經算不錯了……嗯，還是再嚴格訓練牠一下好了。

「師父，接下來怎麼做？」

『對喔，差點忘了。』

也不能在這裡玩到忘記時間。我們的目的不是頭目，是跟地下城主見面才對。

總之我先把打倒的災難球蟲收納起來，觀察一下頭目房間。

這裡應該就是最深地帶了，卻沒看到可供前進的通道或門。還以為打倒頭目之後就會出現通道的說。

不過暫時等了一會兒後，房間中央發出燦爛光輝，出現了一個像是光柱的物體。

「師父，有東西出現了。」

『跟聽說過的一樣。』

這是歸返用的傳送裝置。走進光柱裡，似乎就會被傳送到地下城的入口。

大概是為了在頭目戰消耗大量氣力的闖關者準備的救濟措施吧。然而，一走進這裡面就會被強制傳送回去了。

『稍微檢查一下這個房間好了。不要碰到那根光柱喔。』

「嗯。」

「嗷。」

十分鐘後。

我們找遍了頭目房間的每個角落，但沒能發現密室或是密道什麼的。

雖然在房間牆壁的後方發現了一個難以形容的空間，但不知道怎樣才能過去。應該打壞牆壁前進嗎？

然而，不同於地下城主開放闖關的地下城區塊，這後面是禁止進入的隱藏空間。我擔心不經大腦地搞破壞會得罪地下城主，到時候豈止委託無法達成，芙蘭的性命都有危險。

『嗯——該怎麼辦呢……』

「嗯——？」

不，等等喔。如果我們過不去，讓對方過來就行了。

『芙蘭，妳把奧勒爾交給妳保管的墜飾拿出來看看。』

「嗯？這個？」

芙蘭在次元收納空間裡翻翻找找，拿出了墜飾。

『然後妳試著呼喚地下城主看看。』

「好。地下城主小姐，有人送東西給妳。」

說完，芙蘭將墜飾舉高過頭。既然我們都打倒頭目了，地下城主應該正在監視我們吧？如果是的話，像這樣呼喚看看也許有用。不行的話再想其他方法就是。

「有人送東西給妳——」

「嗷嗷！」

我們就這樣呼喚了幾次。

〈你們是迪亞斯或奧勒爾的使者嗎？〉

突如其來地，某個女性的聲音響徹了房間。聽起來相當年輕，這就是地下城主的聲音嗎？

「嗯。是奧勒爾。」

〈這樣啊……好吧。你們且稍候片刻。〉

話音甫落，房間的牆上忽然開出了一個勉強可讓芙蘭通行的洞穴。探頭一看，洞裡有一條通往前方的走道。

似乎跟我們剛才發現的謎樣空間是相連的。

〈從那裡走進來就是了。〉

通道上似乎沒有什麼陷阱。只是，也無法保證這條路不會通往魔獸房間或是別種陷阱。我們謹慎地踏進了通道。

我就先做好念動與傳送魔術的準備，以便隨時因應狀況吧。

然而我們白擔心了一場，通道只是一條漫長的路，連魔獸都沒出現。

從陰暗通道的前方，漏出淡淡的亮光。

然後，當我們到達出口時，看到的是活像不曉得哪來的貴族宅邸，擺設著各種豪華家具的一個寬敞房間。

在這房間的中央站著一名女子。

女子美麗動人，身穿像是多件薄裝重疊的飄逸白衣，長及膝蓋後面的黑髮在背後綁成整條髮辮。

年齡大約三十上下吧。身材凹凸有致，妖豔的表情彷彿能蠱惑人心。然而女子背脊挺直，渾身呈現戰士獨有的氣質。力與美在女子的身上同時並存。

很強。看一眼就知道了。

力量的上限無從判斷，但最起碼比我們更強。恐怕就算與阿曼達相比也毫不遜色。我能從女子身上感覺到如此強大的武藝本領。

我並未感覺到殺氣、鬥氣或惡意等等，所以不需要立刻準備迎戰，但假如在毫無心理準備的狀態下碰上這號人物，我肯定已經進入戰鬥態勢了。況且人在地下城裡，精神多少也比較亢奮。

其實我一時緊張也做了鑑定，但對方似乎擁有鑑定遮蔽。我只解讀出她的名字、地下城主的稱號以及部分技能。

另外還有一點吸引了我的目光。

就是她頭頂上冒出的黑色貓耳，以及緩緩搖動的黑色尾巴。這些部位我都看習慣了。因為它們就跟芙蘭的貓耳與尾巴長得一模一樣。

「黑貓族……？」

「歡迎妳來，黑貓族的同胞。」

女子話一說出口，情況就變了。

「嗯！」

芙蘭左膝迅速跪地，左拳接地。右手繞到背後，貼在腰上。

「有幸初次拜見尊顏。黑貓族的芙蘭向您致意。」

看來芙蘭把宮廷禮儀發揮得淋漓盡致。她用前所未見的流暢動作，優美地向女子低頭行禮。

不同於俯首稱臣的禮儀，這似乎是對長者致敬的禮貌動作。也許是獸人特有的致意方式吧。

我可是頭一次看到芙蘭主動盡這麼大的禮數。

「唔嗯。吾名為露米娜，是黑貓族的戰士，也是這地下城的主人。」

果然是黑貓族啊。可是，芙蘭為何會忽然變得這樣畢恭畢敬的？

然而，下個瞬間，我的疑問得到了解答。

「黑虎露米娜大人？」

「呵哈哈哈，正是吾。那就讓吾重新報上名號吧。吾名為露米娜，黑貓族的黑虎露米娜。」

這下我知道芙蘭為何如此敬重她了。芙蘭一心追求的目標，就在我們眼前。

「來得好，吾歡迎妳的到訪。」

成功達成進化的黑貓族前輩，就站在芙蘭的面前。

還說什麼要問奧勒爾問題呢。

答案根本就擺在眼前。

『不過真佩服妳看出來了。』

（看出來什麼？）

『不是，黑貓族不是沒人進化嗎？可是，妳卻初次見面就看出她是黑虎。為什麼？』

（只要是同族本來就該認得出來。看就知道了。）

說到這裡，我想起她之前也說過，只要是獸人的話一看就會知道對方是否已經進化。同樣都是黑貓族的話，想必看得更準確吧。

「妳來這裡坐下。」

「是。」

自稱露米娜的地下城主，親自拉開椅子請芙蘭坐下。雖然是個威懾感十足的對手，但似乎不是壞人。

芙蘭順從地站起來，在椅子上坐下。

不過話說回來，我也是頭一次看到芙蘭對我以外的人這麼聽話。不過，這就有點像是遇見崇拜多年的超級大明星或是大英雄般的存在，或許無可奈何。

芙蘭注視著露米娜的雙眼甚至閃著淚光。一雙耳朵與尾巴則像是靜不下心，不安分地動來動去。

「那頭狼嘛……且先讓牠在一旁躺著吧。」

「嗯。」

被露米娜這麼說，小漆乖乖在地毯上趴下。

牠似乎並不是與露米娜親近，只是明白對方的力量在自己之上。看來只要雙方不鬧翻，牠打算權且乖乖聽話。真不愧是犬科動物，認老大的嗅覺果然敏銳。

「言歸正傳，妳說妳是奧勒爾的使者？」

「這個。」

「喔喔……原來如此啊。」

露米娜拿起芙蘭交給她的墜飾，翻過來看看，同時若有所思地不住點頭。

「看來是真品。」

露米娜如此說完，動了動墜飾的中央部位，墜飾的蓋子啪一聲打開。裡面放了一小張紙條。

看來重要的不是墜飾，而是裡面的紙條。

露米娜打開摺疊成一小塊的紙條，面容嚴肅地過目。

看樣子是一封信。

「唔唔……什麼！」

「嗯！」

「咕嚕！」

看信的露米娜，僅在一瞬之間發出了駭人的殺氣。殺氣強到芙蘭從椅子上跳開，小漆也變回了原形發出低吼。

「哎呀，真是抱歉。想起了一點不好的回憶，一時激動。」

然而，露米娜本人卻一臉從容自若地笑著。殺氣也隨即收了起來，看來並沒有打算對我們做些什麼。

呼，差點急死我了。芙蘭稍微擦掉額頭上的汗，低頭迅速行個禮坐回了椅子上。

「告訴奧勒爾小老弟說吾知道了。」

說完，露米娜把墜飾還到芙蘭手裡。

「這東西吾用不著了，拿去還給奧勒爾吧。」

看來墜飾本身果然不是重點。

「好。」

話又說回來，她剛才是不是叫奧勒爾小老弟？相較於七十多歲的奧勒爾，露米娜看起來只有三十來歲。她實際上究竟多大歲數？

「露米娜大人很年輕嗎？」

「哈哈哈。竟敢當面問吾的年齡，妳挺有膽量的！自從成為地下城主以來，這還是頭一遭。」

露米娜嘴上這樣說，神情卻沒有怒色。反而還用呵護孫女般的慈祥眼神看著芙蘭。看來因為都是黑貓族的關係，她對芙蘭完全敞開了心扉。

芙蘭也一反常態地稱她為大人。與依妮娜相處的時候也是，大概族人對芙蘭而言就是這麼特別的存在吧。

「自從成為地下城主之後吾就停止計算了，不過最起碼超過五百歲了。」

說是成為地下城主之後會停止老化。露米娜的說法是，除非地下城魔核遭到破壞，或是本人直接遭到殺害，否則城主都有長生不老的力量。

「只要使用魔力，連外觀都能改變喔。不過吾依然維持著成為地下城主時的模樣就是。」

露米娜笑著這麼說。

不過，她似乎是真的活過了相當長的歲月。而且，還已經得到進化。

沒錯，她身為黑貓族卻得到了進化。

「露米娜大人。」

「怎麼了？」

芙蘭正襟危坐，注視著露米娜。

露米娜似乎也感覺到了她的嚴肅態度，目不轉睛地回望芙蘭。

「黑貓族……有辦法進化嗎？」

一開口就問得直指核心。但是，這想必就是芙蘭最想問的問題了。

即使有著露米娜這樣一位前輩出現在眼前，在獲得明確解答之前還是沒辦法安心。

「…………」

就好像整個人變成了雕像，芙蘭屏氣凝神等待露米娜的回答。她一動也不動，放在桌上的手緊緊握拳，睜大的眼眸直勾勾地注視著露米娜。

「……」

「嗯，當然了。」

「……這樣啊。」

憋住呼吸就等露米娜這句話的芙蘭，口中擠出短短的低喃。

這「這樣啊」二字，懷藏了千百感慨。

不單單只是喜悅。

還有種種艱辛的回憶，以及曾經痛苦過的心情、對今後的希望，以及知道自己沒有走錯路的寬慰感受。

這自然流露的一句低喃，包含了芙蘭的所有心意。

「我想進化。」

「嗯。」

「如果您知道進化的方法，請告訴我該怎麼做。」

芙蘭如此說完，深深低頭請求。她雙手與額頭貼在桌上，專心等待露米娜的回應。假如她站在地上的話，一定早已毫不遲疑地磕頭求教了。

不知道露米娜會做出什麼回答？我也聚精會神，專心等待露米娜給出的解答。

「吾……吾也很想為妳解惑。」

「那麼……！」

聽到露米娜的回答，芙蘭霍地抬起臉來探身向前。

她面頰潮紅，嘴巴半張。一看就知道她有多興奮。

然而，從露米娜口中說出的，卻不是芙蘭想聽到的話。

「無奈……這是不被允許的。吾無法直接將一切都告訴妳……」

「……為什麼？」

這番意外的話語，讓芙蘭用哀求的表情注視著露米娜。

「……抱歉。」

然而，露米娜只是表情沉鬱地致歉。

「……」

芙蘭就像斷線的人偶，一下子跌坐回椅子上。

要不是有椅背的話，她也許已經直接昏倒在地了。

芙蘭的眼中浮現深沉的失望色彩。才剛以為總算可以得到進化的解答，期待卻隨即落空。能夠只有這點失望的反應，反而可以說是僥倖了。

露米娜看到芙蘭頓時變得灰暗的表情，也露出同樣灰暗的神情。

她那注視著芙蘭的雙眸，看起來彷彿浮現出心痛的眼神。

「真的很抱歉。要不是吾身為地下城主的話，要跟妳說多少都行。」

「……什麼意思？」

「地下城主這種存在，領受了混沌女神的種種加護。操縱地下城的力量亦然，長生不老亦然。但是，吾等同時也受了詛咒。」

據露米娜的說法，地下城主似乎受到了限制，無法將地下城的相關情報等事項告訴他人。關於禁止傳達的事項，不只口說，就連寫成文字也不行。

可是，為什麼黑貓族的進化方法也不能說？我以為這跟地下城應該毫不相關……

「妳是說對於黑貓族的進化，混沌女神做了一些干涉？」

「正是。出於神意，黑貓族的進化自五百年前就受到了嚴格限制。」

我懂了，不是關於地下城，而是與支配地下城的混沌女神有所關聯的事項都不能說。

「因此，吾就是這世上最後的黑虎了。」

「……我想問一個問題。」

「可以。只要是吾能回答的，什麼都告訴妳。前提是必須是吾能夠回答的問題。」

露米娜用帶點自嘲的表情回答。她大概也對於無法回應同胞心願的自己感到失望吧。

「黑貓族再也無法進化了嗎？」

「絕無此事。只是比較困難。」

聽到這個回答，芙蘭似乎放心了。只要知道不是辦不到，就能抱持希望。

「這樣啊。那麼，女神為什麼要這樣做？」

「……抱歉，這吾不能明說。妳得自己查明真相。」

「那麼，過去的黑貓族，都是怎麼進化的？」

「……唔！這吾也不能說！抱歉了！」

露米娜咬緊牙關低頭致歉。表情看起來是真的很歉疚。

芙蘭與露米娜沉默了半晌。

但後來，露米娜忽然開口了：

「假如……吾是說假如。」

「嗯？」

「假如吾說殺了吾就能進化，妳怎麼做？」

露米娜說出了驚人之語。

「殺了──露米娜大人？」

「吾只是說假如。妳會怎麼做？」

芙蘭納悶地反問後，露米娜破顏而笑，如此回話。

感覺就像只是問好玩的。

「我不會下手。」

然而芙蘭毫不猶豫，當場回答。

就算只是說笑，她也不可能說出要殺了露米娜。她的語氣聽起來像是間接透露這個想法。

「這麼做可以進化喔。」

「不用。如果是這樣，那就不用了。」

芙蘭的確是以進化為目標，但那同時也是為了取回黑貓族的種族榮耀。她絕不可能想進化想到不惜奪走前輩的性命。

芙蘭輕輕搖了幾下頭。

再說，迪亞斯已經警告過我們絕不可殺害地下城主。不過這般強大的對手，我也不認為我們殺得了就是。

就算殺得了，也會被公會認定為叛徒。這也是我們不能殺露米娜的原因之一。

「這樣啊……說得也是。吾也覺得妳會這麼說。妳們真的很相像。」

「嗯？」

「沒什麼，自言自語罷了。抱歉問妳這種怪問題。不過，吾能夠告訴妳的也就這些了……」

她問這個問題到底有何用意？該不會真的只要殺了露米娜，就能進化吧？不，我看不可能。如果真的是這樣，她應該整個問題都問不出來才對。可是，她會亂問沒有意義的問題嗎？還是說這個問題當中藏有進化的線索？

比方說奪走同為黑貓族之人的性命，就是進化的條件？或者是地下城主？不對，我們早就打倒過哥布林的地下城主了。我看打倒地下城主不會是條件。

嗯——想不透。

「喏，喝點茶吧。」

「嗯……」

可能是為了安慰心情低落的芙蘭，露米娜親自為她倒茶。然後，跟芙蘭講了許多黑貓族聚落的事情，以及自己年輕時的經歷。看來只要跟進化無關，就都可以暢所欲言。

露米娜講起她還沒成為地下城主之前的事。在五百年前，當時黑貓族還能夠正常進化，地位也與其他種族相當。

「那麼，黑貓族當時沒有被看輕了？」

「沒有。反而還憑著武藝威震八方，受到其他種族的依靠。」

「真的？」

「是真的。特別是王族的力量無人能及，還受到其他種族的畏懼。」

王族？她原本稱其他獸人族的領袖為族長，那麼王族比他們地位更高了？

「黑貓族的王族？」

「唔……看來不能說得更多了。」

「好遺憾。」

我還是有點搞不懂混沌女神的誓約範圍。進一步追問之下，似乎只要是進化相關事項，以及關乎神明嚴格限制黑貓族進化的原因，就都不能開口。我不明白關於王族的事為什麼不能說，也許是王族做過了什麼？

除此之外還有其他疑點。那就是五百年的時間，真能讓人們把黑貓族的相關知識遺忘得這麼乾淨嗎？

更何況還有能夠活上幾百年的精靈等種族，過去的歷史應該要比地球留存得更久才合理，但人們卻連黑貓族曾經能夠進化的事都忘了。這也是神的作為嗎？真想找個精靈族什麼的來問個清楚。

後來，我們還是沒能找出進化的條件，但兩人是許久未見的同族。兩人言語投機，聊到最後雙方都重展笑顏了。

「話說回來……吾有件事想請妳幫忙，可以嗎？」

「嗯。儘管說。」

「哈哈哈，沒什麼，不是什麼難事。吾想請妳幫吾帶話給迪亞斯。」

「迪亞斯？不是奧勒爾？」

「嗯，是迪亞斯。就一句話『吾要你履行諾言』，可以幫吾轉達嗎？」

「好。」

「反過來問妳，妳有沒有什麼事想拜託吾？吾會盡吾所能。」

「拜託妳？」

「是啊。」

聽到露米娜這麼說，芙蘭仔細沉思片刻。大概是很多事情浮上心頭，隨後又消失了吧。

（師父？）

『照芙蘭的心意去做就好。反正是她說什麼都行的，把妳想到的事情說出來看看沒關係。』

「好。」

「決定好了？」

「嗯。」

被露米娜這樣問，芙蘭點了個頭。然後，帶著滿懷鬥志的眼神，平靜地告訴她：

「請跟我交手。」

「哦？」

「請讓我見識黑虎的力量。」

原來是想跟強者來場比試，很像是芙蘭會提的請求。

再說，作為她的目標，她一定是想親身體驗看看露米娜有多強悍吧。

面對這樣的芙蘭，露米娜內心喜不自勝地笑了起來。

「可以。那就讓妳見識吾的力量吧！妳且稍等一會兒，吾去做點準備。」

「嗯。」

「在那之前就讓這傢伙伺候妳吧。有什麼事儘管吩咐。」

露米娜話音未落，出現了一個穿著筆挺管家服的人偶。就跟素描等等會用到的木頭人偶一模一樣。

那個人偶用與人類無異的流暢動作行過一禮後，替芙蘭的茶杯倒了紅茶。

「謝謝。」

聽到芙蘭這麼說，人偶還會靜靜地點頭。不只如此，人偶從房間牆角的櫃子裡，拿出餅乾與巧克力招待芙蘭。然後就像在說請用似的，替芙蘭拿了一些放在她面前。

人偶似乎不會說話，但應該是露米娜的使魔之類的存在。

「嗯。好吃。」

芙蘭享用茶水與甜食等了十分鐘。

「讓妳久等了。吾已做好準備了。」

「嗯？」

露米娜回來了。但芙蘭見狀，微微偏頭。

因為露米娜明明說做了準備，一身裝扮卻完全沒變。

還是穿著輕薄白衣，並於幾處配戴飾品作為點綴。身上連一點護甲都沒穿，整個打扮就像是貴族的居家服。唯一的不同之處，大概就是掛在腰際的那把劍了。

只是，從那把劍上感覺不到什麼魔力。我想它應該很鋒利，但似乎不是魔劍。

「隨吾來。」

說完，露米娜直接往前走。

我們急忙尾隨其後，看到一個直徑少說有個一百公尺的圓頂狀房間。

「吾這裡沒有正好適合打鬥的房間，就做了一個。剛做好的比較煞風景，但用來交手應該夠了吧？」

原來露米娜所說的準備似乎不是裝備，而是說她做了一個房間。不愧是地下城主，格局大到非比尋常。

（請師父旁觀，不要插手。）

『我知道。這是屬於妳的戰鬥嘛。』

是芙蘭與她尋覓已久、達成進化的前輩進行的模擬戰。

我才沒那麼不知趣呢。

「好，那就來打吧？」

「裝備呢？」

看到露米娜沒穿防具，芙蘭這樣問。

大概是聽出她的擔心了，露米娜好像覺得很有意思，咧嘴一笑。

「哦？也就是說，妳有自信能給吾一擊？」

「當然。」

「哈哈哈，就是這份傲氣！用不著擔心，這件衣服是經過魔力強化的，比隨便一件金屬鎧都要來得堅韌。再說，吾也有裝備替身手環。不用客氣，拿出妳的真本事吧。」

「好。」

芙蘭面帶充滿鬥志的表情點了個頭。露米娜見狀，臉上浮現出好戰的笑意。

也許這兩人不只是同族，就連個性也很相像。

「那麼——吾來了。」

「嗯！」

於是，戰鬥開始了。

露米娜似乎是一位劍士。從她能夠與芙蘭正常鬥劍就知道，其等級之高無需贅言。在鑑定遮蔽的妨害下，能確認到的技能都是氣息察覺等感覺系技能，但看她也擁有魔力操作技能，可見應該會使用魔術。

「很好！小小年紀就有如此本領！」

「嗯！」

起初兩人只是平靜出招以確認彼此本領高低，然而兩者劍法漸漸變得越來越銳不可當。

「再來再來！怎麼啦！」

「喝啊！」

「太嫩啦！妳這次太急著收招了！」

果然還是露米娜技高一籌。相較於芙蘭幾乎使出了渾身解數，露米娜還有餘力指出芙蘭的失誤，或是加以指導斥責。

「妳不會就這點能耐吧！讓吾看到妳的更多真本事！」

「嗯。火焰標槍！」

芙蘭投出火焰長槍，同時揮劍砍去。連魔術都解禁啦。

然而露米娜根本沒中火焰的障眼法，輕輕鬆鬆就躲掉了這二段攻擊。

「太嫩了！這點程度連擾亂都算不上！」

「嗯！」

接著就進入交織魔術的激鬥。一如我所料，露米娜似乎會使用魔術，看準時機多次使用火與風魔術對付芙蘭。

「火魔術要這樣用！火箭術！」

「唔？」

「專注點！妳太容易對魔術分心了！」

不只如此，還用得相當有技巧。例如讓魔術在自己背後成形，以身體擋住視野發動魔術，或是使用風魔術掀起芙蘭的外套妨礙她的動作等等，在攻防當中巧妙地穿插來襲。

除此之外，她控制魔術的能力也令人嘆為觀止。例如火箭術。同時變出的箭數是我們為上，但我很難像她那樣精密操縱所有火箭沿著不同軌道飛行。至少在戰況激烈時辦不到。

差不多打了半小時以上吧。芙蘭的呼吸也開始變得急促了。相較之下，露米娜的表情顯得十分滿意。

「呼……呼……」

「未經進化就能練出這般實力……若是達成了進化，肯定能夠成為留名青史的戰士吧。」

她笑著這麼說。

但她旋即正色說道：

「那麼，該是收尾的時候了。最後就讓妳見識一下，妳追求的一部分力量吧。放心，不會要妳性命的。」

「正合我意。」

芙蘭一邊面露期待與畏懼參半的表情，一邊將我舉至正眼位置。

露米娜看到她這樣，不知為何竟把劍收回了腰際。

「露米娜？」

「可不能殺了妳。」

露米娜如此回答芙蘭的疑問語氣之後，用內藏氣魄的表情低喃了：

「——覺醒。」

下一刻，露米娜的外形改變了。雖然不到一百八十度大轉變，但確實有所不同。

綁在背後的整束柔順長髮鬆開擴散，彷彿每一根髮絲當中都穿了芯子。不只如此，黑色的長尾巴與耳朵也豎直朝天。仔細一看，會發現耳朵與尾巴都變成了宛如老虎的條紋花樣。只不過，是黑色與黑灰色相間。因此如果不仔細看，不會發現是條紋花樣。

露米娜渾身散發的龐大魔力伴隨著物理性壓力撼動空氣，我的劍身震抖得啪啪作響。

光是外洩部分就能形成這麼大的壓力。這是自燐佛德以來最濃厚的魔力。

『這就是……進化？』

「好厲害……」

我與芙蘭正看著外溢的魔力看得出神時，露米娜悠然自得地舉起了拳頭。

光是這樣，我的危機察知就發出了尖叫般的警告。芙蘭應該也明白此時的露米娜有多危險。

她注視著露米娜的舉止動作，不願錯過任何一個動靜。

「吾來了。」

「……！」

「迅雷。」

也許是我們夠專心注意露米娜吧。我們都清楚聽見了那聲低喃。

然後，露米娜的身影倏然消失了。

但是，我們還來不及吃驚，駭人的衝擊力道已在下個瞬間伴隨著閃光襲向芙蘭。

「呃啊！」

芙蘭被水平打飛了大約十五公尺，接著又一邊摩擦地板一邊激烈彈跳，惡狠狠撞上房間的牆壁。

咚轟——！

總計大概彈跳了將近三十公尺遠吧。芙蘭撞壞理應相當堅固的牆壁，劇烈到全身都陷進牆上。

我、我完全沒看到她出招！

我知道她對我們出手了。她靠近我們，毆打了芙蘭。

對，露米娜所做的不過就是這樣。問題在於速度異乎尋常。

當我回過神來時，露米娜站在芙蘭原本的所在位置，而我們早已被水平打飛出去了。

「嗚……」

痛得齜牙咧嘴的芙蘭一邊推開牆壁碎塊，一邊慢慢撐起上半身。

挨揍的似乎是胸口。那塊地方留下了正在冒煙的焦痕。

再加上有感覺到些微電流，這一拳疑似帶有雷鳴屬性。況且名稱也叫迅雷，應該錯不了。

這下我知道露米娜為什麼用拳頭了。假如用的是劍，芙蘭早已在渾然不覺的狀態下被腰斬而死了。速度就是如此之快。

『芙蘭！妳還好嗎？』

「喀哈……恢復術……」

看來她還勉強保有意識，但口吐鮮血，受到了相當大的傷害。我想應該是肋骨折斷，傷到了肺部。

露米娜剛才有說過不會殺她……但的確沒說不會讓她受重傷。

大概是在剛才的模擬戰當中，確信芙蘭可以保住一命才敢這樣攻擊吧。

「妳沒事吧！很久沒打得這麼痛快，吾一不小心太用力了！」

……原來只是一點小失誤啊。

「本來只是想把妳稍微打飛的。」

露米娜急忙趕來芙蘭身邊，幫她灑了藥水。看來已經脫離進化狀態，她變回了原本的模樣。

話又說回來，最後那個叫做迅雷的招式究竟是什麼？由於一切都發生在一瞬間，我連那是不是技能都沒看出來。

不過，我聯想到了一個名詞。就是特定種族所持有的技能——固有技能。再加上露米娜剛才說過要讓芙蘭見識她追求的力量，我猜可能是黑虎的固有技能。

只不過速度實在太猛，完全沒看清楚……總之唯一弄懂的一點，就是露米娜身處的境界比芙蘭高遠多了。

「好多了嗎？」

「嗯。已經……沒事了。」

劇痛殘留的後勁讓芙蘭還有點齜牙咧嘴，但受到的傷已經痊癒。

芙蘭抓住露米娜伸出的手，站了起來。

「真抱歉。」

「嗯？為什麼要道歉？」

「吾下手有點過重了。」

「是我請妳這麼做的。而且，這下我就知道黑虎有多厲害，反而很高興。」

芙蘭非但沒有害怕恐懼，反倒還投以閃亮燦爛的尊敬眼神，讓露米娜難為情地笑笑。她的臉頰紅得很明顯，看樣子是害羞了。

「這、這樣啊。」

「嗯。」

「妳一定累了吧？稍微休息一下吧，我再給妳準備茶水點心。」

「謝謝。」

後來芙蘭休息了一會兒，傷勢也完全恢復了。現在她正在一邊吃烘焙點心，一邊跟露米娜討論模擬戰當中可以改進的部分。

然後，反省會結束的時候，露米娜神情遺憾地開口了：

「雖然依依不捨，但也不能一直留住妳。」

「嗯……」

芙蘭一定也是覺得依依不捨。她神色略顯寂寞地低頭。

但是為了達成進化目標，我們必須離開這裡去尋求情報。特別是奧勒爾，他還特地讓芙蘭送信過來……

這會是巧合嗎？從送信這件事來判斷，奧勒爾與露米娜應該互相認識沒錯。況且奧勒爾自己也已經進化，當然不可能不知道露米娜已經進化。然後他又把身為黑貓族的芙蘭送過來？再怎麼說也沒這麼巧吧。

不用懷疑，我看這次委託的目的應該是把芙蘭介紹給露米娜吧？

如果我猜對了，那他也有可能知道些什麼。就算不知道關於進化的情報，也許可以期待他提供一些幫助。

我想盡快去聽聽他怎麼說。

「頭目房間的傳送陣還開著，進去就能回到入口了。」

「……還能，見到妳嗎？」

「哈哈哈，妳只要過來就能見到吾了。吾隨時歡迎妳。吾會先改變頭目的出現設定，妳只要抵達房間，通往這裡的通道就會自動打開。」

「嗯，好。」

露米娜把表情略顯寂寞的芙蘭的頭用力亂摸一通。芙蘭沒做抵抗，反倒還好像很舒服地瞇起眼睛，耳朵輕輕跳動。

兩人就這樣惜別了一會兒，但也不能永遠這樣下去。

芙蘭不作聲地退後離開露米娜的面前。

『可以了嗎？』

（嗯。）

被我這麼問，芙蘭堅強地點頭。

「露米娜，掰掰。」

我是很想讓她跟難得相逢的同族多相處一會兒，但芙蘭主動向露米娜告別，就走向有傳送裝置的頭目房間。

「改日再見了。」

「嗯……」

芙蘭一邊頻頻回頭一邊沿著通道走回去，踏進了傳送陣。

空間轉移特有的飄浮感包覆我們。就在芙蘭的身影即將從頭目房間消失不見之前，露米娜大聲說了：

「妳會找到出路的！雖然是條窄路，但只要堅持不懈就一定到得了！」

我們傾聽露米娜的激勵，在光芒籠罩下瞬間回到了地表。

是數日前才剛通過的地下城入口。我記得很清楚。

『好了，總之先去找奧勒爾報告委託完成吧。』

「走吧！」

芙蘭堅定地點頭回應我說的話。

芙蘭邁著大步朝氣蓬勃地往前走，看起來像是試著趕跑寂寞的心情。

『但願能夠聽到一些關於進化的事情。』

「嗯。」

我們走出要塞想前往奧勒爾的宅邸，但芙蘭在要塞入口停下腳步。不，是被簇擁過來的士兵以及冒險者包圍，不得不留步。

似乎是正要進入地下城的冒險者，目擊到我們用傳送陣返回地表，就把芙蘭歸來的消息告訴了外面的其他冒險者。

「喔喔！妳平安無事啊！」

「既然使用了傳送裝置，小妹妹妳打倒頭目了嗎！」

「而且妳上次還逮到盜賊，果真厲害！」

「妳打算一直單獨冒險嗎？請妳務必加入我們的隊伍！」

喔喔，大家好歡迎芙蘭啊。看來打倒頭目用傳送裝置返回地表，對這鎮上的冒險者而言是一種個人成就。而且攻略的還是難度較高的東地下城，表示芙蘭即使在烏魯木特仍算得上是眾多高手中的翹楚。

更厲害的是芙蘭是獨行冒險者。雖說還有小漆在，但一個小孩能獨力攻略完成應該仍是驚人之舉。

超過十名冒險者爭相提出各種問題。芙蘭一一回答後，大家都兩眼發亮讚嘆不已。一群年紀大她這麼多的大老粗，看著芙蘭簡直像是看到偶像一樣。儘管看起來滑稽可笑，不過芙蘭受到讚賞確實讓我很高興。

「妳一個人打倒了一群高等食人魔？」

「妳解除了那個陷阱啊！」

「頭目是什麼樣的怪物？」

正當芙蘭被這樣問個沒完時，一個滿臉喜色的肌肉壯漢衝過來幫她解圍。

「好了好了——問題就問到這裡。」

「艾爾莎。」

「好久不見～妳讓我擔心死了。」

「嗯。我都在修行。」

「這我知道呀～但還是會擔心嘛！」

艾爾莎整個人扭來扭去，眼睛水汪汪地注視著芙蘭。

大概是真心為芙蘭擔心吧。雖然既不可愛也不性感，但值得感激。

「再說啊，這裡的頭目不是很強嗎？出現的頭目都是配合對手的實力，有些頭目還會針對對手的弱點進攻，所以有時候打起來的難度會比威脅度更高喔。芙蘭妹妹的話就算遇到威脅度C以上的頭目也不奇怪。」

「嗯，遇到了。」

「這樣呀？妳有沒有怎樣？有沒有受傷？」

「已經好了。」

「妳說已經，所以果然是受傷了吧！啊啊！要是我有跟去，就不會讓妳受什麼傷的說！」

「那樣就沒有鍛鍊到了。」

「是沒錯啦——不過，妳這種對自己要求很高的個性也好可愛喔！但話又說回來，竟然光靠一個人跟一頭狼就能打倒威脅度C的魔獸，果然厲害呢～」

不過話說回來，艾爾莎怎麼會跑來這裡？湊巧嗎？

「艾爾莎大姊，你不是有事找她嗎？」

「啊，差點給忘了！」

不，似乎不是湊巧。好像是他請士兵看到芙蘭出來就通知他。而那個士兵看到艾爾莎竟然跟芙蘭聊開來了，才會語氣傻眼地提醒他。

「對不起嘛～我太久沒看到芙蘭妹妹了，一時太興奮！」

快住手！不要在那裡吐舌裝可愛！

艾爾莎不是壞人，甚至可以說是好人，但這跟那是兩回事。

「有事找我？」

「對呀！公會長要妳去一趟，然後還有幾件事情必須告訴妳。不過，在這裡站著不好說話，我們先回公會去吧。」

「可是，我得去跟奧勒爾報告。」

『不，反正露米娜也託我們帶話給公會長，就先去公會也無所謂吧？』

「嗯？那就先去公會。」

「哎呀？這樣呀？先去找老爺爺也可以喲？」

「沒關係。」

就這樣，我們在艾爾莎的帶領下前往公會。

只是，不像前幾天在屋頂上跳躍前進，不知為何今天正常走在地上。

「艾爾莎，不走屋頂嗎？」

「是這樣的，公會長特別吩咐我不能引起騷動，就算回去會慢一點也要避免引人注意。」

「為什麼？」

「嗯——好像有很多原因。其中一個原因我猜得到，但其他就不知道了。不過看公會長難得一臉嚴肅，我想應該有他的理由。」

「艾爾莎知道的原因是什麼？」

「一樣到公會再跟妳說明。總之先跟我來，路上要提高警覺喲。」

「好。」

連那個迪亞斯都態度嚴肅地下命令，可見真的是相當重大的原因。

芙蘭似乎也接受了，對周圍保持著戒備跟在艾爾莎後面。

我們就這樣隨同艾爾莎前往公會，半路上我想起一件要緊事。

『既然要去見公會長，是不是先提升一下思考遮蔽的等級比較好？』
（嗯，我也覺得。不然現在才1級。）
我是覺得他不會再對我們亂來了，但不怕一萬只怕萬一。我就是沒辦法完全信任他。
『只是，這麼做也有問題。我們忽然得到高等級的思考遮蔽，不曉得公會長會怎麼想。』
雖說修行了一段時間，但在這麼短的期間內就獲得足以抵禦公會長讀心能力的技能，會不會引來他的多餘疑心？
（師父是智能武器的事已經穿幫了。現在想這個也沒用。）
『是嗎？』
（嗯。只要說是憑著師父的神奇力量獲得的就沒事。師父就是有這麼厲害。）
看來是我缺乏自我認知了。由於知道還有神劍這種層次遠在自己之上的存在，我對於自己的罕見度相當缺乏自覺。雖然是有想到「如果穿幫可能會有人來搶我？」……所以我其實是神劍未滿，魔劍以上？智能武器似乎就像這樣，還算搆得上傳說的邊。
換句話說就是那個啦。我們可以拿「畢竟是智能武器嘛」當成就某種意味上最強大的藉口。多多少少一點不自然或是不可思議之處，好像都能用這句話說服別人。
『真的假的啊。』
（嗯。畢竟是智能武器嘛。）
『原來如此，我一聽也懂了。說服力高得嚇人。』
好吧，既然不會有問題就來升等吧。

我消耗自我進化點數18點，將思考遮蔽提升至10級。

〈思考遮蔽已達到10級，進化為思考完全遮蔽。〉

喔喔！技能進化了。思考完全遮蔽啊。這下不管是讀心還是思考誘導，儘管放馬過來吧。而且好像還可以在某種程度上自行調整遮蔽率，要故意讓對方聽見心裡的想法也行。不過前提是對方得擁有讀心才行。

（其他技能呢？）

『嗯——剩下的點數我想謹慎使用，晚點再說吧。』

自我進化點數有限，必須謹慎使用才行。

（好。）

『哎，就先想想要用在哪裡吧。』

（嗯。我會想想。）

我想她應該會說想提升劍聖術吧，不過假如有其他想提升的技能，以那些為優先也行。畢竟技能都是芙蘭在用。

不，其實我也會用，但我是芙蘭的劍，以芙蘭的需求為最優先。再說，芙蘭的發想力總是遠遠超出我的預料。與燐佛德的那場戰鬥讓我徹底體會到了這點。真期待聽到芙蘭的想法。

然而，就在離公會沒剩多少距離的時候，艾爾莎卻停下了腳步。

「哎喲，真是！別擋路啦。」

『路上行人忽然變多了耶。』

而且還不只是走在路上，而是在前方形成了人牆。

這道人牆導致人潮壅塞不通，讓更多人被擋在這裡，形成惡性循環。

『出了什麼狀況嗎？』

「艾爾莎，怎麼會這樣？」

「好像是外國的高級貴族來到鎮上了。妳看嘛，武鬥大會就快到了，他們是來觀賞賽事的。今後貴族還有冒險者什麼的都會陸陸續續來到鎮上，會變得人潮洶湧喲。畢竟是烏魯木特一年當中最熱鬧的時期嘛。」

原來如此。也就是說因為貴族要通行，一般民眾無法橫越道路，就被擋在這裡了。雖然不到大名行列那麼誇張，但高階貴族經過道路的時候似乎都會禁止民眾通行。

「真沒辦法……只有這段路走屋頂吧！」

「可以嗎？」

「一下下而已，應該不要緊吧？繼續等下去不曉得要浪費多少時間。」

「好。」

公會長明明吩咐過他不能引人注目，這樣好嗎？

然而，艾爾莎已經跳上屋頂離開了。芙蘭也隨後跟上，直衝到屋頂上方。我從芙蘭的背上，俯視了一下視野下方的人牆。

『那個就是貴族的馬車啊。』

轉生到這世界以來，我所看過最豪華的馬車在馬路上前進。

安裝在車頂上金光閃閃的獅子雕像，精雕細琢到好像隨時都會活動起來。車身以黑得發亮的厚重木材為框架，加上輝煌燦爛的黃金白銀裝飾。而且看起來並不庸俗，反而顯得格調非凡。拉馬車的馬匹也非常肥壯，毫不受到圍觀群眾的聲音影響，想必是受過高度訓練的良駒吧。一眼就看得出來不是低階貴族的馬車。

只是，侍衛怎麼這麼少？那麼豪華的馬車，就算率領著幾十名侍衛也不奇怪。應該說，沒有這麼多人護衛不合理。

但是馬車只有一輛。也沒看到隨從或同行者乘坐的車隊，我只看到馬車左右安排了兩名侍衛負責警衛職務。就算把車夫算進去也只有三人。

就算說是在鎮上，這樣不會太不小心了嗎？

然而看到車夫與那兩名侍衛，我立刻發現是我想錯了。

『好強啊。』

光是看到他們的步法或是嚴加戒備的姿勢，就讓我直覺到他們的驚人實力。

『就算萬一擁有鑑定察知，從這裡應該也不會穿幫吧？』

芙蘭轉眼間就沿著屋頂向前跑遠了，使得我只來得及鑑定一名侍衛，豈料……

『嗄啊？』

（師父，你怎麼了？）

『不是，我看了一下那輛馬車的侍衛，他強得嚇人。』

其強大實力遠遠超出我的想像。

名稱：古德韃魯法　年齡：44歲
種族：獸人・白犀族・黑鐵犀
職業：斷斧鬥士
Lv：72／99
生命：1256　魔力：422　臂力：654　敏捷：267
技能：威懾8、怪力8、拳鬥技5、拳鬥術5、氣息察覺3、高速再生4、剛力10、棍棒技6、棍棒術6、開採8、再生10、異常狀態抗性7、瞬發3、精神異常抗性7、屬性劍8、大地抗性4、突進7、斧技10、斧術10、斧聖技6、斧聖術7、魔力感知3、氣力駕馭、哥布林殺手、痛覺鈍化、龍族殺手、皮膚強化
固有技能：覺醒、衝波
稱號：守護者、如大山者、地下城攻略者、龍族殺手、A級冒險者
裝備：地龍角大斧、地龍鱗全身鎧、炎黏精外套、影武者手環、毒素感知指環

竟然是A級冒險者，而且是經過進化的獸人。是相當於阿曼達的存在。其餘兩人會不會也是這種等級的實力？如果是的話當然不需要侍衛了，反而應該說戰力過剩。光那三人搞不好就能攻陷烏魯木特。

我把鑑定結果告訴已經降到地面上的芙蘭，她情緒激動地轉頭望去。

（好厲害！犀牛是知名的強悍種族，但是人數很少。）

『哦，是這樣啊。』

我的確是頭一次看到犀牛獸人，既然是少數民族的話或許也很合理。雖然乍看之下就跟人類的彪形大漢沒兩樣。

令我在意的技能有怪力與氣力駕馭，再來就是固有技能的覺醒與衝波這四個。

剛才來不及分別鑑定，但怪力與氣力駕馭應該分別是剛力與氣力操作的高階技能。還有固有技能也令我在意。覺醒是進化過的獸人族能夠獲得的特殊技能。這是露米娜跟我們說的，所以我知道有這個技能。

但衝波就不知道了。關於這個技能我一無所知，完全無法想像其功能。

不知道去公會能不能查到資料？或者問問看奧勒爾好了。他是閱歷豐富的獸人，說不定會知道。豈止如此，搞不好還握有那個獸人的個人情報。

（嗯，就去問他！）

芙蘭似乎也很起勁。

話又說回來，真沒想到會在這麼短的期間內陸續遇到進化獸人……

『但願能得到某些進化相關的線索就好。』

Side ????

「怎麼樣，狀況還好嗎？」

「是你啊。這把劍太厲害了！力量源源不絕地湧出啊！真不知該如何形容這種暢快的心情！」

「那真是太好了。手臂與腿也都沒問題吧？」

「好得很！真沒想到被那女孩斬斷的手腳，竟然還能再長回來。那麼高階的藥水，被我用掉沒關係嗎？」

「沒關係，因為我還得拜託你去做事。」

「沒問題！儘管說！我感覺自己現在無所不能！」

「首先我想問個問題，魔藥的原料一時半載之間弄不到嗎？」

「啊——這個嘛。擬態猛毒爬行怪的毒囊大概只要砸錢就弄得到。可是，瘟疫螞蟥的毒囊就沒辦法了。」

「無論如何都不行嗎？」

「不行。之前弄到手的數量已經被公會扣押了，就算要自己去獵捕，這陣子也沒聽到目擊消息。」

「嘖，是喔。這樣一來，賽爾迪歐就沒辦法了。」
「要不是那個女孩作梗……該死！啊啊啊啊啊啊！該死！」
「喂喂，不要忽然鬼吼鬼叫啦。」
「嘻嘻嘻，抱歉抱歉。莫名其妙忽然就想大叫。不知道是怎麼了？」
「劍與藥造成的影響嗎……」
「你有說什麼嗎？」
「沒有啦，沒什麼。不說這個了，我想請老兄你去搶一件東西。」
「搶東西？從誰身上？」
「就是你說的那個什麼女孩。記得名字叫做芙蘭？我想火速取得那女孩持有的魔劍。」
「哦？那把劍啊？我也覺得有點好奇，那把魔劍看起來挺厲害的。」
「女孩隨你處置。只要殺了她，再把魔劍帶回來給我就好。」
「知道啦。咕呼呼呼呼，好期待喔。她對我做了那麼多過分的事，我說什麼都要以牙還牙才行！」
「想跟她玩無所謂，但可別還沒幹掉女孩就被抓到喔？你要是這時候出包，連帶著我們也不知道會遭到那位大人如何處罰……」
「我知道啦。我也怕死了那位大人，沒把自己當局外人。不如說假如我搞砸了，最慘的絕對是我，我會認真工作的。只是，工作當然是越有樂趣越好嘍。」
「我這邊會派出賽爾迪歐與達盧姆。隨你使喚吧。」

「什麼？真的可以嗎？特別是賽爾迪歐，現在失去他不會很可惜嗎？」

「情非得已。既然無法在這裡獲得魔藥，他註定會死。我只是想讓他發揮最後一點用處罷了。雖然多少有點難用，但我會先用魔藥讓他服從你的指示，這樣應該就會聽命於你了。」

「原來魔藥還能這樣使用啊！還以為就只是讓人精神失常，變成白痴的藥咧。」

「一口氣攝取過多的話，當然會變成那樣。只要調整分量，用途多得是。」

「啊，難道說我從剛才到現在心情爽快到神奇的地步，是因為你對我用了魔藥嗎？」

「……是又怎麼樣？」

「不怎麼樣！我只是很驚訝，原來魔藥可以讓人快樂到這種地步！可惜沒有早用早享受！啊哈哈哈哈哈！」

「那就好。為了使用這把劍，無論如何都有必要攝取少量魔藥。我也是不得已。」

「原來如此原來如此，那就沒辦法了！再說都獲得這麼驚人的力量了，怎麼可能不用付出任何代價嘛！噫哈哈哈哈哈！感覺得到嗎？感覺到我這源源不絕的力量！」

「不要這麼早就興奮過度。可別忘了你是通緝犯。」

「抱歉抱歉。那麼，我該在哪裡襲擊她？」

「關於這點，她現在有貼身保鑣。我這邊會設法引開那個保鑣，之後你就去襲擊她。」

「知道啦，女孩那邊就交給我！我絕對！會殺了她！把她剁成肉醬！」

「也別忘了把魔劍帶回來啊，索拉斯。」

「嘻嘻嘻嘻嘻！我知道啦！」

第五章　屈服之心

我們跟著艾爾莎回到公會後，迪亞斯神色有些疲倦地出來相迎。

「嗨，你們回來啦。」

「嗯。聽說你有事找我。」

「是啊。事情說來話長，妳先坐下好嗎？」

「好。」

看迪亞斯表情這麼憂鬱，應該是發生了某種意外。而且似乎跟芙蘭有關。

『芙蘭，妳是不是應該先把話帶給他？』

（嗯。）

芙蘭整個人坐進沙發裡，對迪亞斯開口說：

「迪亞斯，露米娜有話託我帶給你。『吾要你履行諾言』。」

「哎呀？是誰託妳帶的話？誰是露米娜？」

艾爾莎似乎沒聽過露米娜的名字。突然冒出這個名字讓他偏頭不解。

然而，聽到艾爾莎這樣追問，迪亞斯搖了搖頭。

「啊，艾爾莎，這是祕密。」

看來露米娜的事情就連艾爾莎也不能知道。也許我們不該在這裡傳話？

看到迪亞斯食指抵唇做出「噓——」的動作，艾爾莎嘆一口氣。

「唉——祕密就對了吧。好好好，我明白了。」

「不好意思啊。」

「呵呵。一個好女人，是懂得包容男人的祕密與一切的。」

艾爾莎似乎察覺到了很多內情，但一聽就沒再追問了。雖然看他態度輕鬆地拋了個媚眼，但應該是清楚自己與公會會長的身分差距才會這麼做。也就是說，他明白這是他無權過問的機密事項。

那就趕快把事情說完吧。

「還有，我達成了幾項委託。」

「這樣啊，那就先來確認委託的達成狀況吧。妳達成了多少件？」

「這個，還有這個——」

芙蘭把達成的委託書一一拿出。

九項討伐委託全都完成了。再來就只剩下交貨委託了，只可惜沒能達到原訂目標的二十三個。

「公會卡可以借我看一下嗎？」

「嗯。拿去。」

「嗯嗯。成果真是可觀，看來討伐委託的確是全部完成了。」

「芙蘭妹妹妳好厲害喔！果然了不起～」

只要檢查公會卡，討伐魔獸的種類與數量都能一目了然。迪亞斯與艾爾莎看卡片紀錄看得嘖嘖稱奇。

據他們的說法，一般冒險者在地下城內都會避開不必要的戰鬥，一路躲避敵人前進。但我們卻是碰到幾隻魔獸打幾隻，討伐數量大概大幅超出平均數字了吧。

「就連D級隊伍都很難打出這種戰果呢。」

「獵殺了這麼多魔獸，素材應該也取得了不少吧？交貨系的委託做得怎麼樣？解體都做完了嗎？」

「嗯，已經做完了。」

這點也是萬無一失。我趁芙蘭睡覺的時候，都解體完成了。

「那麼，可以請妳把素材放在那邊嗎？」

在迪亞斯指著的位置，艾爾莎已經把墊子鋪好了。聽說是用史萊姆等防水素材做成的。看起來跟塑膠布完全一個樣。顏色也跟典型的史萊姆一樣是藍的，就更像塑膠布了。

「放在這裡就行了？」

「我就是為了放素材才準備的。噢，不過，可以請妳只拿交貨用的素材出來嗎？」

「好。」

芙蘭把素材一一放在那塊墊子上。

有粗如人類手臂的高等食人魔的角，以及呈現紅紫雙色，一看就像是有毒的擬態猛毒爬行怪的毒囊。還有其他從地下城魔獸身上剝取的多種素材。

特別是擬態猛毒爬行怪的毒囊得小心對待才行。我不認為一點毒素會毒死迪亞斯他們，但是在辦公室裡散播毒素會搞出一堆麻煩。應該說想也知道會被罵。

「狀態良好，品質也是上等貨。全部都交貨可以嗎？」

「可以。」

「那麼加上討伐，一共是十七份委託。不，如果連頭目討伐也算在評價內，只要再完成五份委託就能讓妳升級了。」

「就差一點了呢。芙蘭妹妹加油！」

只是，麻煩就麻煩在這裡。其餘委託需要交貨的，都是骯髒精等遭遇率較低的魔獸素材。想收集到這些傢伙的素材恐怕很花時間。

畢竟牠們本身數量就少，隱密能力又高，得費一番勁才能找到牠們。發現有魔獸靠近過來想襲擊我們，跟我們主動尋找特定魔獸的難度可不能相提並論。

運氣不好的話，說不定會比上次花上更多天數。

好吧，總之先去見奧勒爾，然後再來考慮之後怎麼做吧。況且還有武鬥大會，說不定要等到大會落幕後再去處理委託。

芙蘭如此告訴迪亞斯之後，他的神情像是若有所思。

「嗯……但我想盡早幫妳提升階級耶。」

艾爾莎對此提出異議。

「可是，應該已經不用擔心了吧？現在有滿多人聽說過芙蘭妹妹的表現，我覺得不會再有小笨蛋刻意來找她麻煩了吧？」

「現在是這樣，但今後來到烏魯木特的冒險者就不一定了吧？」

「好吧，是這樣沒錯。」

「所以可以請妳盡早達成委託嗎？」

「嗯。」

我們是無所謂，但是有一個問題存在。

「等武鬥大會報名完就去。」

沒錯，參加武鬥大會時如果沒有推薦信，就得本人親自報名。而報名日期是從後天開始。聽說可以在冒險者公會、舉辦大會的競技場，以及設置於各區的接待處等等申請報名。

由於聽說必須由本人攜帶身分證親自報名才會受理，因此也不能請人代辦。既然無法預測達成其餘委託需要花上多少時間，我們希望能先完成報名手續再去地下城。

「不用不用，不需要等到那時候。到時候我這邊會幫妳報名。」

「可是人家說，需要本人親自報名。」

「其實公會的推薦名額還有剩。C級冒險者的話當然夠資格受推薦，妳儘管放心。」

這樣好嗎？公會的推薦名額應該不是件小事吧？因為那就等於是代表公會參賽，不只實力要夠，禮儀規範也不可少吧？

「沒關係沒關係，是公會要求妳升級的嘛。這點小事是我該做的。所以妳什麼都不用擔心，儘管去鑽地下城吧。」

總覺得，他是不是有點可疑？怎麼想都是特別待遇。

就算能靠克林姆或阿曼達這層關係，我總覺得他太偏袒區區一個D級冒險者了。

再說，他好像無論如何都想讓芙蘭去地下城。而且有時候不知為何，讓我覺得他很想讓芙蘭長時間窩在地下城。

艾爾莎似乎也從迪亞斯的態度中感覺到了什麼。他手托下巴歪著頭。

「迪亞斯，你怎麼怪怪的？」

「哈哈哈，我哪裡怪了？我就跟平常一樣啊。」

「怎麼看就是怪。」

「我也覺得芙蘭妹妹說得對。該怎麼說呢？感覺不知道你在急什麼。該不會又在打什麼鬼主意了吧？」

「討厭啦，艾爾莎。你想太多了。」

迪亞斯表情文風不動，面帶笑容堅持否認。

「我看你是想對芙蘭妹妹惡作劇吧？」

「是這樣嗎？」

「不是，我沒有啊。」

怎麼想都很怪。話雖如此，我不認為現在繼續跟他爭辯就能讓他說實話。正在煩惱著該如何是好時，艾爾莎把臉一下子逼近迪亞斯，低聲說了：

「我看你絕對有事隱瞞。」

「哈，哈哈哈。一口咬定啊。」

「這是女人的直覺！」

先不論艾爾莎的女人直覺有多少可信度，既然與迪亞斯有長年老交情又擁有直感技能的艾爾莎都一口咬定了，應該是真的吧。

趁現在拿出殺手鐧好了。

『芙蘭，輪到那個出場了。』

「嗯！」

芙蘭拿出克林姆給的介紹信，高高舉起讓他看個清楚。雖然這封信本身並不具有什麼特殊效果……

「迪亞斯，說真話。」

「哈、哈哈，我不知道妳在說什麼。」

大概是真的很怕克林姆吧。不過是看到介紹信，目光忽然就開始游移了。

「我知道你有事隱瞞。」

「不不，我想是妳多心了吧？」

聲音在發抖，擺明了有鬼。看樣子有必要進一步逼問了。

「我要跟克林姆還有阿曼達告狀，說迪亞斯對我惡作劇。」

「都是我不好——！」

好標準的跳躍土下座啊。不愧是A級冒險者，竟然跳過那麼大一張辦公桌，以猛虎落地之勢做出了完美的土下座姿勢。

「對不起！真的！」

「這……公會會長你突然是怎麼了啊！那張紙是什麼？」

艾爾莎一臉驚呆的表情看著芙蘭與迪亞斯。

會驚訝是當然的了。畢竟芙蘭才剛拿出一封不知道什麼信，公會會長就忽然來個跳躍土下座以頭鑽地毯不停地賠不是。一個老頭對一個小孩磕頭道歉，窩囊到讓人看了都掬一把辛酸淚。

「艾爾莎，這個公會有傳信鷹嗎？」

「有啊。」

「嗯。首先傳信給克林姆——」

「對不起對不起對不起！千萬不要啊！」

也是啦，萬一他想對小孩子惡作劇什麼的謠言傳開了，在社會上就無處容身了。要是被阿曼達知道，更是有實際上的生命危險。

「那就全部說出來。」

「知道了啦。唉，我做這麼多明明都是為了芙蘭，太過分了啦。」

等聽完你的說法，我們自己會判斷。

「好了，快說。」

芙蘭催促他繼續說，迪亞斯像是死了心般開始講起：

「妳知道現在，有很多貴族聚集在烏魯木特嗎？」

「嗯。」

我們在來到公會的路上，就實際看到過。

「在他們當中，有一號人物。」

「人物？」

「就是獸王。」

「是喔！今年連這種大人物都來了呀。」

艾爾莎像是由衷吃驚般叫了起來。看來是個知名人物。

「大人物？」

「哎呀，芙蘭妹妹似乎對獸王不太熟悉呢。」

「也許妳有在哪裡聽過？」

我連名字都不知道。

「芙蘭妹妹身為獸人，還是先了解清楚比較好喔。」

所謂的獸王似乎正如其名，就是獸人國的王。獸王是獸人族的頂點，就算不是國民，只要是獸人就會對獸王表示敬意，任何一個國家都無法忽視其影響力。

獸人國雖是另一大陸的國家，不過和克蘭澤爾王國是友邦，聽說他們每隔幾年就會出於親善目的來觀賞一次烏魯木特的武鬥大會。

「但好死不死偏偏是今年。」

「聽你的講法，好像不希望他們來呢。」

「哎，我也是有很多苦衷的啦。再說，今年還有芙蘭在。」

「嗯？」

什麼意思？我們可從來沒見過獸王這種大權在握的貴人。真要說的話，我們本來連這個名號都沒聽過耶？

但迪亞斯沒理會芙蘭的困惑，繼續說道：

「不用我來說明黑貓族與藍貓族的關係，芙蘭妳應該比我更清楚吧？」

「藍貓族是敵人。」

「好吧，我是覺得不見得每個都是壞人……但現在就別管了，重要的是藍貓族開始抓黑貓族當奴隸的歷史淵源。追溯根源，在很久以前先抓黑貓族當奴隸的是藍貓族沒錯，但其實有傳聞指出是當時的獸王在背後牽線。當今的獸王家屬於赤貓族的族長門第，但藍貓族似乎曾是他們的下屬。」

「是喔，我都不知道呢。」

「嗯。」

「唉，因為那段歷史太不堪了。聽說就連在獸人國都把多談這件事情視為禁忌。」

看樣子芙蘭也不知情。她神情嚴肅地聽迪亞斯說話。

「當然，黑貓族最早被貶為奴隸已經是很久以前的事了，當時的獸王早已死去。但是卻有種說法，認為藍貓族直到現在仍然跟獸王在背地裡聯手。」

換言之藍貓族的奴隸商人們抓黑貓族賣作奴隸，有可能是順著獸王的意願。

仔細想想，確實有這個可能性。在地球的歷史上，也有過將弱勢族群推落至奴隸或下層階級，讓大多數民眾的目光朝向下方而不是上方，藉此消除民怨。也就是塑造出更悲慘的存在給國民看，讓民眾產生比下有餘的錯覺。黑貓族戰鬥能力低落又被認為不能進化，一定沒有比這個種族更好的犧牲品了。

「特別是當今獸王的評價非常惡劣。因為他是用了近乎政變的手段，打倒前任君王坐上王位。」

「噢，這個我也有聽說。都說他是弒親的篡位者，好像是個金色獅子的獸人。」

「我不認為這樣的人物會友善對待黑貓族。說不定施加的壓力還更大。」

這對我們而言同樣是不容錯過的情報。視場合而定，甚至可能必須對其他所有獸人保持戒心。

（獸王……）

『剛才那輛馬車，坐的該不會就是獸王吧？』

我想起那輛讓無比強悍的獸人護衛著的豪華馬車。剛才聽說獸王是獅子，而那馬車車頂也高高擺著獅子雕像。這個可能性很大。

不只是權力，就從戰鬥力而論也很棘手。雖然還不能確定獸王是敵人，但我不認為對抗他們有機會取勝。況且獸王本身似乎也是進化過的種族……

（那就……只能暗殺？）

『不不，還沒確定他是敵人啦！別講這種嚇人的話。』

慘了，芙蘭心中對獸王的印象已經差到極點。假如有機會遇到，我得當心才行。雖然我也不覺得她會二話不說就拔劍砍人……

光是傷到對方就會被處以極刑。萬一要是殺了他，恐怕就不只是我們的問題了。不能讓芙蘭成為戰爭爆發的罪魁禍首。萬一發生那種狀況，我得阻止她才行。

「假如芙蘭的事情傳進那種人的耳裡，會發生什麼事？他可能會對妳感興趣。然後會導致何種後果……多少壞事都想像得出來，對吧？」

「所以你想讓她窩在地下城裡，盡可能不讓她遇見獸王？」

「對啊。再說只要趕在武鬥大會之前升上C級，就可以用公會的指名委託保護芙蘭了。」

「指名委託？」

又是一個我沒聽過的名詞。艾爾莎詳細解釋給芙蘭聽，簡言之似乎就是公會指定交給個人的委託。當然，身為冒險者的一方有權利拒絕。

至於說到這個為什麼能保護芙蘭，因為公會的指名委託是非常重要的案件，會答應提供受託的冒險者來自公會的全面支援。此外，阻撓這個接受指名委託的冒險者做事，就等於是與冒險者公會作對。

冒險者公會是跨足世界的巨大組織，如今已成了人們生活不可或缺的存在，沒幾個國家有那膽量公開跟他們為敵。因此芙蘭只要接下指名委託，獸王似乎就比較不能憑恃權力對她來硬的。

「可是，指名委託不是能這樣說派就派的吧？」

「別擔心，只要說是地下城的相關委託就行了。因為只有我能跟地下城主交涉嘛。比方說請她尋找地下城主要的東西什麼的，理由要多少有多少。不過就是一兩個指名委託，隨便都掰得出來。」

「難怪你想讓她升上C級。因為指名委託只有C以上的冒險者才有資格承接。」

「就是這樣。」

所以說，他是真的為芙蘭想了很多？都怪他形跡可疑，我之前一點都信不過他。要不是有謊言真理，我到現在都還在懷疑他咧。

「可是那樣的話，怎麼不從一開始就跟她說清楚呢？」

「因為我怕跟芙蘭說真話，反而會讓她對獸王產生興趣。」

好吧，是無法否定。事實上，我們還真的有點感興趣。

「你說要找她談的事，該不會就是獸王這件事吧？」

「是啦，本來是想委婉地告訴她的。我原本想拿擔心有所冒犯當藉口，要她千萬別靠近獸王。」

所以迪亞斯要我們回來時低調點可能也是出於一片好意，怕芙蘭被獸王發現。

「出於這些原因，我想請芙蘭盡快升級。」

「知道了。」

聽了剛才那番話，我們不可能不點頭。為了保護我們自身的安全，這麼做是有必要的。

「請妳盡可能趕在武鬥大會開始之前升級。因為妳一旦出場，勢必會引人注目。」

「嗯。」

雖不知道會有什麼樣的人出場，但既然要參賽就要以贏得優勝為目標。人稱最弱種族的黑貓族少女若是在武鬥大會中有亮眼表現，當然會引來獸王的注意。我得在那之前想好對策才行。

「我會幫妳保留推薦名額的。」

「我不要推薦。」

「哦？為什麼呢？推薦選手可以直接從正式比賽出場喔。」

「我想參加預賽。」

「芙蘭妹妹，預賽是完全隨機分配的，搞不好會碰上實力超強的人喔。」

「沒關係。」

芙蘭用幹勁十足的神情用力點頭。對芙蘭來說，武鬥大會是能夠跟各路好手交戰的一大盛事。雖說只是預賽，但她不可能錯過與任何人交手的機會。

「好、好吧。就安排讓妳參加預賽好了。我會設法準備普通名額的。」

「芙蘭妹妹原來這麼喜歡戰鬥啊～啊啊，這樣的芙蘭妹妹也好可愛～」

看來迪亞斯願意讓芙蘭參加預賽。

但還是有些疑問尚未釐清。我已經明白讓芙蘭見到獸王的危險性了。所以迪亞斯才會想把她送進地下城以避免不期而遇，也考慮到最糟的情況而想幫她提升階級。

「為什麼要替我做這麼多？」

就是這點。就算說是要保護冒險者，會不會也太偏袒了一點？

「有很多隱情啦。我只能簡單告訴妳，這是我跟一個人的約定。」
約定是吧。這下我懂了，他一定是跟露米娜談成了某些條件，例如盡力保護黑貓族之類。只是似乎因為艾爾莎在場而不能說出她的名字。
「下次見到她，妳可以向她道個謝。」
「嗯，知道了。」
「哎呀？又在講小祕密？真羨慕你們感情這麼好。」
哎，反正還會去地下城，到時候再道謝就好。
『還有奧勒爾也不能忘了道謝。畢竟是他安排我們見到露米娜的。』
（嗯。）
晚點要去奧勒爾那邊，到時候再跟他致謝就行了。
只是，在前往奧勒爾的宅邸之前，我們決定先把委託交貨用不到的素材賣一賣。
真的取得了好多素材。
「我還有其他素材要賣。在這裡拿出來就行了嗎？」
「啊——可能不太方便喔～可以請妳去一趟鑑價室嗎？」
「嗯。」
「艾爾莎，麻煩你為她帶路。」
「包在我身上！」
在這裡拿出來似乎是真的不太好。

「另外，我還有其他事情得先告訴妳一聲，鑑價結束後可以再回來一趟嗎？」

奇怪，要講的事情不就是針對獸王給我們忠告嗎？

「還是現在先說？」

「不了……等等再講就好。只是，請妳絕對不要離開冒險者公會，辦完事就先來找我喔。」

「好。」

芙蘭看看艾爾莎，他也神情複雜地點點頭。看來不會是什麼好事。雖然有點在意，現在就照他說的先去把素材脫手吧。

「那麼，跟我來吧。」

「嗯。」

我們與艾爾莎一同前往解體室。

只是，我們還沒把球蟲解體好，不曉得能不能賣？之前聽說只要付錢就能請人幫忙解體，所以應該是不要緊……

向艾爾莎一問之下，解體費似乎是按照大小與工程來計費。

「不過，我想收費應該不會超過四萬戈德以上吧？之前百劍大人帶著B級的低等龍過來時，記得應該花了四五萬。妳有聽過嗎？百劍弗倫德大人。」

「嗯。在巴博拉見過。」

「哎呀，真羨慕妳！他很帥對不對～？好崇拜喔～芙蘭妹妹不這麼覺得嗎？」

「嗯，他很厲害。我總有一天也要變得那麼厲害。」

「哎喲討厭啦！我不是在跟妳說這個！妳不覺得他很帥嗎？是我喜歡的那型呢。」

艾爾莎整個人扭來扭去，表情像戀愛中的少女般悄聲說道。可能是已經有點習慣了的關係，總覺得看起來還真有點少女情懷。

「嗯？」

「真想被他那強壯的臂膀抱住，在耳邊情話綿綿～」

好吧，那人雖然有點男人味過重，但還算是個冷面酷型男。我還是頭一次同情起帥哥來。原來帥哥也有帥哥的苦處。

只是芙蘭好像幾乎一句都沒聽懂。

『總之妳點頭就對了。』

「嗯。」

「哎呀，芙蘭妹妹也懂嗎？」

「嗯。」

「就是呀。他真的很帥，對吧？」

「嗯。」

「我們喜歡同一型的呢～」

「嗯。」

芙蘭一邊隨便點頭附和說個不停的艾爾莎，一邊把魔獸素材一一拿出。

一個魁梧男大姊羞紅了臉忸忸怩怩，旁邊一個少女面無表情地忙著把素材擺好。負責鑑定的公會職員用難以言喻的表情看著兩人。

「球蟲也在這裡拿出來嗎？」

「啊，咦？喔，好，拿出來沒關係。」

「嗯。」

芙蘭讓未經解體的災難球蟲出現在解體室裡。房間裡開始飄散球蟲體內遭到雷鳴魔術焚燒的焦臭味，以及從體液等等散發的異味。傷口也流淌著黏稠液體，一副恐怖噁心的模樣。而且體型實在巨大，專為肢解大型魔獸而建造的寬敞鑑價室竟有一半空間被占滿。

就連慣於解體的公會職員都蹙額顰眉。畢竟不像動物系，昆蟲系的魔獸外觀十分噁心，不能怪職員。再說，這麼大的昆蟲系魔獸似乎又很罕見。

即使如此，職員仍然走上前去準備進行鑑定與估價，真是值得敬佩。

只是，有個人做出的反應與這位勇氣十足的職員正好相反。

「呀——！」

「艾爾莎？」

「咿呀——！」

嗓門粗大的尖叫聲響徹了解體室。

「怎麼了？」

「蟲、蟲子——！」

「嗯。是球蟲。」

「咿、咿咿！」

艾爾莎臉色發青地看著球蟲。兩手在胸前交握，站成內八的兩腿像小鹿一樣簌簌發抖。

看來他很怕昆蟲。尤其是球蟲特別大一隻，討厭蟲子的人看了應該會崩潰。艾爾莎的神情已經不是厭惡，都顯露出恐懼了。

哪來的小女生啦！不，也許內心真的是小女生。

「嗯？艾爾莎？」

「啊啊啊啊——」

芙蘭不怕任何生物，好像不是很能體會艾爾莎害怕球蟲的心態。她有些困惑地盯著艾爾莎看。

其間艾爾莎還在繼續尖叫，但公會職員的表情比他更害怕。職員臉色鐵青地抓住艾爾莎，開始講話安撫他的情緒。

「艾、艾爾莎大姊！冷靜下來！那個不是蟲子！」

「牠、牠就是蟲子！」

「只是長得像蟲子而已！」

「可是可是，我看牠就是蟲子！」

「天、天底下哪裡有那麼大的蟲子嘛！」

「大蟲子……？咿咿咿！」

「慘了！」

「嗚唔唔唔──」

「啊啊，這下糟了！那、那邊那個女生！把那隻魔獸弄走！這樣下去會很慘！」

『芙蘭！把球蟲收起來！情況好像很不妙！』

「嗯！」

雖然還沒搞清楚狀況，但我只知道隨著艾爾莎發出的鬥氣直線上升，某種非同小可的狀況正在發生。

芙蘭應該也感覺到了。她瞬間就把球蟲收納起來。

「你看，艾爾莎大姊！什麼東西都沒有了！」

「蟲、蟲子呢……？」

「收起來了。」

「這、這樣呀……」

艾爾莎身上湧現的鬥氣消失不見，當場咚的一聲跌坐在地。看到他這樣，公會職員才終於鬆了口氣。

「得、得救了！」

「艾爾莎他怎麼了？」

「喔，艾爾莎大姊什麼昆蟲系的生物都怕。一旦恐懼超出極限就會開始大鬧。」

這讓我想起艾爾莎有個技能叫做暴衝，沒想到還真的是不管三七二十一發狂大鬧的技能……

「而且明明本人沒有意識，技能卻還是運用自如。」

真是個超乎想像的棘手技能。

「去地下城或其他地方都沒事嗎？」

「就某種意味來說有事。」

職員說他即使處於暴衝狀態還是能運用技能，所以不會在戰鬥中吃虧。但是有時會波及隊友，或是連素材一併毀掉。

比較小的蟲子好像還能忍耐，但若是被成群蟲子包圍，或是臉上忽然飛來一隻蟑螂的時候會毫無預警地開始發狂，所以好像很少有人能跟他組隊。

「上次他在公會櫃檯前發狂的時候，大概有二十個人被送去醫務室吧？」

「那樣很危險。」

「真的很危險喔。要不是有這種突發性的暴衝與美容狂的毛病，他可不會只有現在這點名氣。」

公會職員滿臉倦容地嘆氣。

「艾爾莎，你還好嗎？」

「芙蘭妹妹……對不起。我什麼都不怕，就是怕蟲！」

我很想問他為什麼這麼怕蟲，但怕他光是回想起來都會發瘋。現在還是把事情直接帶過才是減少災情的最好方法。

「艾爾莎你出去等我。」

「就這麼辦！弄完之後再叫我！我邊喝茶邊等妳！」

就這樣，我們在終於恢復安靜的解體室辦理素材收購手續。

球蟲解體起來似乎很費工，解體費花了我們足足三萬戈德。素材收購費為五十六萬，扣掉解體費就賺了五十三萬戈德。

聽說本來其實更值錢，但這隻沒了魔石，最有價值的外殼又傷痕累累，以至於價格只有最高價碼的一半。即使如此，比起D級魔獸高等食人魔的皮革收購價平均一隻四萬戈德，牠可是值錢了十倍以上。

如果把來到烏魯木特的路上入手的素材等等也算進去，總共賺了八十萬戈德。假如再加上委託達成酬勞的話，實際的進帳就更多了。

該當成是大撈一票，還是拚死拚活卻只有這點小錢就見仁見智了。

好吧，應該還算不錯吧？

「芙蘭妹妹，都弄好了嗎？」

領到收購費之後我們前往酒館，看到艾爾莎如他所說，正在跟一個老人家喝茶。明明是公會酒館，卻真的在喝茶。用的是造型時髦的茶壺，以及花朵圖案的茶杯。茶點是堆滿果醬的司康。我是來到咖啡廳了嗎？

「都好了。」

「芙蘭妹妹要不要也來喝茶？」

「喝。」

芙蘭當然不可能拒絕。

「這裡有紅茶、黑茶跟烏魯木茶，妳要哪一種？」

「這麼多種？」

以公會的酒館來說還真稀奇。一般來說就算酒類豐富，茶類也只會應付性提供便宜紅茶才對。而且應該幾乎都是用來兌酒的。

「是呀。司康適合配紅茶，餅乾的話是黑茶，派餅的話我推薦烏魯木茶。」

「……那就全部。」

「哎呀？妳吃得了這麼多？」

「沒問題。」

「那麼店主，麻煩你了。」

「好好好。」

店主也是一位身穿服務生制服式服裝的中年型男。怎麼看都不像是莽漢齊聚的公會酒館店主。說是時髦酒吧或是咖啡店的店長還比較像。芙蘭似乎也有同感，偏著頭問：

「這裡是提供給冒險者的酒館？」

「是呀。」

「哈哈哈，常常有人這麼問。」

聽到芙蘭的疑問，店主發出苦笑。大概是真的常被問到吧。

「這裡千真萬確是公會的酒館。不過在艾爾莎大姊的請求下，有提供一點茶水與點心等等就是了。」

「呵呵。店主泡的茶可是人間極品呢！所以我稍微嚴懲了一下那些給店主添麻煩的小朋友，大家好像就懂得喝茶的好了。現在茶飲可是跟酒同樣受到歡迎呢。對不對，店主？」

「也是啦，畢竟大家都聽說過公會會長與艾爾莎大姊不喝酒。所以艾爾莎大姊你們來店裡的時候，有比較多的冒險者會點茶飲。」

聽到公會兩大巨頭都不喝酒，或許是有一些人會刻意不點酒。不過話說回來，我看不只迪亞斯，艾爾莎也滿會濫用權力的嘛。不，與其說是濫用，感覺更像是用恐懼與敬意讓旁人唯命是從才對。

「那麼，這是您點的茶點組合。茶飲會先為您上紅茶。」

「嗯。」

芙蘭兩手捧著上桌的司康，眨眼間就吃得一乾二淨。不知是什麼時候堆上那麼多鮮奶油與果醬的。

艾爾莎含笑望著她大快朵頤，自己則是優雅地享受喝茶時光。筆直豎起的小指還滿有女子力的。

坐在對面的白髮老先生眼神也像是面對自己的孫女，喜眉笑眼地看著芙蘭。從裝備來看似乎是個冒險者。

「呵呵呵。看妳吃東西真過癮。」

「你是誰？」

「喔，失禮了。老夫名叫拉杜爾，一個微不足道的C級冒險者罷了。」
「他可是烏魯木特當中最年長的冒險者喲。」
竟然來了個白髮白鬚的魔術師，想也知道絕對是個強者。就是那個啦，一定是屬於用經驗與智慧彌補體力不足的類型。但我覺得階級好像低了點。
「他本事是有，但是一直在擔任宮廷魔術師，所以階級比實力來得低。論實力的話B級絕對沒問題。」
「心酸之處就在於他也不會說老夫搆得到A級。」
「那個階級已經不是人了啦。」
「好吧，老夫也沒想過要跟那些狂人比什麼啦。比也是白比。話又說回來，黑貓族的冒險者可真稀奇。」
不知為何，拉杜爾用一種懷念往昔人事物的眼神看著芙蘭。
「算起來有五十年沒見到了吧。」
「哎呀，黑貓族的冒險者又不是就芙蘭妹妹一個。特別是這個鎮上新人這麼多。」
「如果單論黑貓族的話是沒錯。但若要兼具年輕與高強本領，那就幾乎一個也沒有吧。」
「好吧，或許的確是這樣。不過，你說有五十年沒見到，也就是說以前也有過像芙蘭妹妹這樣的孩子嘍？」
「唔嗯，像極了這位小妹妹。粗魯的講話態度也是，黑髮也是。老夫已經忘了她的名字了，但只有她那銳利的眼神恍如昨日。」

可能是為了進一步打開記憶的抽屜，拉杜爾闔眼輕扯下巴的鬍鬚。

「記得她當時說自己十五歲吧，應該是個獨行冒險者。而且對瞧不起黑貓族的傢伙毫不留情，像是痛宰藍貓族冒險者並切斷他們的尾巴，這種過激的報復行為在她來說都很正常。」

「簡直就是芙蘭妹妹的翻版呢。」

艾爾莎聽了這話點頭說跟芙蘭一模一樣，看來他也很了解芙蘭嘛。

「想起來了，記得大家都用黑貓這個綽號叫她。還有傳聞說誰敢糾纏黑貓，就準備跟冒險者生涯說再見呢。」

「她後來怎麼樣了？」

芙蘭眼中充滿期待地看著拉杜爾。然而，拉杜爾無力地搖了搖頭。

「誰知道呢？她有一天突然斷了消息。不知道是死了，或者就只是離開了城鎮。老夫不清楚。」

「是嗎……」

那人本領那麼高強，絕對會以進化為目標才對。而且五十年前的人的話很有可能還在世。本來很想向那人請教請教的，真是遺憾。

再說，拉杜爾說她突然斷了消息，也讓人很在意。

「因為老夫跟黑貓並不是那麼親近。不過，當時與老夫組隊的奧勒爾一定還記得她。妳認識他嗎？」

「嗯！」

等會兒我們準備去見他，這下剛好。

「為什麼奧勒爾老爺爺會記得她呀？就算他跟拉杜爾老爺爺你一樣，已經忘掉了也不奇怪吧？」

「可能因為都是獸人的關係吧，老夫有幾次看到奧勒爾跟黑貓有說有笑的。再說，他曾經在單獨攻略地下城時受過黑貓搭救，也警告過老夫絕對不准去糾纏黑貓。也是啦，畢竟黑貓長得好看。老夫我們當年衝勁十足，本來是一定會想泡她的。」

「哎喲？所以那位黑貓小姐長得很可愛嘍？」

「是啊。告訴你們一個小祕密，老夫看奧勒爾那傢伙當年絕對被黑貓給迷住了。」

「呀——！可是，這樣老爺爺豈不成了蘿莉控？」

「你沒資格說人家吧。當年奧勒爾應該也才十幾歲才是。老夫還記得當時以最快速度升上D級的奧勒爾，正好被眾人吹捧成天才還是什麼的。」

說得也是。不管是拉杜爾、奧勒爾或是迪亞斯，都曾經年輕過。總覺得有點難以想像哩。不過，這下又多了一個去見奧勒爾的理由了。還是快點去見他吧。

只是在那之前，還得聽聽公會長找我們有什麼事才行。

半小時之後。

我們跟艾爾莎道別，回到公會長的辦公室。

「回來得還真慢……嘴角還沾有點心屑喔。」

「嗯。很好吃。」

「呃，是喔……」

迪亞斯你太天真啦！這點程度的酸話，最好是對芙蘭會管用！

芙蘭絲毫沒把迪亞斯說的話放在心上，直接進入正題。

「所以，你找我們什麼事？」

「是這樣的……」

迪亞斯一瞬間顯得難以啟齒。本來以為是讓他等太久惹惱他了，但好像不是這樣。

那果然是有壞消息了。

「是怎樣？」

「索拉斯逃獄了。」

「！你是說真的嗎？」

「對，是真的。」

「……是嗎？」

芙蘭用力握緊拳頭，輕聲低語。儘管語氣並不激昂，卻讓聲音聽起來更帶有深沉的怒火。

索拉斯恐怕已經名列芙蘭心中必殺名單的榜首了。

「枉費妳辛苦把他抓來，真對不起。」

迪亞斯歉疚地低頭賠罪，同時把詳細情形告訴了我們。

始料未及的是，我們交給衛兵處置的索拉斯，竟然殺光了監獄裡的警備兵逃跑了。

雖然迪亞斯向我們道歉，但我覺得這不是冒險者公會的責任吧？把罪犯關好應該是鎮上警備兵的職責才對。

芙蘭聽完迪亞斯的說法，偏著頭提出疑問：

「他明明受傷了，卻還能逃獄？」

這點我也覺得奇怪。索拉斯的確比隨便一個士兵都要來得強悍，但有辦法在缺手缺腳的狀態下逃獄嗎？而且還殺光了警備士兵。

「可能有人幫他開路。」

『原來如此。』

的確以他那種狀態，沒人開路是不可能逃獄的。

「而且，他有可能正在四處尋找芙蘭。」

迪亞斯接著把逃獄騷動發生後，接連而來的冒險者襲擊騷動也詳細告訴我們。

他說一名正要前往地下城的冒險者遭到某人襲擊，並被追問芙蘭的下落。

本來以為是索拉斯，但又有消息指出犯人四肢健全，因此可能是索拉斯的同夥。

難道他想找芙蘭尋仇？

『真是棘手……』

「他如果來對付我，我就擊退他。省了找他的麻煩。」

「妳願意這麼做我當然很感激……但是如果把事情鬧大，可能會讓獸王盯上妳。」

『那可不行！』

那輛馬車的主人如果是獸王，那些侍衛可都是怪物。老實講只要與他們為敵，我們就完了。

「再說，我雖然明白芙蘭很有本事，但對方的人數與實力等等都是未知數。在逮到索拉斯等人之前，我希望妳能跟艾爾莎一起行動，妳覺得呢？」

就是護衛的意思吧……

迪亞斯似乎是把我們抱持的種種內情與人身安全放在天秤上考量，最後判斷應該派個護衛跟著我們。

考慮到對方的戰力尚不明確，一位強悍的護衛的確值得感激。

只有一件事情困擾到我。

『艾、艾爾莎啊……沒有別的人選了嗎？』

「我也是出於無奈才會做這個決斷，偏偏就是沒有比艾爾莎更值得信賴，實力又堅強的人才。」

嗚……艾爾莎的確是值得信賴。

可是，要我一天二十四小時都跟他泡在一起實在是……

我抱著一線希望問芙蘭的意見。心想如果芙蘭不願意，說不定可以回絕。

『芙、芙蘭妳覺得呢？』

「嗯……艾爾莎的話沒關係。」

好吧，我就知道她會這樣說～芙蘭心裡對艾爾莎非但沒有不滿，反而還跟他很親近。

『這、這樣啊……我想也是。』

「嗯。」

「那麼，你們答應短期間內跟艾爾莎一起行動嘍？」

『啊——……對了！有問過艾爾莎方不方便嗎？』

說不定反而是艾爾莎會拒絕這個提議！

然而，迪亞斯說出的下一句話，粉碎了我抱持的希望。

「這師父你不用擔心。艾爾莎他樂意得很。」

『這樣啊……』

「嗯，死心吧。」

夠了，迪亞斯！不准用溫柔的眼神看我！

「師父，你怎麼了？」

『……沒有，沒什麼。那就跟艾爾莎一起去見奧勒爾了？』

「嗯。」

「那麼，路上要小心喔。」

「我知道。」

「真的知道嗎？」

聽到迪亞斯嚴肅的追問，芙蘭也表情嚴肅地點頭回應。

「嗯！我不會放過索拉斯。」

「不，我不是在問妳這個！我是說獸王！」

『啊——那邊我會注意的。』

現在芙蘭腦中的比例，大概是幹掉索拉斯占了五成，進化問題兩成，武鬥大會一成，獸王一成，其他事情只占剩下的一成吧。

她想必不會把可能導致黑貓族淪為奴隸的獸王給忘了，但還是下手殺害了依妮娜的索拉斯更令她憎恨。她把更多注意力放在那方面上是無可厚非的事。

「你保證嗎？芙蘭要是有個萬一，我可是會被露米娜大人宰了的喔！」

『難道說，這就是你們之間的約定？』

「沒錯。我答應過她在這座都市內，會暗中保護黑貓族。再說，她不但接見了芙蘭還請妳帶話，可見露米娜大人一定很喜歡芙蘭吧？現在要是芙蘭被獸王怎樣了……光是想像都讓我胃痛啊。」

既然直接碰上獸王對芙蘭來說是一大危險，我在這方面上當然也會多加小心。

『放心交給我吧。』

「嗯，交給我們。」

「真的萬事拜託了喔。」

聽著背後傳來迪亞斯雙手合十拜託的聲音，芙蘭走出辦公室。

『那麼，總之先跟艾爾莎會合吧。』

「嗯。」

「千萬拜託喔～！還有幫我跟艾爾莎打聲招呼～」

迪亞斯，你很囉嗦耶。

在公會辦完事情後，我們在跟艾爾莎一同前往奧勒爾的宅邸之前造訪了另一個地點。也就是跟格爾斯老先生認識的，那位矮人鍛造師開的店。

「那麼，我就在這裡守著喔。」

「嗯，好。」

把艾爾莎留在店門口，我們走進店裡。

有艾爾莎像那樣大模大樣地守著，諒索拉斯等人也不敢輕易來襲。只是可能會妨礙到店裡的生意……

「喔，這不是跟格爾斯認識的小妹妹嗎？怎麼啦？」

「想請你修理裝備。」

以往我們都是靠黑貓系列的自我修復功能撐過來，但在球蟲那場戰鬥中實在損傷得太嚴重。破損部位到現在都還沒復原。況且這套防具從入手到現在，維修什麼的一次都沒做過。

畢竟還要參加武鬥大會，我們想在那之前先把裝備修復到最佳狀態。

「好！包在烏魯木特的頭號鍛造師傑魯多身上！不過話說回來，被打得還真慘啊。」

傑魯多花了少許時間檢查黑貓系列，接著開始準備魔法陣與魔晶石等物品。

再來動作就快了。因為用修理術一瞬間就能修復完成。雖然花了足足十萬戈德，但安全無價。

「這樣就完成了。再來把劍拿給老子看看。」

「嗯？」

「呃，就連具備自動修復功能的防具都破爛成這樣了，劍應該也受到了不小的傷害吧？」

以常理來想是這樣沒錯，但我有自動修復又有再生能力，其實並沒有這方面的問題。

然而，芙蘭卻拔出了揹在背上的我，交給了傑魯多。

「那麼，拜託你。」

『啊，喂，芙蘭！我就不用了啦。』

（可是，如果能請專業人士看看，就看看比較好。）

芙蘭似乎是因為不太知道怎麼判斷我的狀態，所以聽到傑魯多這麼說感到有點不安。

『好吧，也沒差。』

芙蘭說得對，給專家看看總是沒壞處。說不定有些連我自己也注意不到的損壞部分。

「唔嗯，沒看過這種不可思議的金屬。老子瞧瞧。」

傑魯多從各種角度檢查我，把我放在檯子上，用小鎚子開始往我身上叩叩輕敲。

鎚子有規律地在劍身上敲出振動。不過，感覺還不賴。也許是因為一位工匠認真起來保養我吧？我甚至覺得滿舒服的。

接著他把我插進一個水箱，輕輕搖了搖。最後用一塊乾淨的布把我擦得啾啾作響。

哇——這真舒服。我差點叫出聲音來。不過我撐住了。什麼怕傑魯多發現我會說話，不過是細枝末節的小理由罷了。想想看，一個內在超過三十歲的大叔，被另一個肌肉結實的大叔撫摸到發出呻吟，豈不是會讓人想自殺？

雖然我所說的舒服跟性方面毫無關係，是按摩的那種舒服，所以或許是不用想那麼多。但不知為何我就是不肯屈服。

然而，我咬緊牙關寧死不屈的氛圍，似乎被芙蘭感覺出來了。

（師父，你怎麼了？）

『沒、沒有，沒什麼。』

（可是……師父好像怪怪的。）

為了讓替我擔心的芙蘭能夠放心，我把原因告訴了她。

『——就是這麼回事。』

（原來如此。）

嗯——為了一點無聊小事害芙蘭擔心了。

不過話說回來，這真的很舒服。平常芙蘭也會幫我擦掉劍身的髒汙，但從來沒這麼舒服過。大概是受了鍛造技能的影響吧。芙蘭與傑魯多之間我只能找到這點差異。大概就是外行人與鍛造師的差別吧。

「好啦，結束了。不過因為沒找到傷痕或變形，所以老子只有把它磨亮。」

就是這個磨亮的動作厲害。自從來到這個世界，好久沒有這種煥然一新的心情了。就像去超級錢湯待上半天，最後做過按摩再回家的第二天早晨那樣？總之只覺得通體舒暢。

原本就已經是百分百最佳狀態了，現在更是一百二十%的巔峰狀態。雖然只是心態問題啦。

還有，我感覺魔力的流動以及技能的發動等等，似乎也變得順暢了一點。雖然應該只是心理作用，但全身就是舒爽到讓我有這種感覺。

「嗯，鍛造師好厲害。」

「哇哈哈哈，幹嘛突然誇老子啊。」

芙蘭看到我變得光亮如新的劍身，也發出驚嘆。

不過話說回來，我還是覺得我的狀態變得更好了一點。今後還是多找幾次機會接受保養吧。絕不是因為我覺得這樣很舒服。好吧，這也算是一個小動機，但我的狀態良好，就表示可以為芙蘭出更多的力量嘛。我、我說真的啦。

「久等了。」

「哎呀，都修好了呢！變得很可愛喲！」

「？」

即使被說可愛，芙蘭也只是偏頭不解。她似乎不明白艾爾莎為什麼會這樣說她。

「唉，糟蹋了天生麗質……」

艾爾莎擁有美顏技能，大概不光是自己，也會特別注意其他帥哥美女吧。他看著芙蘭，顯得十分遺憾地搖搖頭。

「那麼，接下來就去見奧勒爾老爺爺嘍？」

「嗯。」

繞了好多遠路，總算可以去報告委託完成了。芙蘭他們在路上買東西邊走邊吃，前往山丘上的宅邸。

『不愧是擁有兩座地下城的城鎮。連攤販都有賣魔獸肉。』

魔獸肉就連在巴博拉都是高級品，在這裡卻把魔獸肉串燒當成普通豬肉串燒來賣。而且還有很多種類。

「嗯，好吃。」

「嗷。」

艾爾莎跟芙蘭說過，在適合初學者挑戰的西地下城裡有很多適於食用的魔獸。他說這也是跟地下城主交涉得到的成果。看來與地下城主打好關係的好處，並不只限於確保城鎮安全。

「我要十根。」

「好！謝謝惠顧！」

「五碗。」

「妳吃得了這麼多嗎？喔，艾爾莎大姊也跟妳一起啊。那這些可能還不夠吃喔。」

「不要緊。」

不只有豬或牛系的魔獸肉，連販賣魚類、爬蟲類或昆蟲系魔獸肉的攤販都有，而芙蘭來者不拒。走在街上的同時塞得滿嘴的食物一吃完，就在距離最近的攤販再買小吃，安靜地細細咀嚼。

自從發現這個鎮上什麼食物都好吃，就連食材或調味都不問了。不過芙蘭吃的小吃是不是用昆蟲做成的，倒是一看就知道了。

『芙蘭，別再吃昆蟲了。』

（為什麼？很好吃的。）

『……會把艾爾莎嚇成廢人。』

因為，只有在吃昆蟲的時候，艾爾莎會很明顯地跟芙蘭保持距離。看來他連看到別人吃昆蟲都不願意。

好吧，我也不是不能體會。我覺得妳兩手抓著像是乾炸巨大獨角仙的腳的東西，邊走邊啃得喀滋作響就實在有點不可取了。就連不怕蟲子的我看了都有點發毛。艾爾莎會臉色蒼白地望向其他方向也是情有可原。

我們花了點時間穿過商業區，奧勒爾的宅邸已經近在眼前。熟悉的那道大門迎面映入我們的視野。只是，看樣子可能沒辦法直接放行了。

「人好多。」

「嗽。」

在我們的視線前方，奧勒爾的宅邸大門前聚集了一大群人。

就在門前有幾個人圍成人牆，周圍還聚集了十幾個男人席地而坐。

看裝扮像是冒險者，不知道在那裡幹什麼？

不知道是什麼的集團，但看他們毫無紀律地在那裡鬼混，就跟在超商門口沒完沒了地扯一堆廢話不事生產的少年幫派沒兩樣。

圍住大門的那群人中心，站著裝扮看起來比較像樣的一名少女與男性。他們是否就是這個集團的老大？但先不論那個男的，少女看起來才十七八歲。

少女也沒在做什麼，只是雙臂抱胸站在原地。在等什麼嗎？

看著那少女的背影，我發現她是獸人。而且是貓系。仔細一看，其他男子也全都是獸人。

（唔。）

芙蘭一看，立刻皺眉擺出明顯至極的臭臉。

『怎麼了，芙蘭？』

（他們全是藍貓族。）

『咦，真的假的？所有人嗎？』

（嗯。）

難怪芙蘭要擺出這種表情了。

畢竟藍貓族向來以奴隸商人為業，就像是黑貓族不共戴天的天敵。

『先保持戒心好了。』

（嗷！）

我不認為他們會在這種地方冷不防攻擊我們，但小心駛得萬年船。

想避免引起風波，最好的辦法就是速速進入奧勒爾的宅邸。聽說奧勒爾就像是獸人的代表性人物，他們應該不會強行闖進宅邸。

『芙蘭，不管他們對妳說什麼都別理，趕快進去宅邸就對了。』

（……知道了。）

芙蘭頓了一頓才回答我讓我有點不安，但她最起碼點頭了。要是情況真的不妙，就用傳送強行進入宅邸吧。奧勒爾很欣賞芙蘭，只要艾爾莎幫忙解釋狀況，我想他應該不會認定我們擅闖民宅。

「這究竟是怎麼了？我在這鎮上沒看過那些孩子呀。」

「是藍貓族。」

「哎呀？是這樣呀？嗯——那就盡量別跟他們扯上關係，趕快進去宅子裡吧。」

艾爾莎似乎也知道黑貓族與藍貓族之間的新仇舊恨。

「我走前面，妳跟在我後面。」

「嗯。」

「我們偷偷走過去吧。」

讓艾爾莎帶頭，我們慢慢靠近大門。

兩人都用上了隱密與氣息遮蔽，將存在感消除到最大極限。藍貓族的男子們似乎沒多少本事，絲毫沒察覺到我們的存在。

如果得經過他們眼前還另當別論，悄悄通過稍有距離的地方似乎不成問題。

問題是進去的時候。進去時無論如何都得跟門衛說一聲，這麼一來就會被站在門衛面前的少女他們看見了。我想最好的辦法就是徹底忽視對方說的任何話，直接走進宅邸。前提是芙蘭要能夠不理會對方才行。

「午安。」

「咦？啊，艾爾莎大人、芙蘭大人。兩位是什麼時候……」

「我們有事找老爺爺，直接進去嘍？」
「是！請進。」
跟上次一樣，有艾爾莎在就能直接放行。
好，再來只要走進大門就安心了。
「嗯，那我進去了。」
「兩位請。」
芙蘭他們正要走進門衛幫忙打開的大門時，藍貓族少女與男性一看到，立刻大聲嚷嚷：
「給本小姐等一下！」
「是啊！你們什麼意思啊！」
「嗯？」
剛才還板著臉孔好像在等什麼的少女與男性，表情嚇人地跑來逼問門衛與芙蘭。
「你們讓遠道前來致意的我們在這裡空等，竟然問都不問就放他們進去？」
「你們以為我們在這裡等了多久！」
「剛才已經跟兩位說明過，我家主人不會與事前沒有預約的訪客會面。只因各位堅持要等，我們才會替各位通報。」
「搞清楚，我們可是馳名全庫洛姆大陸的傭兵團『藍色驕傲』！」
從名稱聽起來，似乎是團員全為藍貓族的傭兵團。打死我都不想跟這種集團扯上關係。
「從來沒聽過這個名字。」

「什……鄉下人就是沒見識！」

他們說的庫洛姆大陸，記得應該是與這個大陸相鄰的另一個大陸？我想起以前看過的地圖。印象中是在現在這個吉耳巴多大陸的西方。

在那種遙遠外國活動的傭兵團，怎麼會跑來這種地方？不，也許是來參加武鬥大會的。畢竟只要獲得優勝，就能享譽國內外了。

面對態度堅毅地接待訪客的門衛們，少女投以語帶威脅的一句話：

「我是團長的代理人。讓我等就是讓團長等，你們不怕惹禍上身嗎？」

意想不到的是，這個少女似乎真的是集團的代表人。

說不定他們到了庫洛姆大陸真的是所有人聞之色變的知名傭兵團。如果是這樣，少女的態度會這麼高傲也不難理解。

只是，他們在這個大陸上似乎沒什麼名氣。

「這兩件事毫不相關。更何況，我們根本就沒聽說過這麼個傭兵團。」

被門衛直接搖頭拒絕，少女等人怒形於色。

額頭浮現的血管一跳一跳，彷彿顯露了他們胸中充滿的怒氣。

可是，他們放話說自己是名震天下的傭兵團，對方卻聽都沒聽說過，然後又為了這種事發脾氣，未免也太難看了。只能說遜到極點。

「對我們這麼沒禮貌，卻對區區黑貓族優先放行，你們是瘋了嗎？」

我倒覺得事前沒預約就找上門來，先是在門口鬼吼鬼叫，又對屋主的熟人口出惡言才叫做沒禮貌，但這個藍貓族女孩似乎不這麼覺得。大概是覺得他們自己地位就是比較崇高，來致意已經算是很好心了吧。

不只是芙蘭，我感覺得出來艾爾莎整個人也開始越來越不高興。

「這位小姐是我家主人的貴客。」

「嗄？你說這個黑貓族的臭丫頭？」

「你是說比起我們，那個黑貓族更重要嗎？」

「我再向兩位重申一遍，這兩件事毫不相關。種族異同不過是細枝末節罷了。」

「倒是我們必須提醒兩位，這位小姐是我家主人的貴客。兩位侮慢這位小姐就等於侮慢我家主人，明白嗎？」

「可是，她明明就是黑貓族！」

嗯──我還是很討厭藍貓族。每次不管見到誰，都是些看不起黑貓族的傢伙，而且還認為是理所當然。就好像黑貓族是比不上他們的小角色，只有當奴隸的份。

『芙蘭，走吧。』

（……）

啊，糟糕。她這已經不只是不開心了。雖然沒寫在臉上，但完全進入臨戰態勢了。

只要再被講個兩三句壞話大概就會發飆了。

『小漆，把芙蘭往前推！』

「嗷。」

「嗯……」

我以念動拉著芙蘭走的同時，小漆也從背後一個勁地推她。我們很想就這樣把她推進大門，但芙蘭仍然死瞪著少女等人。少女等人也回瞪著她。

『芙蘭，我們該走了！』

「嗷嗷！」

也許是我們死命說服奏效了，芙蘭不情不願地點了頭。大概是最起碼還明白不能在這裡開戰吧。

但是，芙蘭聽到別人瞧不起黑貓族，不可能就這樣善罷干休。

就在即將跨越大門的那一刻，她回頭望向藍貓族。然後，使出全力發動了王威。

「咿……！」

「唔……！」

少女臉色發青地一屁股跌坐在地，男子退後了數步。其餘藍貓族部下也當場跳起來瞪著芙蘭。然而，他們的臉上有著隱藏不住的懼色。現場的所有藍貓族，都被芙蘭形成的壓力吞沒了。

怎麼說也是傭兵，看來多少還能感覺出芙蘭的強悍。同時，也不幸感覺到了彼此之間壓倒性的實力差距。

「發、發生什麼——」

「哼。」

芙蘭徹底看輕啞著嗓子喘氣般喃喃自語的少女，一臉踐相嗤之以鼻。但是少女驚嚇過度，似乎連自己被當成了笨蛋都沒發現。芙蘭不再理會這些藍貓族，步履悠然自適地讓自己消失在大門內。

『看妳表情跩個二五八萬的……』

「哼哼。」

『我沒在稱讚妳喔。』

「嗯？」

「真是個壞孩子～」

嘴上這樣說，艾爾莎卻也面帶笑容。大概是看到藍貓族的醜態，覺得出了一口惡氣吧。

話說既然已經進了宅邸，本來以為這樣就沒事了——

「給、給我站住！」

「站住！前方禁止進入！」

看來少女比我想像的更有耐力。她比誰都更快振作起來，追上了芙蘭。

「少囉嗦！給我讓開！想找挨揍嗎？」

「你們幾個！不准讓那個臭丫頭跑了！」

少女大發威風地起頭，使得部下們也都強打起精神。本來以為少女只是個花瓶，看樣子多少還是有點統率力。

「竟、竟然被小小黑貓族看扁，沒有比這更大的恥辱了！」

「說得對！」

「幹掉那個臭丫頭！」

看來他們是無法容忍自己竟然被芙蘭嚇到。大概是想將錯就錯直接槓上芙蘭，好把剛才的糗態一筆勾銷吧。

而些許殘留的畏怯以及對芙蘭的憤怒，似乎也窄化了他們的視野。

像是動用武力硬闖在鎮上有權有勢的奧勒爾的宅邸，就不是一般正常的行為。但是看樣子，他們連這點正常判斷都做不出來了。

藍貓族的傭兵們表情像是被逼進了絕路，拔出武器。

這下豈不是很糟糕嗎？雖說門衛也有點本事，但沒厲害到被這樣以多欺少還能支撐得住。再這樣下去就會變成是芙蘭引發了這場械鬥。

這時，艾爾莎無法坐視藍貓族這樣胡來，採取了行動。

「芙蘭妹妹，這裡就交給我。」

他輕拍一下芙蘭的肩膀，自己去擋在藍貓族人們的面前。看來是不動聲色地用自己當牆壁，讓雙方都看不到對方。大概是想藉此盡量安撫大家的心情吧。

「你們幾個，不要再鬧了。面子問題是很重要，但沒必要為這種事變成罪犯吧？」

艾爾莎並未用上威懾技能。反而是用溫和的口氣對那些人說話，試著讓他們鎮定下來。

然而，藍貓族人們卻一臉驚嚇地往後退。比起被芙蘭使用王威技能的時候，又是另一種不同的驚嚇態度。不是面對壓倒性強者時的懼意，而是對於未知存在的恐懼令他們畏縮。

面對有生以來初次看到的生物，內心依然受到驚愕所支配的少女擠出一句話：

「什、什麼東西……你是，什麼怪物……」

「……怪物？」

「一、一個大男人，講話像個娘們似的！」

「不、不要過來！」

唉——這些傢伙真擅長惹火別人。

「咿！」

艾爾莎渾身散發駭人怒氣，瞪著藍貓族人們。看樣子是被罵得太難聽，火氣爆發了。

「你們這些臭傢伙……準備好受死了吧……？」

講話恢復成男人的語氣了！超可怕！

「準備挨揍吧！」

結果鬧到一發不可收拾，不過這邊交給艾爾莎應該就沒事了。

雖然是一對二十，但我不認為艾爾莎會輸給這些小角色。

剛才我猜想他們在別的大陸也許真的很有名，但大概沒那回事。

要是這些傢伙都能出名，那個大陸的水準也太低了。好吧，如果是常常使用下流手段或是弱到出名的話還能理解。

不，說不定就是因為這樣才會來到這塊大陸。飄洋過海來到沒人認識他們的大陸，搞不好就是打算在新環境自說自話「我們傭兵團可厲害了」重新來過。其實就跟一個不起眼的國中生，上高中時忽然染髮改變形象的那種作法差不多。

所以不是高中出道，而是大陸出道？這樣一想，我忽然開始可憐起他們來了。枉費他們特地來到新天地鼓足幹勁耀武揚威，結果竟然惹到了艾爾莎……

『自己多保重吧。』

「師父，你怎麼了？」

『不，沒什麼。那我們就去見奧勒爾吧。』

「……嗯。」

『那些傢伙交給艾爾莎去整治就好。』

「……好。」

嘴上雖然這麼說，芙蘭似乎還不太能接受。視線仍然對著大門外。

『小漆！』

「嗷嗷！」

「唔。」

我在一旁好言相勸，小漆也用頭使勁頂芙蘭的背。這才勉強讓芙蘭的雙腳往宅邸走去。

「喝啦！」

「咿咿咿咿！」

「呀啊啊！」

就這樣，聽著背後傳來藍貓族的慘叫，我們前去拜訪奧勒爾。

幾分鐘後。

「嗨，歡迎妳來。」

「嗯。」

我們穿越庭園抵達宅邸，在女僕小姐的帶領下來到了餐廳。

奧勒爾坐在聽到貴族府邸會想像到的那種大長桌的一端。

「抱歉在這種地方跟妳見面。我一大早就忙著應付大人物，什麼都還沒吃哩。」

「沒關係。」

「小妹妹要不要也來一點？昨天我家的專聘廚師剛從巴博拉回來，說是要讓我嘗鮮。」

奧勒爾老先生的專聘廚師啊。一定是個手藝精湛的廚師吧。芙蘭不可能會拒絕這種提議。

「務必。」

她一面回答，一面已經坐到奧勒爾旁邊的椅子上。

「夏拉，給小妹妹也來一份。」

「好的。」

可是都已經快傍晚了，竟然才要吃今天的第一餐。武鬥大會期間似乎會有各方人士來到鎮上，也許這陣子對於奧勒爾這位權貴顯要來說會是最忙碌的時期。

「外面有一群怪人。」

「是啊，聽說是不知打哪來的傭兵團。」

「很有名嗎？」

「聽都沒聽過。我在庫洛姆大陸也有門路，但從不知道還有這麼一幫人。反正一定是在大吹牛皮哄抬身價啦。」

看來什麼知名傭兵團果然只是自己在叫的。

「那種人多得是啦。一下子說我在哪個國家獵捕過哪種魔獸等等的，一下子又說本人受到某某貴族賞識等等，都是一個樣。」

大概每個人一有機會見到鎮上的有力人士，都拚了命想留下好印象吧。

「我一看他們的實力，就知道說的是真是假了。那點實力就想來跟我吼，我能怎麼辦？」

「那些藍貓族的傭兵，全是小角色。」

「哇哈哈哈，就是這樣了。他們那樣要是真的名聲響亮，我看不是團裡只有一個強者，就是手段實在太過貪得無厭吧。」

「嗯。」

「還有他們擺出一副好心才來拜會我的態度，也讓我很不喜歡。而且來的還不是團長，就只是個代理人。自以為是貴族嗎？想了就不爽，誰理他們啊。再等一下他們就會死心走人了。」

也罷，反正他們現在正在被艾爾莎懲罰，就別再管那些傢伙了。

奧勒爾說得對，等我們準備離開時他們應該已經走了。

『先報告委託達成的事吧。』

「奧勒爾，這個。」

芙蘭把墜飾放到了桌上。

「唔嗯……我看看裡面……」

奧勒爾打開墜飾，確定裡面的信已經沒了。

「我想問你關於進化的事。」

「也就是說妳親手將墜飾交到露米娜大人手上了？」

「嗯。」

見芙蘭點頭，奧勒爾凶惡的長相浮現出深沉笑意，也點頭回應。

「很好很好，得支付報酬給妳才行。」

「不用。你是特地安排我跟露米娜大人見面吧？」

「被發現啦？」

看來還真的是這樣。大概是借委託之名，引導芙蘭與露米娜相見吧。

但是，我不懂他為什麼要這樣做。

「我先聲明，這可不是出於純粹的善意喔。把有前途的黑貓族介紹給露米娜大人認識以討好她，對本鎮居民也是有好處的。這報酬妳一定得收。」

「只要你能給我關於進化的情報，報酬就免了。」

「但我就是沒有能當成報酬給妳的情報啊。」

「是這樣嗎？」

「不然我幹嘛讓妳去見露米娜大人？我要是知道些什麼，打從一開始就告訴妳了。多年以來，我也靠自己針對黑貓族的進化做了很多調查，但結果很不理想。只知道除了等級之外還需要某種要素，其他就沒了。」

連有權有勢的前B級冒險者奧勒爾多年進行調查，都查不到嗎……

可是，他為什麼要替芙蘭做這麼多？因為他跟露米娜處於合作關係嗎？還是說，跟過去曾經待在這鎮上的黑貓族冒險者有著某些關聯？

「那麼，我想聽聽以前鎮上的一位黑貓族人的事情。」

芙蘭一問出口，奧勒爾緊皺起一雙白眉。

「……妳聽誰說的？」

「拉杜爾。」

「那個長舌公！」

奧勒爾的表情充滿苦澀。

「不能說嗎？我聽說她本領高強。」

「唉……無論如何都想聽嗎？」

「嗯。」

「是嗎……」

被芙蘭定睛注視，奧勒爾搖搖頭像是放棄了抵抗。

可能是被一個年紀跟孫女相仿的少女懇求，讓他無法堅持拒絕吧。不然就是芙蘭讓他憶起了那黑貓族的少女。

「那已經是五十三年前的事了──」

奧勒爾靜靜地講起往事。

他說他在年輕時，曾經邂逅一名黑貓族的少女。那少女救了他一命，這段緣分讓兩人成為了好友。後來又一起尋找讓少女進化的方法。

起初一臉苦相的奧勒爾，說著說著表情中也漸漸帶有對往日的緬懷。

「當時人們對黑貓族的偏見比現在更重。但她仍然苦心積慮地尋求進化的方法。」

「結果她沒能進化嗎？」

「是啊。枉費她三天兩頭就去拜訪露米娜大人。」

「可是，還是不行？」

「大概吧。」

大概？講得不清不楚的。芙蘭也偏著頭。

「後來因為一些事情，她從鎮上離開了。後來就音信全無了。」

「哪些事情？」

「哎，就是一些事情啦。人都不在了，問這些有什麼用？她以前跟迪亞斯那傢伙也很有交情，妳不如去問他吧。比起這事，芙蘭小妹妹的進化比較要緊。」

不用技能我也知道，他絕對是在岔開話題。但是，不曉得他為什麼要推三阻四？

難道說，那個人在地下城喪命了或是怎麼了嗎？芙蘭如果得知前輩已死一定會難過，況且對奧勒爾來說也是一段痛苦的回憶。如果是這樣，他不願多談我也能體會。

去問迪亞斯也許能知道更多細節，況且我也不想讓奧勒爾老先生不高興。現在就隨他轉移話題吧。

「妳已經聽過露米娜大人的說法所以想必知道，以前黑貓族應該沒這麼難進化才對。」

「果然是這樣？」

「是啊。露米娜大人似乎無法講得更詳細，但從言辭之間就能推測出來。就我聽起來，黑貓族以前應該跟其他獸人族一樣可以進化。但是，有一天忽然就不能進化了。為什麼？」

你問我們，我們問誰啊……要是知道就不用這麼辛苦了。

然而關於原因，奧勒爾似乎已經猜到幾成了。

「我認為很有可能跟『神罰』有關。」

他面對歪頭不解的芙蘭，說出了自己的推測。

「神罰？神明給予的處罰？」

「沒錯。歷史上曾經有人悖叛神明或是犯下大罪，而因此受罰。格爾迪西亞大陸的神罰就是個有名的例子。」

這我也聽說過。就是龍人王崔斯墨圖利用邪神之力製造出魔獸，卻控制不當而毀滅了整個大陸的故事。傳說崔斯墨圖被罰永生永世與那魔獸持續交戰。

「雖說黑貓族變得無法進化已經是上古時代的事了，但像這樣沒有半點情報也太不合理了吧？其實我聽說關於格爾迪西亞那件事，也發生了類似的現象。像是魔獸的製造方法等相關記憶，據說全被神明消除得一點不剩。」

不愧是神明，還能竄改世人的記憶啊。

「關於獸人的進化，有些種族會將方法隱藏起來而不為外人道，但就連文獻都幾乎沒留傳下來也太離譜了。我去問過精靈族等人士，但別說知不知道，他們甚至沒有一個人記得黑貓族曾經能夠進化。」

這樣的確很不自然。即使已經是幾百年前的事了，也應該會傳承一些進化的紀錄才對。什麼都沒留下反而顯得很不自然。

就算跟我說真的是出於神意從人們的記憶中消失，我也會相信。

不過，剛才這番話當中有個部分不容忽視。

「文獻幾乎沒留傳下來？」

對，奧勒爾剛才確實是這麼說的。也就是說有留下一點？

「其實，我只找到了一份相關文獻。」

「是什麼樣的內容？」

看到芙蘭碰一聲拍桌挺出上半身，奧勒爾苦笑著安撫她。

「說是這樣說，但跟黑貓族沒有直接關聯。妳先冷靜點。」

看來並不是記載了進化方法的文獻。

「小妹妹有聽說過十始族嗎？」

「十始族？沒聽過。」

「就是人稱在上古時代，由獸蟲神化育而成的始祖獸人族。據說這十個種族都身懷神獸之力。」

「神獸？好帥。」

神獸之力啊。聽起來的確很強大。

「然後呢，這十始族，目前只有九個氏族為人所知。分別是金火獅、白雪狼、黃塵鼠、紫風象、橙鐵狐、赤土馬、藍水龜、碧命蛇與櫻花牛。但不知為何，最後的第十個氏族卻無人知曉。長年以來，這件事被視為獸人族最大的謎團……」

「而那就是黑貓族？」

「或許吧。我找到的那份文獻，除了剛才提到的九氏族之外，還多了個黑天虎。而露米娜大人是黑虎。」

「黑天虎跟黑虎一樣嗎？」

對於芙蘭的疑問，奧勒爾搖了搖頭。

「不，不一樣。雖然很像，但並不是完全相同。」

「？」

「例如我是白犬族的進化種白狼。這妳知道吧？」

「嗯。」

「但是，我們白犬族在進化時如果滿足一定條件，有時可以進化為白雪狼而非白狼。不過我只能變成白狼就是了。」

據奧勒爾的說法，十始族之一的白雪狼的子孫，似乎就是白犬族。因此於進化之際滿足了特別條件的個體，有時似乎會發生返祖現象繼承白雪狼的力量。

依此類推的話，滿足了特殊條件的黑貓族就能成為黑天虎，沒達到條件的就會像露米娜大人那樣變成黑虎吧。

又說目前講到十始族指的都是子孫，白犬族作為十始族的一員，在獸人當中也得到另眼相看。

「可是，唯獨很有可能同為十始族子孫的黑貓族被忘得這麼乾淨，怎麼想都很奇怪吧？」

「嗯。」

他說很多獸人族都在調查第十族的事，其中也有一些人主張我族正是那個氏族。只是真實度幾乎都倍受質疑。

奧勒爾若不是認識露米娜這號人物，也會把什麼黑天虎當成假話嗤之以鼻。但他現在似乎已有五成把握，認為黑貓族正是黑天虎的子孫。

換言之，過去黑貓族也曾名列十始族，卻遭受神罰而被消除了相關記憶與紀錄？連書籍與文獻等等都不剩？如果是這樣，奧勒爾找到的文獻為何還能留存下來就成了一大疑點，但現在再想也沒用。

「我能查到的就這些了……」

奧勒爾像是由衷感到不甘心地低下頭去。

但我覺得在相關情報可能已經被神刪除的狀況下，能查到這麼多線索真的值得敬佩。話雖如此，這對芙蘭來說卻是個壞消息。芙蘭的表情顯而易見地變得陰沉。

「神罰……也就是說，黑貓族做過那麼壞的事，惹神明生氣了？」

因為這下表示不是只要努力修行就能進化了。

「我只是說有可能。」

「這樣啊……那麼，我們永遠都不能進化了？」

「不，沒那種事！」

對於芙蘭心有不安地的低喃，奧勒爾做出了略顯激動的反應。

「神罰總是有救贖之道。就連崔斯墨圖也是，傳說中他只要打倒魔獸就能獲得解放。既然這樣，黑貓族也一定有辦法可以解除詛咒。」

這番話絕不是瞎掰來安慰芙蘭而已。看他的眼神就知道，他是真心相信有辦法能讓黑貓族進化。看來對他而言，黑貓族果然是特別的存在。明明不是他的種族，卻能看出他對黑貓族的極力維護。

「只是關於最重要的方法一無所知就是了……很抱歉我這麼沒用。」

「不會，很有參考價值。謝謝你。」

「是嗎？妳的這句話真的拯救了我。」

聽芙蘭這麼說，奧勒爾自嘲地笑了笑。不過，他說被拯救應該是真心話。從他身上可以感覺出某種像是放下肩上重擔的虛脫感。在我眼前的不是總領鎮上獸人的凶狠大頭目，不過是個內心苦惱的老人罷了。

「……」

沉默降臨餐廳。大概彼此都沒有心情開玩笑吧。

維持著難以言喻的氣氛，餐廳的氛圍變得越來越沉重。直到女僕夏拉推著餐車走進餐廳，才改變了這種陰暗的氣氛。

「主人，讓您久等了。」

「喔，總算來啦。」

奧勒爾明顯鬆了口氣，露出微笑。站在夏拉身邊的福態男子似乎就是專聘廚師。

「抱歉讓您久等了。」

「亞士德，什麼菜這麼香啊。」

「這可是我剛從巴博拉入手的最新食譜呢。」

名喚亞士德的廚師如此說完，掀開餐車上的鍋蓋開始攪拌鍋子。

是湯嗎？聞到那股香味，奧勒爾興味盎然地注視著鍋子。看芙蘭眼中的光輝，可以肯定聞起來一定很香。

「哦哦，那真是令人期待。」

「說是這麼說，還在試作過程中就是了。」

「喂喂，你怎麼拿試作品給我吃啊？」

「因為主人的味覺敏銳非常，務必想請主人幫我這個忙。我在巴博拉吃到的成品，那可是美味可口到前所未有的地步。」

可能是想起成品的美味了，亞士德神情陶醉地低聲說道。一定是真的太美味了吧。

「竟然能讓老兄你捧成這樣，真是太期待了。」

「雖然這道試作品也夠可口了，但就是少了點風味。所以，務必想請主人提供點建議。」

「哈哈哈。如果這樣就能吃到美味飯菜的話，要我提供多少建議都行。」

「說是這麼說，但要是事前知道有佳賓到來，我就會準備普通的料理了。還是說我現在再去做點別的料理比較好？」

「小妹妹，妳說呢？」

「嗯，沒關係。」

「那麼，請這位小姐也務必分享吃過的感想。」

「包在我身上。」

「嗷嗷！」

小漆強調自己的存在，生怕少了牠那一份似的。喂，不要流口水。要是人家叫我們賠地毯錢怎麼辦啊！

「也請給小漆一份。」

「對小狗狗來說口味可能重了一點，不要緊嗎？」

「小漆是魔獸所以不要緊。」

「嗷！」

「原來是從魔啊。牠跟人這麼親近，我都沒發現。好的，那麼我替小狗狗也準備一份。」

於是，亞士德從鍋中舀出茶色液體，淋在盛了白色顆粒狀穀物的深皿裡。略為濃稠的液體當中，放了薯類等蔬菜。

看起來很眼熟。應該說，就是我在巴博拉推廣它的。

「咖哩？」

「哦哦，小妹妹知道這道料理啊？沒錯，這就是今年料理比賽參賽的最新料理，名字叫做咖哩！」

原來如此。這下我知道芙蘭為什麼才聞到香味就這麼興奮了。

「說到這個，芙蘭小妹妹好像說之前待過巴博拉？」

「嗯。」

「那麼小姐或許也有吃過？」

「嗯。」

「喔喔！那真是太可靠了！」

與其說有吃過，不如說幾乎天天在吃。但芙蘭與小漆看著咖哩的雙眼仍然閃閃發亮。大概是對我以外的人煮的咖哩感興趣吧。我也對食譜的推廣狀況有點興趣。

「那麼，請用。」

「這道菜看起來真奇特。聞起來很香就是了。」

「咀嚼咀嚼。」

「嘎嗚嘎嗚。」

奧勒爾抽動著鼻子還在猶豫著不敢吃，芙蘭他們已經把咖哩塞進嘴裡了。

「喔喔，小姐吃相真是豪邁。」

奧勒爾見狀，也跟著舀起咖哩，送進嘴裡。

「唔嗯……哦哦，真是神奇的滋味！但吃起來齒頰留香。」

奧勒爾似乎也喜歡上咖哩了。起初還只是慢慢往嘴裡送，吃到最後開始變成用扒的。

「再來一盤。」

「嗷。」

後來，在奧勒爾吃完之前，芙蘭與小漆足足多要了三盤。

『好吃嗎？』

（還可以吧？）

看來不是非常滿意。明明吃了那麼多。

（嗯。好吃是好吃，但遠遠比不上師父的咖哩。）

這是她的看法。

「這還真好吃耶。你剛剛說叫什麼來著？」

「這叫咖哩。最近巴博拉掀起了一陣咖哩熱，每家餐廳設計出咖哩麵包或咖哩麵等各種食譜，現在有幾十家店都在賣咖哩呢。」

「這麼好吃的話是當然的了。這樣還需要改進嗎？」

「是，遠遠不及我在巴博拉吃到的成品。」

「那麼好吃啊。」

「那場事件導致比賽停辦，但民眾都說實際上咖哩就是冠軍食譜。」

「嗯！當然。」

這話讓芙蘭高興地點頭。儘管沒能奪冠，但能得到稱讚我也很高興。而且食譜似乎推廣得相當順利。咖哩麵？這麼快就有人研發出有趣的創意料理了啊。

「小妹妹，妳怎麼看起來這麼高興？」

「是師父做的。」

「師父？誰啊？」

「喔喔，該不會是傳聞中的咖哩師父吧？」

給我等一下，亞士德。你剛剛說什麼？咖哩師父？不會是在說我吧？

「咖哩是小妹妹的料理師父做的嗎？」

「不只是料理。師父教了我所有事情。」

「劍術還有魔法也是嗎？」

「嗯。師父什麼都會。」

「哦哦。那真是位了不起的人物啊。可是，小妹妹妳是獨自來到鎮上的吧？」

「嗯。師父神出鬼沒。」

「好吧，小妹妹就實力而論已經能獨當一面了。選擇獨自旅行或許也不奇怪。」

「咦咦？所以說，您真的是咖哩師父的徒弟嗎？」

亞士德大吃一驚地過來問她。我果然沒聽錯。這什麼聽起來很沒勁的綽號啊！

『欸，芙蘭。幫我問問看咖哩師父是不是在說我。』

只有這件事一定要搞清楚。

「亞士德，咖哩師父說的是誰？」

「不就是小妹妹的師父嗎？」

「不，我記得是因為沒人知道咖哩發明者的名字，只知道有人叫他師父，於是就有人開始稱呼他為咖哩師父。我是碰巧認識那些開始叫他咖哩師父的冒險者，靠這層關係才拿到食譜的。」

「冒險者？」

「是的，是一個叫做緋紅少女的隊伍，您認識她們嗎？」

我就知道是她們。就是在巴博拉參加料理比賽時，僱用為店員的那三個女生。芙蘭跟她們說過咖哩是師父做的，綽號大概就是從這裡來的吧。特別是自稱面無表情的莉狄亞最可疑，不曉得猜對了沒有。

「那麼，怎麼樣？這道咖哩吃起來如何？」

「嗯。普通。」

「這樣啊……不，這麼高深的料理，是不可能第一次做就完美無缺。但是，下次我會做得更好吃的！」

「嗯，加油。隨時要我試吃都行。」

「喔喔，謝謝您！」

芙蘭就只是貪吃而已，不用跟她道謝啦。

咖哩的登場炒熱了用餐氣氛，飯後奧勒爾把幾項情報告訴了芙蘭。只是就跟迪亞斯講過的一樣，是關於獸王的危險性。看來奧勒爾也對獸王抱持著戒心。

迪亞斯也就算了，竟然連同為獸人的奧勒爾都提防他……也許不對獸王多加注意真的可能惹禍上身。

「謝謝你的許多幫助。」

「嗯。有空再來喔。」

「嗯。」

走出奧勒爾的宅邸時，聚在門前的藍貓族已經走光了。大概是死了這條心打道回府了吧。門衛跟艾爾莎一團和氣地聊得正開心。

「哎呀，芙蘭妹妹。事情都談完了？」

「艾爾莎，有沒有怎樣？」

「妳在為我擔心呀？謝謝妳！不過我沒事。幾個小屁孩哪有可能動得了我嘛。」

哎，我想也是。艾爾莎與門衛都毫髮無傷，看來是大獲全勝。

「我稍微懲罰得他們重了一點，暫時應該會安分一點吧？」

我竟然反而同情起藍貓族來了。雖說是他們自作自受啦。

（師父，接下來怎麼做？）

『我還是想再去跟迪亞斯聊一聊。關於五十三年前待過烏魯木特的黑貓族少女，我想知道更多。』

「嗯。」

我們決定再次前往冒險者公會。迪亞斯好像常常外出，希望他現在還在公會。

「那麼，我去看一下公會長在不在喔！」

「啊——」

當公會已經近在眼前時，艾爾莎如此說著衝了出去。我覺得他不用為我們做這麼多，但芙蘭還來不及出聲她就跑掉了。不過能早點見到迪亞斯當然更好，就請他去替我們預約見面吧。

然而來到冒險者公會的大門前，我感覺到些微無法言喻的不協調感。不知該怎麼形容，就是莫名其妙地覺得心神不定。

『……怎麼搞的？』

（怎麼了，師父？）

『嗯——……咦？』

我環顧四周想找出不協調感的來源。然後，我發現了。

『那扇門是什麼？』

「門？嗯？那是什麼？」

「嗷？」

那裡有著一扇門。就像是設置在會客廳入口的那種，厚重的木製雙開門。這樣的一扇門，不知為何竟大搖大擺地穩穩立在道路正中央。

沒錯。就這麼一扇大門，不知為何竟長在地面上。

喀嚓。

就在我們不知該作何反應，站在原處注視著那扇門時，門從內側被人推開了。

霎時間，事情發生了。

從僅僅開啟了幾公分的門內，洩漏出強烈的氣息。我們一感覺到那股氣息，立刻一齊擺出了臨戰態勢。不，是不得不如此。

『唔！』

「嗯！」

「嘎嚕！」

只因一種強大的壓力忽然襲向了我們。感覺不到殺氣或鬥氣，但卻是壓倒性強者的氣息。親身感覺到這股氣息，不可能不提高戒備。

芙蘭耳朵尾巴倒豎，正可說是毛骨悚然的標準反應。

當著做出備戰姿勢的我們面前，門扉緩緩地開啟。在門的另一頭，隱約可以看見某種像是家具的物品。看來果然不只是一扇怪門。

「來來，利格大人，這邊請。」

「好。」

有人從那扇門裡走了出來。一個是看似魔術師的矮小男子。那人推開門扉，讓路給隨後現身的男子。

那人應該是隨從吧。隨後走出大門現身的，是個頭髮有如黃金獅鬃，儀表堂堂的高大男子。

儘管以厚實程度更勝艾爾莎的肌肉包覆將近兩公尺高的龐大身軀，身法卻讓人感覺到貓科動物般的柔軟靈活。悠然自得的動作舉止，以及從內在滿溢而出的霸氣，正是獅子的風範。具備了不愧王者之名的魄力。

我面對那個人物不假思索地發動了鑑定。這已經養成習慣了。

名稱：利格迪斯・那羅希摩　年齡：３８歲

種族：獸人・赤貓族・金火獅

職業：槍王

Lv：７１／９９

生命：１９６５　魔力：１０８１　臂力：１０８４　敏捷：７４９

技能：腳底感覺８、威懾１０、隱密３、怪力６、火焰魔術７、擬態３、狂化８、氣息察覺８、硬氣功７、拷問２、剛力１０、爪牙技７、爪牙術８、再生８、指揮３、士氣昂揚６、異常狀態抗性７、柔軟６、瞬發１０、瞬步５、精神異常抗性５、屬性劍１０、恫嚇３、軟氣功８、霸氣８、火魔術１０、咆哮８、魔術抗性３、魔力感知４、魔力障壁８、火焰無效、氣力駕馭、心眼、槍技強化、槍術強化、屬性劍強化、體毛強化、體毛硬化、魔鬼殺手、龍族屠殺者、不退、平衡感覺、捕食、魔力操作、夜眼

獨有技能：火焰吸收、槍王技、槍王術、槍神祝福

特別技能：獸蟲神寵愛

固有技能：覺醒、金炎絕火、槍神化
稱號：弑君者、弑親者、篡奪者、獸王、獸蟲神寵兒、槍王、地下城攻略者、魔鬼殺手、龍族屠殺者、火術師、S級冒險者
裝備：炎龍牙重槍、炎龍鱗全身鎧、魔毒王蛇鬥衣、金火獅外套、替身手環、理性指環、獸王之證

『……！』

喂喂喂喂！這是什麼怪物啊！生命、臂力與魔力都超過1000？阿曼達或迪亞斯跟他相比都是小兒科！乍看之下像是戰士，但作為魔術師一樣法力高超。

而且竟然還擁有大量看都沒看過的技能、特別技能以及多種固有技能。

但最引起我注意的，是稱號一覽當中的獸王與S級冒險者。

沒錯，這就是獸王。立於獸人頂點的王。

簡直所向披靡。擁有配得上獸王之名的王者威嚴。

『嗚……有沒有什麼弱點……！』

我想把技能等等看得更詳細一點，但在那之前有個男人擋到了我們面前。這人是從獸王背後走出來的。與堪稱彪形大漢的獸王相比，體型竟更為高大壯碩。

「女孩，妳怎麼了？」

龐大身軀讓人必須抬頭仰望。鼓脹飽滿的肌肉好像就算與石魔像比腕力都能贏。這個人我有印象，就是白天看到的、那個擔任豪華馬車侍衛的人。記得名字應該叫做古德韃魯法。

當下我以為是鑑定被發現了，但看起來不像。

似乎只是看芙蘭呆站原地不動，起了疑心而已。

再這樣下去芙蘭可能會被獸王盯上，得裝作若無其事地離開這裡才行。我如此心想而呼喚了一下芙蘭，但完全沒有回應。

『芙蘭，走吧！現在還來得及開溜。』

（……）

『芙蘭？妳還好嗎？』

（……）

芙蘭臉色鐵青，渾身發抖。

（太強了……贏不了……）

我還是第一次看到芙蘭這麼害怕。明明面對奧勒爾或露米娜等進化種都還只是敬畏三分，現在卻害怕到不敢動彈。不，這傢伙的種族是金火獅，也就是奧勒爾說過的十始族。看來那種存在遠在我們之上的程度超乎想像。

真要說的話，他連戰鬥態勢都沒擺出就已經有這種壓迫感了。要是對人發出殺氣，光是這樣說不定就足以嚇死心臟較弱的人了。

芙蘭則是因為實力有所提升，反而清楚認知到彼此之間絕望性的實力差距。況且聽說獸人可以感覺得出對手的種族等等，一旦面對十始族當中的高等級對手，會變成這樣或許也不奇怪。

「啊啊？喂，小丫頭，妳是黑貓族嗎？」

糟了，連獸王都發現我們了。獸王用品頭論足的目光看著芙蘭。
「難得看到黑貓族的冒險者。」
「是啊。而且看起來似乎頗有本事。」
古德韃魯法回應獸王的低語後，眼睛也再次轉回芙蘭身上。然後瞬間看出芙蘭的實力，顯得頗為佩服。但是獸王卻偏著頭，進一步觀察芙蘭。
「哪有？」
「請不要以利格大人的標準來判斷。」
「是我不會看嗎？好吧，也罷。看她好像帶著一把挺厲害的劍，我開始感興趣了。就稍微疼愛她一下吧。」
該死！完全引起他的興趣了！而且是好不到哪去的方面！
我感覺得到獸王的鬥志逐漸升高。兩眼有如發現獵物的獅子般炯炯有神。
然而，芙蘭卻還是僵在原地。甚至還受到獸王的氣息所懾服，內心完全屈服投降。
（……不行……會被殺……）
（……咕嗚……）
躲在影子裡的小漆也差不多。
芙蘭動彈不得，渾身震顫發抖。
不行了，用次元跳躍逃走吧。本來是覺得日後可能會留下麻煩，想當成最終手段的……但現在必須以芙蘭的生命安全為最優先！就在我決意出此下策時，有人說話了。

「利格大人，沒有那閒工夫讓您玩了。」

「嗯，羅伊斯。」

是打開門扉的另一名隨從。不同於給人大方印象的古德韃魯法，是個表情有些神經質的美男子。名字似乎叫做羅伊斯。羅伊斯對那門一揮手，門就像溶於空氣般消失得無影無蹤。

不知道是那門本身屬於某種能力，抑或是使用了類似次元收納的技能把魔道具收了起來。我決定對羅伊斯也做個鑑定。方才鑑定獸王時似乎沒穿幫。既然這樣，這些傢伙可能根本不具有鑑定察知能力。

我們將來有可能與這些人為敵。只要有這個可能，我就不想錯過這次機會。

假如被發現的話就用傳送開溜，直接逃出城鎮就行了。雖然對期待武鬥大會的芙蘭過意不去就是了。

名稱：羅伊斯　年齡：46歲
職業：傳術師
種族：獸人・灰兔族・白銀兔
Lv：74／99
生命：401　魔力：1199　臂力：151　敏捷：419
技能：腳底感覺4、挖洞4、音源感知6、隱密2、回復魔術8、月光魔術4、氣息察覺7、氣息遮蔽4、時空魔術4、踢腿技5、踢腿術7、瞬發7、淨化魔術3、異常狀態抗性4、振動感知

3、精神異常抗性7、杖技5、杖術6、大地魔術3、跳躍4、土魔術10、補助魔術5、魔術抗性8、魔力感知4、魔力駕馭、半獸人殺手、哥布林殺手、自動魔力回復、聽覺強化

固有技能：覺醒、次元門、蛾眉月紋

稱號：半獸人殺手、哥布林殺手、守護者、地下城攻略者、土術師、A級冒險者

裝備：銀月石長杖、蛾眉月兔長袍、土精外套、影武者手環、吸魔指環

怎麼又一個怪物啊！

魔力超過1000。而且好像理所當然似的已經進化。

明明是個法力高強的魔術師，近戰能力卻也十分出色。他似乎是兔族獸人，卻徹底違背了兔子給人的可愛印象。要是被他發揮可能出於種族特性的腿力來頓踢腿術，恐怕會痛到超乎想像。

而且同時又擁有時空魔術等多種稀有魔術。

A級稱號還真不是拿假的！跟在烏魯木特鎮門口跑來糾纏我們的冒牌A級賽爾迪歐完全不能相提並論。

至於那扇門，最可疑的是稱為次元門的固有技能。

眼前有三個怪物，每個人的實力都遠遠凌駕於芙蘭之上。而且態度絕對稱不上友善。

這樣子能不緊張才怪。

然而，羅伊斯不知是不是沒注意到芙蘭的緊張，語氣極其冷靜地對獸王說：

「這樣會趕不上與公會會長約好的時間，請趕快動身。」

「嘖，說得也是。那好吧。小丫頭，妳保住小命了！」

「利格大人，您這樣講話跟小混混沒兩樣。」

「反正什麼王侯貴族，不就跟掌握了權力的黑幫沒兩樣？」

「我比較希望您能否認自己像小混混。」

「啊——！少跟我囉哩囉唆的！總之走人啦！」

看來目前是脫離險境了。

利格迪斯似乎對芙蘭失去了興趣，邊跟隨從聊天邊消失在公會中。

霎時間，芙蘭雙膝一軟跪了下去。

芙蘭雙手雙膝著地，反覆喘著大氣。

「呼，呼，呼……」

糟了，再這樣下去可能會陷入過度換氣症狀。

『芙蘭！冷靜下來！呼吸速度放慢一點！深呼吸！』

「呼啊……呼啊……！」

芙蘭勉強自己一次又一次地做深呼吸，臉上流下大量的冷汗。渾身仍然細微地顫抖不止，還能聽見混雜在呼吸中的嘔吐聲。

憔悴到看了都讓人替她難過。

『芙蘭，妳還好嗎……？』

「嗚嗯……嗯……」

看起來一點也不好。

但是她點頭了。看來已經取回了能對心靈感應做回應的餘力。

『我們早早離開這裡吧。回旅店休息過後，明天一早我們就回地下城。迪亞斯那邊就晚點再去問他，可以吧？』

「嗯……」

我一邊幫芙蘭摸背，先傳送到旅店的附近再說。雖然萬一被人看到會很顯眼，但我現在只想盡快回旅店，然後讓芙蘭好好休息。

『走得動嗎？』

「沒事……」

芙蘭說著就往前走，腳步像是剛經過一場激戰般不穩定。可見她心力交瘁得有多嚴重。

我用念動扶著搖搖晃晃走不直的芙蘭，帶她回房間。

『在下次見到獸王之前，先把階級升到C吧。』

我太小看獸王了。沒想到竟然是那麼強大的怪物……大概是接下來準備和迪亞斯會談，多少加強了一點氣勢吧。畢竟是兩大組織領袖的會談，說成政治鬥爭也不為過。一定就是因為這樣，才會飄散出那般好戰的氣息。

我們，尤其是芙蘭，就是被那股氣勢給吞沒了。

反過來說，就表示獸王並不是直接針對我們，不過是些許洩漏的威懾感，就對我們造成了那樣大的恐懼。

那種天懸地隔的實力差距，稱他為怪物都還嫌太可愛。

我們不能跟那種傢伙交手。比起對付他，對一條龍發動自殺攻擊都還比較輕鬆。

只要能夠不用跟獸王交手，不管是提升階級還是什麼，該做的都得做。

意外撞見獸王之後過了一小時。

芙蘭總算是恢復了鎮定。

『芙蘭，今天要不要先休息了？』

「沒事。」

跟獸王拉開了距離，似乎讓她多少恢復了點餘裕。

『是嗎？不要硬撐喔。』

臉色還是很糟，但不帶有畏怯之色。

『要不要吃飯？還是洗澡？我是覺得直接上床睡覺也可以。』

「嗯。我去洗澡。」

芙蘭很喜歡洗澡，正好幫助她調適心情。

況且她一洗至少要半小時才會回來。我平常會一邊練習技能一邊等她回來，但今天我想趁這段時間辦一件事。

『我想查出獸王下榻的地點。』

知道是哪家旅店，就能避開了。

我想先去冒險者公會，看看他在不在。如果他在公會我就等他回旅店，如果已經回去了，靠小漆的鼻子與我的氣息察覺找出獸王等人的所在地點即可。

『小漆，走吧。』

「嗷嗚……」

『別擔心，我們不是要去開戰。』

「……咕嗚……」

小漆也很怕獸王。但如果可以，我只希望能掌握旅店的位置就好。

『不用靠近那些傢伙。只是要從遠處探查氣息而已。』

「……嗷。」

這傢伙，一副不情願的樣子。雖然這就表示牠是真的很害怕……

這時就要用上獎勵作戰了。聽說其實在訓練狗的時候不能用獎勵吸引牠，會讓牠養成沒有獎勵就不聽話的壞習慣。但是，這次是逼不得已。

『回來之後，我做超級特辣咖哩給你吃。是連芙蘭都不會想吃的地獄特辣口味。』

「……咕嚕！」

很好，似乎開啟牠的幹勁開關了。小漆眼睛晶亮地站起來。

『我們走。』

「嗷！」

我們就這樣火速前往冒險者公會附近，發現獸王的氣息仍然存在於公會當中。

遠遠都能感覺出他那極具攻擊性的氣息。剛才碰上他的時候可沒感覺到這麼大的威懾感……大概是在威嚇跟他談判的迪亞斯吧。迪亞斯看起來再年輕也是有年紀的人了，但願別被嚇到心臟停止就好。

問題是假如這場會談耗費多時的話該怎麼辦。我想盡量趕在芙蘭洗完澡之前回到房間。時間只剩下大約二十分鐘。

不過，似乎是我白擔心了。那個氣息立刻有了動作，我感覺得到他正在前往公會門口。我們從稍有距離的民宅屋頂上注視著公會入口，隨後親眼目睹獸王一行人從公會裡出來。

看來回程也是要用羅伊斯的次元門回去。

本來打算從這裡開始用小漆的鼻子尾隨其後……

『這下沒那個必要了。』

「嗷。」

次元門消失後，我們還是能感知到獸王的氣息。原來獸王等人住宿的旅店就在眼前不遠處。仔細想想，既然這裡是烏魯木特的黃金地段，配得上讓獸王等級的賓客住宿的高級飯店也只可能開在這一區了。疑似用來威嚇迪亞斯的強烈存在感隨即消失不見，但我已經記住了地點。

『小漆，你這陣子多留意獸王的氣味。』

問題是這家飯店鄰近公會，今後來到公會時都得提高警覺了。

「嗷。」

我也得留意獸王的氣息，小心別撞見他才行。

『總之我們回去吧。』

「嗷呼！」

我們用傳送回到房間。一看，芙蘭已經回到房間來了。看來我慢了一步。

但是，她看起來很不對勁。

芙蘭既沒點燈也沒用魔術取光，抱著膝蓋像是體育坐姿那樣坐在床上。

『我們回來了……芙蘭？』

「嗷。」

即使我們出聲呼喚，她依然把臉埋在雙膝間，動也不動。

『怎麼了？連燈都沒點。』

「嗯……！」

『喔哇！』

才一出聲呼喚，芙蘭立刻衝過來撲向我們。然後，她把我與小漆一起擁進懷裡，把臉埋進小漆的毛皮又鑽又蹭。

『怎麼了，芙蘭？』

「嗷？」

「師父……小漆……」

聲音在發抖。

『突然這樣是怎麼了？』

「沒什麼……」

嘴上雖然這樣說，神色當中卻有著明顯的不安，而且眼角紅腫。難道她剛才哭了一場……？

「嗷嗷？」

「嗯。好癢。」

小漆舔了她的臉好幾下，那張臉上才終於浮現出笑容。

說得也是。她乍看之下像是沒事，但才剛剛被那種怪物威懾過。一度屈服的心沒辦法那麼快復原。她一定只是不想讓我擔心，才會假裝沒事。

結果回來一看，我們都不見蹤影。我無法想像有多大的不安侵襲芙蘭的心頭，把向來好強的芙蘭都弄哭了。

『我怎麼會這麼蠢……』

我猛烈地反省過錯。這樣等於是我弄哭她的。想查出那幫人的所在地點根本不用急於一時。只不過是我自己感受到危險，一時焦急，讓我急於早點掌握那幫人的動向。但是，我今天根本就不該丟下芙蘭一個人。

『真對不起。』

我用上念動，也抱住了芙蘭。

碰到這種時候，會讓我對自己沒有人類的雙臂感到遺憾。

我也想過可以運用創造分身，但又覺得有點不太對。那個終究只是分身。這把劍才是我的身體，念動就是我的手臂。一想到這，就覺得還是用念動輕撫她才像我的作風。

『有沒有什麼想要我為妳做的事？』

「……今天一起睡。」

『跟我嗎？』

「嗯。」

這句話超出了我的預料。還以為她會叫我做咖哩或鬆餅。

『不是，但我是劍耶？很硬喔。』

「不要緊。」

看來芙蘭心意已決。眼睛直勾勾地注視我，明確地點了個頭。

『只要芙蘭說好，我是沒問題啦。』

「小漆也一起。」

「嗷？」

就這樣，這天晚上我變成了芙蘭的抱枕。

我是覺得這麼硬的抱枕，睡起來絕對不舒服……雖然有劍鞘，但我可是劍耶？

然而，芙蘭用上雙手雙腳緊緊抱住我不肯放開。我陷入右邊是芙蘭，左邊是小漆毛皮的包夾狀態。

我的劍柄一直卡到芙蘭的頭，她都不會痛嗎？

可能是真的累了，芙蘭即使躺成這麼不舒服的姿勢仍然很快就開始發出細微鼾聲。雖說她平常就屬於容易入睡的類型，但今天更是很快就睡著。

「呼——呼——……」

話又說回來，好閒啊。換做平常的話我會練練技能，但在這個狀態下想練也不行。我怕會吵醒芙蘭。

沒辦法了，偶爾就像這樣看著芙蘭的睡臉，度過什麼也不做的時間吧。

『晚安，芙蘭。』

「……呼——……」

第六章　勇於對抗之心

意外撞見獸王之後過了一夜。

原本變得極度膽怯的芙蘭，過了一晚似乎也勉強振作起來了。雖然還顯得有些軟弱，但昨天那種略顯不安的表情已經半點不剩。

我面對坐在床邊吃飯的芙蘭，把今天的預定行程講給她聽：

『今天要鑽進東地下城。然後，盡快提升階級。』

「嗯。我贊成。」

「嗷。」

畢竟兩人都親眼見識過獸王帶來的威脅，聽我這麼說都很有幹勁。

如果只有那些侍衛的話，或許還有辦法解決。只要用上所有技能拿出真本事，就算打不贏應該也能與之抗衡。假如只是要逃跑的話大概沒那麼困難。不過前提是對手只有一人的話。

但是對於獸王，我連戰鬥局勢都無從推估起。

壓倒性的能力值，加上多種謎樣技能。然後是作為高等存在的威嚴。我試著在腦中擬定戰鬥場面，卻只能想像到芙蘭慘遭瞬殺，我則被打成碎塊的景象。

如今陷入這種對手隨時可能與我們為敵的狀況，老實說真讓人想喊投降。

『修行或是練習什麼的，今天就先擺一邊。我們要一鼓作氣完成委託。』
「嗯。」
目標是在今天內完成委託。就算辦不到，至少絕對要在明天前提升階級。
地下城內的陷阱與魔獸等相關知識已經記在腦子裡了。只要全速趕路，一定很快就能抵達下層。
『那就出發吧。小漆負責戒備周遭狀況。』
「嗷！」
『芙蘭也是，行動要盡可能低調喔。』
「嗯。我知道。」
我們消除氣息，一路偷偷摸摸地前往東地下城。今天也不邊走邊吃了。
可能是努力沒白費，我們平安抵達了地下城的入口。
『很好，沒人排隊。』
或許是比昨天更早過來奏效了，接待處沒人排隊。我們打算速速辦好手續進入地下城。然後一個勁地往下層前進，達成升級委託就對了。
然而，就在正要辦手續的前一刻，有個聲音叫住了我們。
「芙蘭妹妹！早安！」
是艾爾莎。
「真是，妳昨天忽然跑不見，害我好擔心喔。」

糗了，獸王那件事害我們完全把他給忘了！

「等了半天妳都沒出現，又不知道妳住哪間旅店，找妳找了好久的說。」

等於是完全放了他鴿子。雖然他看起來並沒有非常生氣……

「艾爾莎，對不起。」

嗯，現在還是老實道歉比較好。

「發生什麼事了？身體突然不舒服？鬧肚子嗎？」

「我在公會入口遇到了獸王。」

「什麼？妳、妳遇到他了？他、他該不會是對妳做了什麼吧？」

芙蘭這句話讓艾爾莎的神情霎時嚴肅起來。然後他跑來芙蘭面前彎腰，開始用雙手確認芙蘭有沒有任何異狀。

一個肌肉壯漢在美少女的身上東摸西摸，但我不覺得需要阻止。

因為有著一顆女人心的艾爾莎絲毫沒散發出半點下流氣息，而且我知道他是真的在為芙蘭擔心。

換作是迪亞斯的話我早就宰了他了。

「沒事。」

「可是，一定有發生什麼事吧？」

「我很好。只能怪我太弱了。」

說完，芙蘭咬住了嘴唇。

不是恐懼，一定是想起了昨晚的事情，讓她覺得很不甘心吧。

這是好現象。恐懼會束縛行動，不甘心卻能成為推力。至少下次如果再站在獸王面前，她應該不會只因為這樣就內心屈服。

「芙蘭妹妹，妳真的沒事嗎？」

「嗯。」

艾爾莎似乎也理解到，並沒有發生什麼決定性的狀況。

看來艾爾莎心裡好像也有底。

「也是啦，那個真的很犯規……其實我也參加了公會長與獸王的會談。」

「艾爾莎也參加了？」

「是呀，坦白講我完全被他嚇唬到了，都不敢看他的眼睛。糟蹋了看好男人的機會！」

你介意的是這個？不，仔細想想，他還能開這種玩笑已經很厲害了。獸王在公會裡應該是一直發出最大的威懾感，他卻能跟那樣的獸王對峙，光是能留在原地不逃跑就值得尊敬了。

「但公會長卻能跟那種人唇槍舌戰，還能用對我方有利的條件結束會談，也夠誇張的了。我好久沒這麼尊敬他了。」

看來迪亞斯比艾爾莎更厲害。聽到這件事，連我也有點尊敬起迪亞斯來。芙蘭更是兩眼發亮。

「迪亞斯好厲害。」

「別看他那副德性，怎麼說好歹也是公會長嘛。」

迪亞斯應該也不樂意被艾爾莎說成「那副德性」吧。

「不過，幸好芙蘭妹妹看起來都還好。」

「真的很對不起。」

「沒關係啦。妳一定很害怕吧？畢竟公會長才剛警告了妳半天嘛。妳一個晚上就能振作起來，已經很厲害了。」

「謝謝。」

「欸，妳是不是正要進地下城？那我也──」

「艾爾莎大姊！」

作為護衛，他本來一定是打算跟芙蘭一起鑽進地下城，然而一名士兵神色焦慮地衝到艾爾莎的面前。看來是有急事。

「怎麼了？」

「是這樣的，好像有冒險者跟貴族起了爭執……而且其中一方還是A級冒險者。」

「嘖，還在這種時候……！」

A級冒險者？該不會是那個叫做賽爾迪歐的做作帥哥吧？看他之前那副態度，想必走到哪裡都在跟人起爭執。

「然後，對方說跟我們沒什麼好說的，要求艾爾莎大姊出面。」

「指名要見我？可是，我還得護衛芙蘭妹妹……公會長怎麼了？」

「說是正在接待獸王陛下，無法離席。」

「啊啊，真是！麻煩精一個！」

艾爾莎把爆炸頭亂抓一通。這正是所謂的分身乏術狀態。

這時芙蘭對她說：

「艾爾莎，你去吧。我不會有事。」

「可是，索拉斯都還沒落網耶。妳一個人太危險了。」

艾爾莎不只是擔心索拉斯的問題，一定也是想到芙蘭才剛撞見獸王心靈受創，擔憂她心傷未平吧。

「我不是一個人。」

「嗷嗷！」

回應艾爾莎的這句話，小漆咆哮著提醒他還有自己在。

「哎呀，對不起喲。還有小漆在呢。」

「嗷！」

「所以，沒事。」

看到芙蘭堅定地點頭，艾爾莎似乎也明白她是真的沒事了。

「說得也是。芙蘭妹妹這麼堅強嘛。」

「嗯！」

「那就接受妳的好意，我去忙嘍。」

艾爾莎如此說完，正要跟士兵一起離去，忽然停下腳步回過頭來。

「啊，對了，有件事妳要小心。昨天那個傭兵團，搞不好跟獸王有所關聯。」
「藍貓族的那些人？」
「是呀。那些人以前似乎是在獸人國進行活動。而且臨走前還撂下狠話，說得好像整個獸人國都是他們的後盾似的。我是覺得八成只是胡說，但妳還是要小心喔。」
搞半天不只獸王，連那群藍貓族也得提防啊。
「知道了。謝謝你。」
「呵呵。那麼芙蘭妹妹，晚點見嘍——啾！」
最後照慣例拋個飛吻，艾爾莎就離開了。我可能也漸漸習慣了艾爾莎的作風，現在看了都不會嚇到。奇怪，我該不會是被帶壞了吧？
「師父，怎麼了嗎？」
『沒、沒事。別說這個了，還是趕快進地下城吧。』
都怪艾爾莎太顯眼，我們引來了相當多人的注意。
我們就這樣辦好手續，勇闖地下城。但是，地下城的氣氛卻跟昨天截然不同。
地下城內的魔獸數量大幅減少。而且出現的都是極其弱小的魔獸。
不知道是怎麼了？我想一定是露米娜做了些什麼，但不懂她為何要這麼做。
「魔獸好弱。」
『但也因為如此，攻略起來輕鬆多了。』
只是，這樣也造成了一個問題。我們接下來準備為了委託狩獵的魔獸出現率也可能跟著下降，變得難以發現。

剩下的委託，原本就是尋找一些難以發現的魔獸的稀有素材。這下子要湊齊種類恐怕得費一番工夫了。

而很遺憾地，我的擔心是對的。

『完全湊不到素材！』

我們要殺的魔獸全都不見蹤影。

即使如此，我們仍然耐性十足地尋找魔獸，總算是湊到了所需的素材。

唉——真是夠費時的了，幸好小漆的鼻子表現出色。

『了不起，小漆。我煮特辣咖哩給你吃，再給你來份特辣坦都里烤雞！』

「嗷嗷！」

「我也要！」

『芙蘭也辛苦了。當然，我也會幫芙蘭準備普通的坦都里烤雞。』

「太棒了。」

「嗷！」

能夠像這樣閒扯淡，也是因為魔獸數量減少的關係。整個地方清靜到無法想像之前讓我們吃了那麼多苦頭。

『芙蘭，之前我要妳先想好自我進化點數的用途，妳決定好了嗎？』

「嗯。」

本來是昨天晚上就想問的，沒想到出了那些狀況。

我猜可能性最大的，是劍聖術與劍聖技。這兩種技能的使用率最高，也能連帶著提升基礎實力。

其次應該是氣息察覺吧。這個只差一點就達到最高等級了，而且我們現在知道它也能在戰鬥中用來察知對手的攻擊等等。除此之外，火焰魔術、雷鳴魔術或屬性劍也是有力候補。

我本來是這樣以為的——

『妳想強化什麼？』

「我要鍛造。」

『啥？鍛造？』

「嗯。」

結果我完全猜錯了。可是，為什麼是鍛造？意外到我都驚叫出聲了。

『為什麼啊？妳之前對鍛造不是毫無興趣嗎？況且武鬥大會就快到了，不強化戰鬥系技能沒關係嗎？』

「沒關係。」

枉費我極力說服，芙蘭堅持己意。

「保養師父要緊。」

『所以才會選鍛造？我很感謝妳的心意，但芙蘭妳可以選妳想升等的技能沒關係的。』

「我要鍛造。」

看來芙蘭心意已決。

我不確定該不該把寶貴的點數用在鍛造上，但老實說心裡高興死了。這就表示芙蘭真的很重視我。

『那麼，我就強化鍛造嘍？』

「點滿。」

『妳說點滿，意思是升到上限嗎？』

「嗯！」

就這樣，我用自我進化點數點滿了鍛造。我是覺得點滿實在太誇張，但既然芙蘭說要這麼做，就別再猶豫了吧。

〈鍛造已達到10級，技能追加鍛造魔術1。〉

這下我們說不定變得可以自行做保養，也還算不賴，但總覺得有點難以接受。我還是覺得應該強化戰鬥相關技能才對吧？

「嗯！」

就在我不乾不脆地後悔覆水難收時，芙蘭忽然把我放到了地上。然後拿出一塊布開始擦我。

『啊，喂，芙蘭妳做什麼啊？』

「保養師父。」

『說做就做？』

「嗯。」

也不用在地下城這種地方做吧！我本來想這樣講，但沒能把話說出口。

只因一種妙不可言的幸福感籠罩了我。

不愧是鍛造封頂。芙蘭只不過是像平常那樣拿塊布擦我，襲向我的舒適感受卻跟傑魯多保養我時完全相同。該怎麼說呢？就好像接受全身按摩一樣。

『——啊～就是那裡。』

「嗯。」

『啊啊啊啊～』

由於實在是太過舒服，我忘記自己人在地下城裡，竟然讓芙蘭幫我擦了半小時之久。

想到今後每天都能讓芙蘭保養我，就覺得越來越開心。天底下怎麼會有我這麼幸福的劍？讓女兒幫忙搥肩膀的父親，或許也就是這種心情吧。

『哇——整個人都活過來了。謝謝妳喔。』

「以後再擦。」

『好，拜託妳了。』

「……嗷呼。」

在我被擦拭的期間戒備周遭情況的小漆，投來的傻眼視線刺痛了我。

『……不好意思。』

「嗷。」

『芙蘭，在地下城裡就別這樣做了吧。很危險的。』

「好。」

不過話說回來，真的太舒服了。身體也變得輕盈許多，想不到我竟然在地下城這種世界上特別危險的地點放鬆成這樣。

只是，這樣果然無助於提升戰力。

『有沒有其他想升等的技能？』

「嗯——師父的次元魔術？」

『咦？次元魔術？』

的確我也對那感興趣。但其他有用的技能多得是，我想不到有什麼必要現在立刻替它升等。

老實說，我沒想到芙蘭會提出次元魔術這個選擇。

『這樣好嗎？不用提升劍聖術或劍聖技之類的？』

「比起那些，次元魔術讓我很好奇。」

『為什麼？』

「獸王的侍衛用過的那扇門。」

『原來妳的想法跟我一樣啊。』

就是羅伊斯使用的次元門。從名稱聽起來，感覺只要提升次元魔術的等級就有可能學會。

「要是有了那種法術，說不定想見就能見到露米娜。」

原來如此。有了次元門，的確說不定可以更容易見到露米娜。靠長距跳躍沒辦法。

空間跳躍不僅能一起跳躍的質量受限，而且只能運送使用者碰到的物件。換言之，必須讓我碰到芙蘭或小漆才能跟他們一起進行空間跳躍，大型狀態的小漆也會因為太大而搬不動。更糟的是一起傳送的質量越大，跳躍距離就會被壓縮得越短。

還有，地下城的牆壁不知是否具有阻礙傳送的效果，我們無法跨越地下城的樓層進行傳送。硬是要做的話或許辦得到，但可能才移動幾層就會耗盡魔力了。

然而如果是次元門的話，看起來似乎只要門扉能夠接通就不會受質量等等影響。在戰鬥中或許沒那閒時間使用，但平常移動上應該是次元門比較好用。的確很有試著取得的價值。

『那麼，就來替次元魔術升等吧。』

考慮到還得節省點數，總之先試著一級一級提升。2級、3級都沒學到類似的法術。該不會羅伊斯的固有技能次元門其實跟次元魔術毫不相關？就在我開始有點小擔心時，情況有了轉變。

把次元魔術升到4級時，終於學會了盼望得到的法術。

『空間之門。就是它了。』

空間之門這種法術，可以在自己的所在地點與記憶中的某地之間開啟一道門。只要大小能通過這道門，誰都可以通行。若是灌注魔力到最大限度，甚至可以做出足夠讓大型尺寸的小漆通過的門。

可以說很接近我們想要的次元門。只是這種法術單純只是開個通道，不能說完全一樣。而且距離還意外地短，恐怕沒辦法從地下城外一口氣傳送到露米娜的房間。雖然很遺憾，看來只能放棄走捷徑去露米娜的房間了。

『好了，想要的法術也弄到手了，接下來呢？』

次元魔術升１級需要自我進化點數３點，因此升上Lv４用掉了９點。自我進化點數剩下２１點。

是要繼續提升次元魔術的等級，還是用在其他技能上？

「……氣力駕馭？」

『哦，為什麼？』

「因為獸王也有？也許跟進化有關係？」

原來如此，想模仿看看進化為金火獅的獸王的技能就對了。替氣力操作升等應該就能取得了吧。那傢伙有而我們沒有的技能，現在有辦法立刻得到的就是氣力駕馭了。試試看或許也不賴。

『那麼，我要用嘍？』

「嗯。」

『哦哦！來了！』

一如我們所料，替氣力操作注入５點使其成長後，就得到了氣力駕馭。

『怎麼樣？』

「……？」

芙蘭偏著頭。看來很遺憾地並不是進化的關鍵。

只是，一取得這項技能的瞬間，我的體內明顯產生了某種改變。可能是氣力駕馭促進了內部魔力循環的關係，察知系技能的靈敏度變得更高了。

還不只是這樣。

『現在的話──』

我發動了形態變形。我讓部分劍身變成帶狀，試著在空中畫出幾何圖案。然後，我又把劍身細分為十股，弄成線狀操縱看看。

「哦哦──師父好厲害。」

『在體內精煉魔力的能力跟之前沒得比。這真是個好技能。』

我能夠一如想像地變換劍身形狀，隨心所欲地移動。想變成比以前更精細的形狀也不是問題。而且還能抑制魔力的浪費，消耗量減少了。氣力駕馭……雖然不起眼，卻是很有用的技能。

『好，那接下來──芙蘭！』

「嗯！」

「嘎嚕！」

我們停止討論，當場擺出架式。

因為突如其來地，有股黏人的殺氣襲向了我們。

不是出沒於地下城的魔獸。給人的壓迫感差多了。

邪人燐佛德、黑虎露米娜，以及獸王。這些我們曾經遇過的強者，都讓我們望塵莫及。而從這股殺氣當中感覺到的可怕雖然不及他們，卻給人另一種危險的味道。不是單純想殺害我們的銳利氣息，而是滿心想像如何虐殺對方的人特有的，那種彷彿侵蝕肌膚的陰溼邪氣。

「咕呼呼呼呼……好久不見了。我好想妳喔。」

我們維持著架式瞪視殺氣來源，隨即有三個人出現在眼前。

「索拉斯！」

「咿嘻嘻嘻！答對了～！」

正是聽說自獄中逃走的索拉斯。

看到芙蘭驚愕的神情，索拉斯開始放聲狂笑。看來連精神都出問題了。從那尖銳的笑聲可一窺精神瘋癲的跡象。

但是，實力很強。散發出的威懾感與之前被我們捉住時判若兩人。實力似乎在短短期間內得到了急劇提升，是用了什麼禁藥嗎？

另外兩人則是跟從索拉斯身邊。有人站在索拉斯的背後。不，其中有個人甚至讓人懷疑是不是人類。

那傢伙全身覆蓋著異常發達到只差沒爆開的——不對，是覆蓋著讓人懷疑是否根本已經撕裂爆開，才會變成這副模樣的肌肉。

一般人無論如何鍛鍊，都不可能變成這副模樣。之前我說艾爾莎是肌肉壯漢，但這傢伙根本是肌肉怪物。身纏過度肥大肌肉的那副模樣，早已脫離了人類的範疇。

雖然跟我們在巴博拉對付過的邪惡人類有些相似，但跟那個又不一樣。我從這人身上感覺不到任何邪氣，膚色也不黑。不只如此，這人連頭部的肌肉都腫脹變大，甚至無法辨認長相。真佩服他變成這樣還能走路。我看他連關節都很難轉動吧。

「那是誰？」

「不告訴妳～！好吧，簡單來說就是我的合作夥伴借給我的僕人吧。雖然有點醜，但看起來很強悍對不對？呀哈哈哈哈！」

看他被我們砍斷的手腳重新長了出來就猜到了，看來是真的有人幫助他。

至於另外一人，體格很正常。雖然以布蒙面，但擁有鑑定能力的我們早已看穿他的真面目。

「賽爾迪歐。」

「哦？被認出來了嗎？」

被芙蘭揭穿真面目，賽爾迪歐直接拿掉蒙面布，露出在烏魯木特外面跑來騷擾芙蘭的型男貴族——賽爾迪歐的爽朗臉孔。

芙蘭投向賽爾迪歐的視線，與她看殺害依妮娜的索拉斯的眼神又有所不同。比起憎恨，更像是憤怒。是面對想把我搶走的人，表露出的憤怒眼神。

「賽爾迪歐大人，您這麼輕易就露出真面目會讓我很困擾的～」

「反正都要在這裡殺了她，無所謂吧？」

「嘻嘻嘻，這麼說也是喔！」

「這都得怪妳貪心不足，不肯把那把劍交給我。妳不明白，那把劍應該讓我這樣的人來使用才合理……而妳卻出於自私自利的想法給我添麻煩，真是個壞孩子。就讓妳用性命來賠罪吧。」

賽爾迪歐的異常性情還是沒變。滿口都是自己的歪理，講得簡直好像是我們不對似的。而且也還是一樣感覺不到惡意或邪念，似乎是真的相信芙蘭是壞人，自己才是善人。病態到這種程度，恐怕比普通壞蛋更有害。

然而，異常之處不只有索拉斯等人的精神狀態，以及謎樣肌肉怪物的外觀。應該說這些都不是最為異常之處。

『喂，那些傢伙，身上都插著一把劍耶……』

索拉斯等三人的脖子後面，不知為何都插著一把細劍。從後頸的中心部位，簡直像是用來代替背脊骨般插入一把劍，看起來詭異至極。我猜應該是沿著背脊骨，用形如穿甲刺劍的劍刺穿了身體。

穿甲刺劍的護手刻有表情苦悶的男性臉孔，看了令人渾身發毛。

從那把劍可以感覺到恐怖不祥的魔力，並且讓我產生更強烈的厭惡感。要形容的話，就類似我現在仍然從賽爾迪歐身上感覺到的厭惡感。而且比那更為濃厚。是不是魔劍散發出的異樣魔力造成我有這種感受？

但是看索拉斯他們並沒有流血……那把劍是否就是造成這些傢伙精神異常的原因？

然而，鑑定對穿甲刺劍無效。一定是相當高階的魔劍吧。

「那把劍是什麼？」

「劍？妳說這把劍嗎？想知道嗎？咿嘻嘻！把這玩意兒插在身上，感覺真是爽歪了！呀哈哈哈哈哈！不只如此，這玩意兒還能給予我源源不絕的力量！」

「是啊，說得對！就像索拉斯所說的，這把劍太棒了！啊哈哈哈！」

我看不只力量，還有腦內啡什麼的也在狂分泌一通吧。所以不是用了禁藥，而是嗑了可以讓人爽翻天的藥嗎？不過，索拉斯短短期間內就能變強的祕密，似乎就在於背上的魔劍。

賽爾迪歐也是，散發出全然不同於以往的存在感。力量強大至此的話，就算不到A級冒險者，好歹也有B級程度的實力。也就是說，這樣強大的敵人現在擋住了我們的去路。

「是賽爾迪歐的同夥幫你逃獄的？」

「嘻嘻！怎麼，現在才來在意那種事啊？對啊，沒錯！多虧賽爾迪歐他們的幫助！他們只不過是宰掉獄卒，放我出來而已啦！」

「其他同夥呢？」

「這麼想知道，就憑實力逼我開口啊！」

「……就這麼辦。」

索拉斯的躁鬱狀態太激烈，光是跟他講話都累死人。

「啊——不過話說回來，這下總算能宰掉妳啦～！妳那時候把我整得好慘，我要先把妳從頭到腳凌辱過一遍！」

「這也都是妳的貪念惹來的後果，妳就一邊後悔一邊死去吧。放心，妳的魔劍我一定會加以善用的，不用擔心。」

賽爾迪歐的目的果然是要我。不過在這種時候對我們露出白牙爽朗地微笑，只會顯得他更不正常，除了厭惡之外什麼感覺都沒有。

「你的目的就是要我的劍？」

「算是吧。當然最主要還是想向妳報復，但合作夥伴他們說想要妳那把劍。他們叫我殺了妳把劍搶過來！大概是要獻給那位大人吧。」

「那位大人？」

誰啊？

「啊哈哈哈！還是一樣，不告訴妳～！」

「反正妳注定要在這裡受死，就算問出那位大人是誰又能怎樣呢？」

賽爾迪歐也稱那人為「那位大人」。也就是說，就連A級冒險者兼子爵的賽爾迪歐，對那人講話也得必恭必敬是吧……

「咿嘻嘻嘻！妳表情好凶喔！就這麼恨我殺了依妮娜啊～？」

「……！」

芙蘭壓在心底的殺意一口氣向外爆發。糟了，索拉斯看起來腦子不正常，實際上還是很有頭腦的。

『芙蘭！不要中了他的挑釁！』

「我不會放過你。」

「呀哈哈哈！這是我要說的～！我要把我嘗過的痛苦加一百倍還給妳！」

上次才被芙蘭秒殺，現在卻變得這樣充滿自信，然而現在的索拉斯有足夠的實力支撐其自信。他的能力值變化大到令人不敢置信，說成倍增都不為過。技能也增加了異常再生、痛覺遮蔽等等。這也是那把魔劍的能力嗎？

更引起我注意的，是狀態。狀態變成了狂信。我從沒看過這個狀態。

狂信……他的確是給人瘋狂的感覺，可是……沒一件事情搞得清楚的！那種劍的底細也是！

他們變了一個人的原因也是！異常狀態狂信的原因也是！

「呀哈哈哈！妳也像依妮娜那樣丟臉難看地嗝屁吧！」

「殺了你！」

面對如今以謎樣方式提升了力量的索拉斯與塞爾迪奧，在怒氣驅使下開始戰鬥太危險了。

然而，芙蘭就這樣揮劍砍了過去。

一定是無法容忍對方取笑依妮娜的死法吧。

「嘻哈哈哈！我要慢慢整死妳！」

「然後，那劍再由我們收下！」

索拉斯等人體內蘊藏的魔力頓時爆發性提高。豈止如此，兩人讓我感受到的危險性都明顯地大幅上升。

我急忙再次做鑑定，結果發現他們的狀態變了。狂信還在，但又多出了潛在能力解放。我急忙對芙蘭發出警告：

『芙蘭！不妙！這些傢伙現在是潛在能力解放狀態！』

「！」

芙蘭也驚得瞠目結舌。畢竟我們曾經險些死在潛在能力解放之下，也曾經被它救了一命。當然，我們也很清楚它爆發性的效果。

我確認了對方的技能，但並沒有潛在能力解放技能。可是，狀態卻成了潛在能力解放。能力也得到了大幅提升。原本已經受過強化的能力值，竟又得到了二度強化。儘管數值不比獸王的侍衛，仍然構成夠大的威脅。但芙蘭還是不會停下腳步。
『該死！芙蘭，執行戰略性撤退吧！太危險了！』
我怕說成逃跑也許會讓她不肯服輸，才試著改口說成戰略性撤退，然而——
「喝啊啊！」
還是不行！她怒氣攻心，眼裡只看得到索拉斯等人！
「嘻嘻嘻嘻！去死吧！」
其實我很想再一次逮住他們，把所有問題問個清楚。但是面對現在的索拉斯等人，根本不可能保留實力。我心裡甚至在考慮是否該違背芙蘭的意願，直接選擇逃走。
「這是我要說的！你才該去死。」
啊——煩耶！總之只能先打一場看看了！
『能力值是對方壓倒性為上！把上次那個索拉斯忘了！賽爾迪歐也是，不再只是個腐敗貴族了！』
「嗯！」
『小漆負責應付那個大隻的！』
「嘎嚕嚕！」
聽從我的指示，小漆撲向到目前為止沒說過半句話的肌肉男。
男人的名字叫達盧姆。儘管我仍然無法置信，但種族是人類。他這身模樣似乎來自於叫做肌肉異常強化的技能。臂力超過８００，但敏捷不到１００。儘管跟索拉斯同樣擁有異常再生與痛覺遮蔽，但小漆應該對付得了他。我會這樣說，是因為這傢伙怎麼看都無法正常打鬥。

他持有斧術、斧技、盾術與盾技等技能，卻赤手空拳。格鬥技能的等級非常低，只要多留意強大的能力值，隨便都有辦法解決。

「──」

小漆在通道上奔馳擔任誘餌，達盧姆追了過去，逐漸遠離我們。

不過達盧姆還真的是一言不發耶。雖然這讓人有點毛毛的，不過那傢伙就交給小漆，我們專心對付索拉斯他們吧。

於是，狹窄通道上展開了一場激烈戰鬥。

「喝啊啊！」

「呀哈哈哈！」

索拉斯等人的裝備都是上好物品。劍也是能跟我正面相搏的魔力劍。

「喝啦喝啦喝啦!怎麼啦！」

「嘚！」

索拉斯的戰法十分粗暴，但非常合理。

既然武術技能不如芙蘭，正面刀劍相向就要吃虧。因此，他活用自知遠勝芙蘭的能力值，採用依賴速度與臂力硬幹到底的戰術。

而且我們抓住破綻做出反擊，但牽制程度的攻擊總是被他的異常再生即刻治好。再加上他還具備了痛覺遮蔽，憑我們的攻擊一點都無法拖住他的動作。

「把注意力都放在他身上沒關係嗎？」

「唔嗚！」

「呀哈哈！連我一起打啊！不錯嘛！」

賽爾迪歐的行動跟索拉斯正好相反。他拿索拉斯當成自己身法的屏障，看準破綻對我們施加快狠準的一擊。而且還不怕打中索拉斯。想必是因為索拉斯擁有高度再生能力又沒有痛覺，才能採用此種戰法。

光是這樣已經夠棘手了，偏偏賽爾迪歐的劍法軌道又很詭異。

那種不規則的動作簡直有如靈蛇出洞。劍身發出了鏘啷鏘啷的高亢金鐵聲。

「哦，躲掉了魔力劍・鏈蛇的一擊啊。但是，至少留下了擦傷！」

賽爾迪歐手裡的武器原來是魔力蛇腹劍。似乎是一種可藉由魔力拆解劍身，變得有如鞭子的特殊武器。

遭到賽爾迪歐連同索拉斯一併揮劍攻擊，芙蘭的手臂噴濺出鮮血。同時，傷口的周圍也開始染上紫黑色彩。

『解毒術！恢復術！』

那把劍，似乎光是擦傷就能向對手注入劇毒。簡直太難對付了！

「哦！妳擁有再生技能嗎？而且似乎連毒素也消失了。」

「嘻哈哈哈！這也就是說，可以花更久的時間折磨妳嘍！」

索拉斯的攻擊變得更顯激烈。似乎是看到芙蘭流血讓他興奮起來了。

不過，攻擊也因此變得粗疏草率多了！再加上他一個人衝上前來，也跟賽爾迪歐之間拉開了些微距離。這下那傢伙一定來不及出手掩護。

芙蘭不可能錯過這個破綻。

她化解索拉斯的斬擊，還手使出突刺。瞄準的是頭部。

「噓！」

「呀哈哈哈——喀呸？」

這記攻擊刺穿眼冒血絲放聲狂笑的索拉斯的上顎，直通後腦杓。我們順便用屬性劍燒焦了他的大腦。可以看到索拉斯的眼球由於水分沸騰，變得混濁發白。

『這樣就解決一個了！』

「嗯。」

再來輪到賽爾迪歐了。就在芙蘭如此心想而移開視線的那一瞬間，狀況生變了。

「！」

她大動作跳離原位。

「被躲掉了～？直覺挺靈敏的嘛～」

『怎麼可能！大腦被破壞竟然還能再生！』

是索拉斯。萬萬沒想到他竟然還能動，對芙蘭做出了反擊。

如果是像邪惡人類等等放棄人性的存在，我還勉強可以理解。但索拉斯的種族仍然是人類。一個人類被人從內部破壞頭部，竟然還活得好好的。

「這點小招最好是殺得了我！呀哈哈！」

貫穿頭部都被說成這點小招的話，那要怎樣才能殺死他啊！

八成是異常再生技能的效果吧。這種技能不但需要消耗大量魔力，同時藉由削減生命力的方式獲得比一般再生技能更強大的再生能力。不只如此，潛在能力覺醒又助長了技能的效果，達到堪稱半不死的程度。

轉眼間就讓頭部再生到完好如初的索拉斯，用無異於剛才的身手攻擊我們。

「再躲啊，再躲啊！這麼狹窄的場地沒地方讓妳跑啦！」

空間的確很狹窄。但正因為如此，索拉斯他們也同樣無處可逃。

『準備用大招！』

「嗯！」

既然擊潰弱點都殺不死他，那就把他全身上下打爛到沒有留下任何部分可供再生，讓他灰飛煙滅即可。

『去死吧！』

我從連芙蘭都會受波及的位置，多重發動了火焰魔術閃焰爆發。爆炸火焰伴隨著高溫與破壞力吞沒狹窄通道。本來是用來攻擊廣大範圍的魔術，聚攏在狹小空間中瘋狂肆虐，使其威力增強了好幾倍。

可以看到紅色的火焰漩渦將索拉斯與賽爾迪歐捲進其中。

同時我發動時空魔術次元轉移，轉換了爆炸火焰的流向。

以無詠唱方式多重發動高階魔術，消耗了我龐大的魔力。可能只有像我這樣保有的魔力夠多才能採用這種戰法。

『芙蘭，別大意！』

「嗯！」

我是打算用這招解決掉他們，但畢竟剛見識過那種不死身能耐，他們也有可能還留下一口氣。不過身受某種程度的重傷，再生多少會需要點時間。況且他們沒有障壁系技能，應該不可能完全擋下。

『趁現在用最大威力痛擊他們！』

「嗯！」

我們藏身於爆炸火焰中暫時後退。同時芙蘭將我架在腰側，準備施展空氣拔刀術。時機一到，就用芙蘭的斬擊與我的魔術痛擊他們。

『——什麼？』

但沒想到，我們的盤算徹底落空了。爆炸火焰從內側爆開，只見毫髮無傷的索拉斯等人從中現身。他們身上連一點汙痕都沒有。

「……再生了？」

『不是。否則防具不會連一點焦痕都沒有。』

怎麼想都是用了某種方法擋掉了整個魔術。

「咕呼呼呼！太嚇人了！真佩服我以前敢跟妳這種怪物挑戰！」

是魔術無效，還是火焰無效？

「規模那麼龐大的火焰魔術，可不是經常能看到的。真讓我有點吃驚！」

嘴上這麼說，索拉斯等人卻絲毫不顯得焦急。想必是有著十成把握，確定剛才的火焰魔術傷不到他們吧。

『有必要搞清楚他們用的手法。』

「嗯。」

為了讓他們無處可逃，我們以填滿通道的密度同時施放雷鳴魔術、風魔術與土魔術。我要用這種方式，搞清楚他們全身而退的祕密！

「嘰哈哈哈哈！真是多才多藝！但是沒用啦！」

沒想到索拉斯竟然自己衝進了魔術彈幕之中。他就這樣沒做半點防禦，正面撞上魔術風暴。

「哈哈！妳太天真啦！」

『竟然讓魔術完全失效！是那把魔劍的能力嗎！』

就在魔術命中索拉斯的前一刻，無論是土塊彈丸、雷電鎖鏈還是強風刀刃全都潰散分裂，溶化在虛空之中。是魔術完全無效化。這時，我看到插在索拉斯背上的魔劍發出了光輝。

『魔術完全防禦……？但是，代價可不小！』

看來要讓魔術完全失效必須消耗他們的龐大魔力。恰似植物從大地吸取養分那般，可以感覺到魔劍從索拉斯身上吸取了大量魔力。大概就是因為這樣，戰鬥剛開始時他才沒用這招吧。再加上處於潛在能力解放狀態的關係，生命力也在一點一滴地減少。

繼續這樣下去，大概遲早會自尋毀滅。

想必就是清楚這一點，兩人才會想用速戰速決的方式一口氣決勝負。

衝破了魔力彈幕的索拉斯，沒減速就直接一個跳躍，撲了過來。

「呀哈——！我要妳的命！」

「噓！」

然而，芙蘭的空氣拔刀術早已準備萬全。她以側過身子的最小動作，躲掉索拉斯使出的高速刺擊。雖然賽爾迪歐的蛇腹劍也從死角來襲，但芙蘭同樣只是頭部一偏就閃過了。

幾乎於同一時間，芙蘭出手就是一記揮劈，我的劍身襲向了索拉的頸項。

我們的目的，在於砍斷他的脖子之後。

在地球上，古今中外都有著許多封印不死魔物的奇聞軼事。其中最常使用的手段，就是砍斷手腳拘束於各個地點，讓魔物無從復活。

我們打算砍下索拉斯的首級，讓他身首異處。我的想法是也許這樣就不能再生了。雖然最壞的情況是他直接長出一顆新的腦袋，但總之先試試再說。

『你的項上人頭，我要啦！』

「呀哈哈哈——」

我看見索拉斯把左臂卡進脖子與我之間的位置。

『太遲啦！』

幾乎將近完美的空氣拔刀術，加上索拉斯自己高速衝了過來。僅憑一條手臂，連肉盾都當不了。

本來應該是這樣的。

「嘰嘻！真替妳覺得可惜！」

『怎麼可能！』

豈料，本來應該把索拉斯的腦袋連同手臂一起砍落的我的劍身，不知為何卻只砍到索拉斯手臂的一半位置就被擋下了。

「啊嗚！」

豈止如此，索拉斯還手揮出的劍更是深深挖穿了芙蘭的側腹。

芙蘭急忙往後跳開，但似乎沒能完全躲掉。可能是傷及內臟了，噴出的血量非比尋常。

『我現在就幫妳治療——為、為什麼！』

回復魔術沒有發動。不管試再多遍，魔術就是沒有啟動。

『芙蘭！快用再生能力！』

（已經在用了。）

雖然芙蘭這樣說，但傷口遲遲沒有癒合的跡象。不，其實傷口正在一點一點慢慢地癒合。看來只是效果被大幅減損了。但是照這種癒合的速度，恐怕得花半小時以上的時間才能痊癒。那樣就太遲了！

『是那傢伙的魔劍！它連遠處的魔術或技能都能抵銷！』

空氣拔刀術會被擋下原來也是它害的！那把魔劍不只能抵銷魔術，似乎連較遠位置發動的技能效果都能消除。結果導致振動牙與屬性劍等等被抵銷，變成了普通的拔刀術。當然即使如此還是頗具威力，但可能不足以斬斷索拉斯經過強化的肉體。

我心急之下想做傳送，但也被抵銷了。

『該死！』

既然不能使用傳送，就只能用跑的拉開距離。豈止如此，連遇到危險時用傳送逃跑的手段也被封殺了。

但是，身受重傷的芙蘭跟現在的索拉斯等人玩你追我跑，我不覺得有勝算。

我們被逼進了最糟的狀況。唯一的安慰是有裝備替身手環。就算情況再糟，好歹可以復活一次。

本來是這麼以為的——

「咕呼呼！妳該不會是在期待那個替身手環的效果吧？沒用啦！面對抵銷魔力的效果，那玩意兒也不過是個飾品罷了！」

真的假的啊！該死，連最後的希望都這麼輕易就被粉碎！

「呀哈哈哈！就像我剛才說過的，我要繼續把妳慢慢整死！」

索拉斯與賽爾迪歐更加熾烈地圍剿芙蘭。

「穿刺吧！電光犄角！」

「唔！」

「穿刺吧穿刺吧穿刺吧！」

賽爾迪歐竟拿出了新一把魔法武器。看來是以「穿刺」作為關鍵詞擊出強風長槍的武器。儘管威力沒有多強，但如今回復手段遭到封殺，隱形強風的攻擊就變得非常棘手。

「喝啦啦啦！」

「穿刺！穿刺吧！哼哈哈哈哈哈！」

多虧芙蘭專心防禦才沒被直接擊中，但身上留下了越來越多的傷痕。最多的應該是被賽爾迪歐的風槍刺出的傷口。而且側腹的傷口依然血流不止。地下城的地面，被芙蘭流出的鮮血弄得又紅又溼。

就在持續出血造成芙蘭的身手開始變得略嫌遲鈍時，之前優先防範的賽爾迪歐的蛇腹劍終於露出了獠牙。賽爾迪歐竟不惜讓自己中劍，一鼓作氣挺身向前，憑著豈止索拉斯，連自己都可能受波及的氣勢廣範圍地揮動了蛇腹劍。

結果，蛇腹劍微微擦到了芙蘭的左肩。

芙蘭在這種狀態下還能躲掉軌道變化多端地來襲的蛇腹劍，實在厲害。問題是這種武器連被擦到一下都不行。

『解毒術！嘖！果然行不通嗎！』

看得出來左肩留下的傷痕變成了紫黑色，周圍的血管也在一點一點慢慢變色。

「喀呼……」

「呀哈哈哈！怎麼啦！動作變遲鈍了喔！」

才不過十秒毒素就侵蝕了身體，芙蘭的身手顯而易見地受到負面影響。時不時似乎還會有劇痛襲擊芙蘭的身體，毫無預警地打亂她的動作。

即使如此，芙蘭仍憑藉著驚人的精神力，沒有停下腳步。

『芙蘭！妳還好嗎！』

（師父，我沒事。不用驚慌……）

說、說得也是。她都不急，我在急什麼！芙蘭的戰意尚未受挫，還想繼續打。可是，芙蘭微弱的聲音，卻也證明了時間所剩不多。

『能不能設法拉開距離？』

（沒辦法。所以，我不要拉開距離。）

『什麼？』

（師父，把點數分配給——全部點滿沒關係。）

『知、知道了。』

既然這樣，就把機會賭在芙蘭的作戰上吧。萬一情況真的太糟，也許我得解放潛在能力。雖然在再生被封殺的狀態下，我不知道自己能承受多久潛在能力解放造成的傷害，但就算情況再糟，至少要讓芙蘭逃出生天。

我一邊做好心理準備，一邊照芙蘭說的分配了自我進化點數。

緊接著，播報員小姐溫柔卻也冰冷的聲音，如福音般響徹腦內：

〈——已達到10級，技能追加——〉

〈已達成所有條件——進化為獨有技能——〉

〈已獲得——裝備者芙蘭獲得稱號——〉

一下子發生了好多變化！

『來了！而且超乎想像！』

「嗯……！」

「嘻嘻嘻！妳還想打啊？但是，妳的攻擊就是殺不了我們啦！」

索拉斯一副耀武揚威的嘴臉衝殺過來。好像除了衝刺變不出新招似的。

但是，就是這個衝刺難對付。我明明知道，卻沒得阻擋。剛才也是這樣，結果造成芙蘭身受重傷。

『要來了！』

我明知道不該害芙蘭心急，卻還是忍不住焦躁地叫出聲音。

然而，即使聽到我窩囊的叫聲，芙蘭仍然是老樣子。

（嗯。不用擔心，我會贏。）

『芙蘭……』

不知道是不是感覺到了芙蘭冷靜的思維，我變得鎮定到連我自己都驚訝。

是因為這樣的關係嗎？我清楚掌握到握住我的芙蘭現在是何種狀態。包括她在肉體上已經瀕臨極限，以及精神反而如水面倒影般平靜無波，全都一清二楚。

這種感覺，簡直就像我與芙蘭合而為一。

但是，這讓我感到舒適自在。而且我也知道芙蘭與我有同感，讓我很高興。

藉由感覺到彼此存在的方式，抵銷彼此心中的不安。感覺就像這樣。

芙蘭的左眼開始變成紫黑色。毒素已經擴散到那裡了。彷彿哭泣一般，從眼角流下的血淚滑過臉頰。左眼的視力一定變得很差吧，視線都沒有對焦。也能夠想像她一定痛得相當厲害。

然而，芙蘭的思維並未被打亂。

（我要斬殺那傢伙，替依妮娜報仇。所以，你願意幫助我嗎？）

『……妳說得對。打倒他們吧！』

（嗯！）

「嘎哈哈哈——！」

面對衝殺過來的索拉斯，芙蘭再次把我架在腰側。

不是空氣拔刀術。因為索拉斯背上的魔劍會導致空氣壓縮失效。這一劍沒有劍鞘，連拔刀術都不是。由於我的形態變形還能使用，可見魔力消失對於內部精煉魔力型的技能不是那麼有效，但這點小事只能達到安慰效果。因為能夠用來攻擊的技能，幾乎全是外部釋放型的技能。

芙蘭側過身子，躲掉索拉斯的第一記攻擊。

這個動作跟剛才那次如出一轍。

索拉斯似乎也很清楚，臉上帶著對芙蘭的嘲笑。

「再來啊！看妳接下來怎麼辦？」

索拉斯明明攻擊被躲掉，卻笑嘻嘻的。完全把芙蘭給看扁了。

即使如此，芙蘭並未改變行動。

明明左側腹流出大量鮮血，自己的性命已如風中殘燭，卻神色如常地出招攻擊。冷靜到讓我都心生敬意了。

（我要上了。）

『好。我們上。』

芙蘭用上全身的彈力，往索拉斯的脖子把我一揮到底。

然而，索拉斯早就用手臂護住脖子了。跟剛才的場面完全一樣。

「嘰嘻嘻嘻！」

索拉斯認為自己勝券在握，臉上浮現洋洋得意的笑容。

說時遲那時快，索拉斯維持著這張賊笑臉，脖子被砍出了一道大裂口。

本來是想砍飛他的腦袋的，無奈插在索拉斯脖子後面的魔劍礙事。要不是有那把魔劍，這招就能要了他的命！

「呃啊……怎麼，會……」

索拉斯一副無法置信的表情，瞪著自己被一劍砍飛的左臂，以及從自己脖子溢出的鮮血。大概是不明白發生了什麼事吧。

「那道，藍光是，什麼……」

「喝啊啊！」

但是，芙蘭的攻擊還沒結束。

她用流暢華麗得驚人的動作，把剩下的右手也砍落，斬斷腿部關節讓他站不住，然後一劍刺穿心臟。接著她再次橫砍已經開始再生的脖子，把他的腦門直劈成兩半。索拉斯的身體應該受到了魔力與技能的強化，如今卻好像隨便芙蘭砍著玩似的。

倏忽之間就挨了十五下刀光。其中有十二記揮砍是針對要害的攻擊。

看來致命傷的再生果然會造成更大負荷，索拉斯的生命力一口氣銳減。只因擅自持續發動的異常再生技能正在吞食索拉斯的生命力，強行讓肉體獲得再生。

「咦……？為什麼……」

恐怕直到最後都沒能弄懂整個狀況吧。這句蠢笨的喃喃自語，就成了索拉斯的遺言。索拉斯的眼瞳就這麼失去光彩，身體慢慢虛脫倒地。

然而，芙蘭還堪用的右眼早已沒在注意索拉斯了。芙蘭凝目注視的是賽爾迪歐。

當賽爾迪歐看到同夥竟被單純的斬擊砍死而大為震驚時，芙蘭靜靜地走向他。

大概是看到她這樣而回過神來了吧。賽爾迪歐趕緊揮劍出招。

「妳做了什麼！妳這膽敢忤逆我的惡徒！」

「你才是惡徒。」

「我是天選之人！我才是正義！所以，忤逆我的妳才是惡人！」

對於這番話，芙蘭沒做任何回答。一方面是因為失血與中毒讓她懶得說話，但更重要的是她早已對賽爾迪歐失去了興趣。因為她現在已經明白對手是個精神異常、與她勢不兩立的存在。

「嘿呀啊啊啊！」

不同於索拉斯，賽爾迪歐能夠運用劍聖術技能，攻擊速度相當快。

同樣都處於潛在能力解放狀態，本身實力卻大有不同。賽爾迪歐應該會比索拉斯更難對付。實際上雖說是狗急跳牆，賽爾迪歐的斬擊確實相當俐落。如果對付高等食人魔水準的魔物，也許一擊就能將其剁成兩半。就連芙蘭初次與他交手，都吃了些苦頭。

暗藏著如此威力的斬擊，沿著蛇腹劍特有的變化形軌道迫近芙蘭。同時，賽爾迪歐還連續射出強風長槍。

想躲掉其中一方，就會被另一方打個正著。就是這樣的攻擊。

但芙蘭卻用甚至顯得緩慢的動作，走上前去。

乍看之下，可能會以為她是一邊閃躲強風長槍，一邊試著碰運氣用我彈開蛇腹劍。

然而對現在的芙蘭而言，這些動作絕非孤注一擲。

賽爾迪歐自以為使出的是毫無破綻的必殺連續攻擊，對現在的芙蘭而言卻只是心慌意亂的拙劣攻擊。芙蘭拿我的柄頭去撞賽爾迪歐的蛇腹劍的劍脊，使其劍法失準。就一次，不過是打亂了蛇腹劍的力道流向罷了。然而，蛇腹劍卻像是從一開始就躲著芙蘭揮出似的，從她的身邊穿過。

必須要把整套攻擊看得一清二楚，同時具備壓倒性的本領差距，才有辦法如此應對。

使出渾身解數的斬擊軌道冷不防被錯開，賽爾迪歐的身體失去平衡。

這樣一來，之後就只能淪為芙蘭的獵物了。彷彿打倒索拉斯時的狀況重新上演，芙蘭的連續攻擊襲向賽爾迪歐。

「可惡啊啊！本大爺不該有這種下場！這一定是哪裡搞錯了！」

賽爾迪歐剛剛才看到同夥被打倒的模樣，勉強掙扎著用手臂或劍護住要害。

但是，芙蘭的攻擊簡直像是能穿透防禦似的，招招砍傷賽爾迪歐的身體。

在這時候，又再一次如實呈現了雙方的本領差距。

原來是芙蘭完美看穿賽爾迪歐的身手，挑來不及防護的部位攻擊。護著頭就砍身體，護著身體就砍腳，注意力分散至他處就攻擊頭部。在超高速進行的心理戰當中，她大獲全勝。

而在攻防過程中，賽爾迪歐的魔力武器被芙蘭破壞之後就只能挨打了。

是因為魔力武器本身硬度不高，加上芙蘭淨挑同一位置攻擊，才會發生這種現象。

「哈啊！」

芙蘭彷彿要擠出最後的力氣般，發出了壯大氣力的短呼。

比打倒索拉斯時更為快速、多彩的刀光劍影撕裂了賽爾迪歐的性命。

「怎、怎麼會……！」

眨眼間被砍出二十道以上的致命傷，賽爾迪歐被遠遠震飛出去。

恐怕已經連再生所需的生命力或魔力都不剩了。他失去手腳，毫無癒合跡象的傷口血流成河。

賽爾迪歐倒臥地面往上看著芙蘭，張開顫抖的嘴巴。

「敗給這種，虛張聲勢的招數……！」

虛張聲勢？他在說什麼啊？不對，我怎麼在發光？藍色的光籠罩著我與芙蘭。魔力應該被抵銷了才對啊……

記得之前在浮游島好像也發生過同樣的現象。不可思議的藍光讓我與芙蘭交相輝映，渾身湧現力量。這到底是什麼現象？現在回想起來，在巴博拉給燐佛德最後一擊時，過程中這團光似乎也曾照耀過我們。

要說兩件事的共通點，就是正在與強敵交手，而且陷入危機。再來大概就是我與芙蘭準備乾坤一擲賭上命運的時刻吧。

算了，管他的。反正我知道這沒有壞影響。它會幫助我與芙蘭。既然這樣，知道這些就夠了。

「怎麼可能……！我是……天選……之，人……」

這傢伙的遺言也跟索拉斯一樣的蠢。

「唔……」

確定賽爾迪歐已死之後，大概是精神緊繃太久，氣力耗盡了吧。芙蘭的身體一歪，慢慢倒下。

『大恢復術！解毒術！』

好，發動了。索拉斯等人一死，魔劍好像也失去了力量。

傷口癒合，似乎讓芙蘭勉強保住了意識。她眨眨眼睛，仰望天頂。

『眼睛看得見嗎？』

「嗯。」

解毒也趕上了，沒留下後遺症。

「贏了……」

『是啊，妳最後解決賽爾迪歐的那招連擊真是驚人。』

劍法之犀利就像用技能強化過似的。但是，芙蘭完全沒有使用屬性劍等任何技能。她只使用了唯一一項技能。就是無關乎魔力的有無，只是一種單純技藝的劍術技能。

起初空氣拔刀術被索拉斯擋下時，我大嘆技能被抵銷造成威力不足，但芙蘭卻似乎明白到是自己的本領不夠。

她領悟到無論技能是否被抵銷，或是索拉斯的肉體有多硬，只要自己的本領夠好，應該還是能夠直接斬殺他。

大概因為我是被使用的一方，所以無法理解這種感覺吧。只有芙蘭才能體會。

於是，她想到了。既然這樣，直接提升本領的水準就沒問題了。

那時我們提升等級的，是劍王術・地。

當然，光是提升劍術技能的等級無法發揮其真正力量。必須腳踏實地反覆練習，變得能夠將技能操縱自如才行。但是，就算還不能完美駕馭，本領總會上升一些。芙蘭就是賭在這一點上。

賭注的輸贏，顯示在結果上。

我回想起剛才的播報內容。

〈劍王術・地已達到10級，技能追加劍術強化。〉

〈已達成所有條件，劍王術・地進化為獨有技能「劍王術」。〉

〈已獲得劍王術，裝備者芙蘭獲得稱號「劍王」。〉

把劍王術・地點滿不但讓我們獲得了劍術強化技能，還習得了劍王術這種新的獨有技能。

劍王術：可運用所有種類的劍。

嗯，真籠統！不過不用懷疑，這應該就是劍術的頂點了。現在我們才剛入手，完全稱不上能夠靈活運用。但芙蘭的劍術本領，仍然上升到能夠把持有劍聖術的賽爾迪歐當成小孩子耍。

一旦練到純熟，真無法想像會變得多強。

而且還得到了稱號。

劍王：滿足所有條件獲得劍王術者，可獲得此稱號。
效果：全能力上升２０。增強劍術強化技能的效果。獲得品劍能力。

這個稱號的效果，比身經百戰或超強敵吞食者等說過只有英雄才能獲得的稱號更強大。全能力上升２０？光是這樣就相當於等級升個４到５級了耶。

話說回來，能夠輕鬆屠戮索拉斯應該就是託這個稱號的福。因為芙蘭已經藉由獲得劍王術而提升了本事，又得到了劍術強化與稱號的雙重強化。

打倒索拉斯的連擊，每一招都蘊藏著可與劍聖技匹敵的犀利。

只是，我們也不能在這裡沉浸於勝利的餘韻。

「我要去給小漆助戰。」

『嗯，說得對！』

小漆好像把達盧姆引到了相當遠的位置，以免我們遭到三方夾攻。

大概拉開了有一百公尺吧。

『小漆怎麼身陷險境了啊！』

「快去救牠！」

『看來達盧姆的魔劍，也同樣具有抵銷魔力的效果啊。』

小漆慣於採用的，是活用闇魔術的打帶跑戰術。一旦被魔劍的力量封住了魔術，就不免苦戰了。事實上，與肌肉怪物對峙的小漆確實滿身是傷。

想必是連再生能力都遭到封殺，被一點一點地逼入絕境了吧。

通道各處噴濺著紅色斑點，這些全是小漆的血。相較之下，達盧姆卻沒有任何明顯外傷。

但小漆仍然沒落入決定性的敗北境地，是因為牠自始至終專心進行閃避與牽制。

牠這麼做，是因為相信我與芙蘭。

是因為牠確信我們必定會戰勝索拉斯，才會將自己的職責定位在引開達盧姆的注意，不讓他去妨礙我們。

「嘎嚕嚕嚕嚕！」

幹得好！儘管平常讓人感覺不出半點狼族野性，該發狠的時候還是發得起來。

但是看看敵人的那身肌肉，無法確定能否像索拉斯的時候那樣，光靠拔刀術就殺得死。

『芙蘭，連我們都靠近他的話風險太大了。就從這裡解決他吧。』

再說芙蘭失血過多，拿不出平常的本事。也感覺得出來她握住我的手虛軟無力。
「從這裡？」
『對，我看從這個距離好像魔術與技能都能用。讓我來吧。』
「嗯，知道了！」
芙蘭似乎也聽懂了我的用意。
她反手握住我，擺出準備振臂劈砍般的架式。
『好，要出招嘍？』
「嗯！喝啊啊啊啊！」
宛如大幅拉緊弓弦，芙蘭讓自己的身體彎曲到最大極限，把纏繞著風魔術的我竭盡全力投擲出去。
光是這樣速度就夠快了。但我在被投擲出去時又自行使用風魔術與火焰魔術進行加速，同時讓精煉已久的念動爆發威力。
『呀喝——！』
堪稱火力全開的念動彈射攻擊。
就算魔力被魔劍抵銷，我本身獲得的加速力可是抵銷不掉的。
我在速度毫無減損的狀態下，往達盧姆飛衝而去。
「嘎嚕！」
「——」

那傢伙做出了些微反應，但小漆咬住他的腳幫忙阻礙了他的動作。緊接著，我深深插進了達盧姆的胸膛。

『嘖！硬得嚇人！』

本來是打算用這一擊決勝負的。我對這招攻擊是真的自信十足。

然而達盧姆的防禦力超乎我的想像。他那厚實的肌肉似乎能夠化解衝擊力道，分散了威力。

「──」

達盧姆伸手過來，想把我拔掉。

但是，我可不能錯過這個最大的機會！

『快去死一死吧，大傢伙！』

魔劍害得我完全無法使用念動等招式。但是，我還有其他法寶。

我發動了形態變形。

在對抗球蟲的戰鬥中，已經掌握到形象了。我的劍身瞬時化作無數尖刺，從達盧姆的體內刺穿了他。

「──……」

不只是大腦或心臟。體內所有數得出來的重要器官，全被化身為針的我刺穿扎透。從外觀看起來，大概會像是一個無法分辨是不是人類的肌肉集合體，長出了無數尖針的異樣光景吧。

達盧姆抓住我的劍柄，試著把我拔掉，但針就像倒刺一樣拔不掉。

『你到死都別想擺脫我了。』

「──」

看來是真的無法發出聲音，達盧姆即使到了這時候仍然一言不發，動作漸漸變得虛弱。

「──」

動作完全停止。

『總算打贏了……』

「嗯。」

「嗷嗷！」

『小漆也表現得很好。』

「你很棒。」

「嗷！」

小漆讓我用魔術治好了傷勢，被芙蘭撫摸得心滿意足。

『這把劍，結果還是沒辦法鑑定……真可惜不能看出名稱，否則說不定可以查出來源。』

「好醜。」

『妳說這個護手嗎？是很沒品味沒錯。』

真相不明的還不只這把劍的底細或力量。

『他們提到過「那位大人」，對吧？』

「很了不起？」

『是啊，這應該表示有個幕後黑手吧。』

我們出於無奈殺掉了索拉斯、賽爾迪歐與達盧姆，但賽爾迪歐的隊友應該還在。我不認為那些傢伙跟整件事毫無瓜葛。只要抓到他們，總能弄到一些情報。我們正把三人的屍體收納起來當作證據時，小漆把臉轉向了通道深處。

『芙蘭，妳發現了嗎？』

「嗯。」

有股氣息正在用最快速度遠離我們。簡直好像急著開溜似的。

『搞不好是他們的同夥！』

「我追上去！」

當然，也有可能毫無關係就是了。但總之先追到再判斷就好。

我如此心想，讓芙蘭與小漆去追趕對方，結果——

『還真的中獎了。』

「妳、妳幹什麼啊！冷不防就出手打人！妳想怎樣！」

「現在才來裝傻也沒用。我記得你的長相。」

『記得的是我吧。』

芙蘭好像完全把他給忘了，但他就是跟隨賽爾迪歐來找過芙蘭麻煩的男性斥候。

他被芙蘭從背後踢了一腳，失去平衡摔倒在地。

死到臨頭了竟然還想裝蒜，但我們不可能放他逃走。

「別、別看我這樣，我可是貴族啊！對我做這種事，妳以為我會善罷干休嗎！」

「吵死了。」

「咕呼！」

男子原本還鬼叫個不停，但被芙蘭摸個幾下就立刻變乖了。

比索拉斯還要沒骨氣。只是儘管沒骨氣，對我們的問題卻幾乎閉口不答。像是關於魔劍或是他和索拉斯的關係，不管怎麼問就是不肯鬆口。

只知道這傢伙是替他們稱為「那位大人」的高級貴族效力，並且正在收集魔劍，還有那個肌肉男是隊伍成員裡的鎧甲戰士。似乎是他本身具有的肌肉異常肥大技能，在劍的影響下失控造成的結果。

但是，其他事情就真的守口如瓶。

「偶是真的……不稜說……」

臉孔有點變形似乎害他說話不太方便，不過他不肯說出情報倒不是因為這個原因。每當男子想要開口時，體內的魔力就會產生些微動作。

本來還以為這男的挺有骨氣的，結果好像不是。

男子似乎是受到魔術所制約，使得他無法說出重要事項。大概就類似混沌女神給予地下城主的限制吧。只是這邊做的限制大概單純多了。

『不行，這不是我們處理得來的。』

（怎麼辦？）

『交給公會吧。再說應該還有一個女魔術師才對。只要抓住她，說不定可以知道些什麼。』

（好。）

『總之，先把這傢伙扛回去吧。』

再來就熟能生巧了。

我們速速把他綁好，快快把他綑在小漆的背上，早早把他的臉給蒙起來。

『加快腳步吧。』

要離開地下城，使用最下層的傳送陣即可。兩步路就到了。

只是，芙蘭的視線望著不同的地點。

『芙蘭，現在先去找迪亞斯要緊。』

「……我知道。」

一定是很想去見露米娜吧。雖然讓人心疼，但當務之急是把這傢伙押回地表。女魔術師若是用某種方法得知同夥全員敗亡，搞不好會逃走。情況分秒必爭。

我懷著對芙蘭的歉疚心情，大家一起離開地下城，然後趕往冒險者公會。

即使如此，我與小漆仍然細心留意著不要碰上獸王。看來昨晚的遭遇造成的心理創傷，大到連我們自己都驚訝。

也許是努力沒白費，這次沒那麼倒楣遇上獸王等人，我們平安抵達了公會。

他們似乎已收到通知說芙蘭來了的話直接放行，我們很容易就見到了迪亞斯。只不過是跟櫃檯拜託一下，人家就帶我們去辦公室了。

「哦，你們已經達成委託啦？」

「嗯。」

「還有……又出問題了是吧。唉……」

迪亞斯發揮解讀芙蘭神色的高度技巧，深深嘆一口氣。

『是這樣的，我們在地下城……』

我向迪亞斯解釋了詳細經過。

並且告訴他，我們打倒了索拉斯等人，逮到了這個男的。

「哦？也就是說，他是索拉斯的同夥嘍？」

『是啊。只是他說自己是貴族，老實說，我不知道接下來該怎麼對待他。』

「哎，那個我這邊會想辦法啦。你們會把人交給我吧？」

『也只能這樣了吧。只是，麻煩不要再發生像索拉斯那樣的狀況了。』

「那是當然。這次真的給你們添麻煩了，我很抱歉。」

迪亞斯表情誠懇地低頭致歉。大概是聽到芙蘭險些喪命，才會這樣誠心謝罪吧。或許是感受到了他的誠意，芙蘭也直率地點頭。

「我不介意。」

「謝謝，妳這樣說等於是在幫我。」

「幫你？」

「是啊，包括我的生命安全在內。」

原來如此，是那方面的事啊。一定是擔心芙蘭會跟阿曼達告狀吧。咦？這樣的話，這傢伙其實根本是出於個人理由跟我們賠罪嘛。

『算你欠我們一次喔。』

「我知道啦，只要是我能力所及，我都願意幫忙。總之，我絕對不會讓芙蘭因為這次的事情被貴族盯上。我會說全部都是我下的指示。」

那樣的確很有幫助。

「那麼，人手很快就會來了，在那之前就來聽聽其他報告吧？妳真的把所有委託都完成了？」

「嗯。」

芙蘭點了個頭，自己去攤開放在房間角落的仿塑膠布，把素材一一擺在上面。迪亞斯面帶苦笑，幫忙檢查這些素材。

「我接到報告說地下城發生異常現象，魔獸數量變少了，真佩服妳還找得到這些東西。」

「小漆很努力。」

「原來如此，是這樣啊。其他冒險者反而都害怕碰上異常情況，暫時不敢鑽進地下城，不像妳果然有膽量。這就是年輕吧～」

明明講到地下城發生異常現象的事情，迪亞斯臉上卻沒有焦慮之色。我是覺得一般碰到這種情形就算宣布進入緊急狀態也不奇怪，迪亞斯卻不慌不忙地評定芙蘭帶來的素材。

『迪亞斯，你待在這邊沒關係嗎？』

「你指什麼？」

『地下城不是正在發生異常現象嗎？只有迪亞斯能跟露米娜進行交涉，我這樣說或許有點那個，但你有這時間應付一介冒險者嗎？』

「啊哈哈，是這個意思啊。我這邊也有很多問題啦。不過，不要緊，事情不會變得太糟的。大概啦。」

大概兩個字讓我有種說不出的不安，不過迪亞斯說不要緊，大概就是真的沒事吧。說不定其實他知道原因。

「對了，可以請你們順便把索拉斯等人的屍體也拿出來嗎？」

『好。放在這裡就行了嗎？』

「無所謂。」

我把索拉斯、賽爾迪歐與達盧姆的屍體拿出來放在塑膠布上。

迪亞斯一看就睜圓了眼。看到肌肉妖怪的這副模樣，似乎就連迪亞斯也大受衝擊。

「這是人類嗎？」

『是啊，名字叫達盧姆。』

「賽爾迪歐隊上的……他怎麼會變成這副模樣？還有這劍又是？三個人身上好像都插了一把……」

『細節我也不清楚，只知道這傢伙會變成這樣似乎是這把劍的效果。它似乎具有強化被插刺之人的能力與抵銷周圍魔力的效果，因為索拉斯與賽爾迪歐都變強到判若兩人的地步。』

「哦——強化啊……不過看他變得這樣面目全非，恐怕不是什麼正當用途的東西吧。」

『我也這麼覺得。像索拉斯就很明顯地變了一個人，搞不好具有讓人發狂的效果。』

「天啊——強化外加發狂？那簡直糟透了嘛，沒處理好的話會失控吧？不曉得他們是怎樣讓這種人聽從命令的？」

『這就請你自己去調查吧。』

你問我，我也不知道啊。

我只知道這種魔劍散發出的魔力波長，弄得我莫名地不舒服。芙蘭似乎沒有什麼特別厭惡的感覺。會不會是因為我也是魔劍？現在想想，當時在烏魯木特鎮門外對賽爾迪歐感覺到的厭惡，恐怕並不是對帥哥心生的憎惡，而是因為感受到了這把魔劍的魔力。就算沒插在脖子上，我想他應該有帶在身上。

「討厭的魔力嗎？但我也沒什麼特別排斥的感覺耶。」

『說半天還是只有我啊……』

我們正在跟迪亞斯交換情報時，就聽見有人來敲房門的聲音。

「是艾爾莎嗎？」

「對，是我。」

「進來吧。」

「芙蘭妹妹！剛才真對——咦咦？這什麼啊？」

我們把剛才跟迪亞斯說過的內容對艾爾莎再解釋一遍，他隨即變得滿臉怒容。

「怎麼會……那個女的～！看她神色有異，我就覺得背後有鬼，沒想到目的竟然是把我從芙蘭妹妹身邊引開……！」

意想不到的是，那時吵著要艾爾莎出面的，竟然就是賽爾迪歐隊上的女魔術師。不只如此，聽說還有一個蒙面男子自稱是賽爾迪歐。殊不知那時賽爾迪歐正在襲擊芙蘭。

也就是說他們企圖來個一箭雙鵰之計，讓艾爾莎無暇護衛芙蘭，同時還能捏造不在場證明。

「艾爾莎，麻煩你現在立刻去捉拿那些人。要動用公會多少人馬都行。竟然敢在我的管轄範圍內屢次撒野，我一定要讓他們付出代價。」

「知道了！包在我身上！」

「我也去。」

「不了，我還有事情要跟芙蘭妳說。這件事就交給艾爾莎，妳留下來。」

「可是……」

『芙蘭，就先聽他的話吧。再說妳的身體狀況還沒完全恢復。現在還是休息一下比較好。』

「……好吧。」

儘管已經為依妮娜報了仇，如果索拉斯還有其他同夥，她一定很想親手了結此事。可是以我來說，我很想讓她先休息一下。

「那麼，我去去就回！」

「加油。」

「謝謝妳！芙蘭妹妹為我加油耶！這下就活力百倍嘍——！」

艾爾莎又吵又嚷地離開房間。迪亞斯面帶苦笑目送艾爾莎離去，同時操作手邊的水晶不知道在做什麼。

「總之呢，那些沒規矩的人就交給我這邊去捉拿。然後，素材也都沒有問題。這下妳就是C級冒險者了。」

『終於來啦！』

「嗯。」

「嗷！」

這樣獸王帶來的威脅就減輕了不少，真是感激不盡。芙蘭與小漆看起來也都很高興。

迪亞斯叫來一名與艾爾莎不同類型、一副標準文官模樣的部下，做了些指示。聽起來像是要公開發表芙蘭已經升上C級，並且接受了指名委託。

『宣布她接受了指名委託沒關係嗎？』

「沒關係，這是為了對一些愚蠢的權貴做牽制，當然要盡量宣傳了。獸王也沒誇張到會跟冒險者公會為敵啦。他本身也是冒險者，應該很清楚公會的可怕才對。」

希望如此。

儘管無論是賽爾迪歐等人的事情，還是獸王的事情都完全沒得到解決，但最起碼告了個段落。至少不用輪到我們公開行動。這麼一來，就只剩下一個問題了。

「我們有事想問迪亞斯。」

「什麼事？」

『想問你知不知道五十三年前待過烏魯木特的黑貓族少女。』

「我懂了……是奧勒爾說的吧？」

「嗯。」

「其實我要談的也是這件事，想先跟你們說一聲。不過話說回來……你們該不會是見到獸王了吧？」

『你怎麼知道的？』

我們可是有思考完全遮蔽耶，讀心應該不管用才對。

「呵呵，畢竟這就像是我的工作嘛。就算你們有思考遮蔽系的技能，我好歹也是會觀察表情的。」

『真的假的啊。』

剛才我就在想，他這種靈敏的直覺已經跟技能沒兩樣了。

「因為提到獸王兩個字時，芙蘭做出了些微反應啊。」

迪亞斯擁有許多攻其不備型的技能。而且他給人的感覺就像魔幻大師，會變這種戲法或許也不奇怪。

「我們在公會門口遇到他了。」

「該不會就是昨天吧？」

「嗯。」

『我們來見你，結果不巧碰到他。』

「那真是飛來橫禍。艾爾莎說妳沒出現，擔心得要命……沒想到是因為這樣。你們沒有打起來吧？」

「……嗯。」

『根本就不是能開打的狀態啊。』

光聽我這樣說，迪亞斯似乎就猜到昨天發生了什麼事。

「獸王是那種錯把交涉當恫嚇的傢伙，一定還沒進公會就威懾感畢露吧？不過既然你們已經見過獸王，應該不會去跟他找碴吧……這樣的話或許全部告訴你們也沒關係。」

『什麼意思啊？』

「站著不好說話，坐吧。」

「嗯，好。」

迪亞斯親自替芙蘭泡了茶。芙蘭喝著茶，跟我一起專心聽他說話。

「五十三年前，我還有奧勒爾都還只是新手冒險者。冒險者階級也只有D。」

說是這樣說，但那樣不是已經滿厲害的嗎？當時迪亞斯他們應該也才十幾歲，卻已經是D級，已經夠快了。雖然沒芙蘭厲害就是了！

「當時我們也的確比較自命不凡，但有一天出現了一個人，徹底粉碎了我們的自信。」

「就是黑貓族的少女？」

「是啊，一個名叫琪亞拉的十五歲少女。跟是不是黑貓族無關，冒險者們都對小小年紀的她投以刻薄的眼光，覺得那樣一個小孩哪會有多大能耐。我們也不例外。」

原來每個時代的冒險者都一個樣。

之後的行徑不用問也想像得到。不外乎就是恫嚇、恐嚇與暴力。

「不過，她憑實力讓那些人全閉了嘴。雖然做得有點太過火了就是。她狠狠痛扁瞧不起她的人，獨自鑽進地下城，不斷地交出成果。不知不覺間她得到了黑貓這個綽號，成了冒險者們津津樂道的人物。」

那真是太厲害了。不知道是不是持有某種魔道具？還是說，單純就只是個天才？總之聽到這段故事，我就知道為什麼他們會說芙蘭像她了。

「後來發生了很多事，她救了我與奧勒爾等人的性命，我們變得偶爾會組隊。跟那個女孩在一起，從來都不會無聊。」

「你喜歡過那個女生嗎？」

「啊哈哈，問得真直接！這就難說了，我的確崇拜過她就是了。還有一點可以確定，就是她真的很漂亮。」

迪亞斯面帶笑容，那張笑臉卻顯得有些寂寞。一定是對她難以忘懷吧。

「她一直在尋找進化的方法。當時她的等級已經達到上限，常常煩惱著怎樣才能進化。來到烏魯木特之前好像也在各地流浪，尋找進化的線索。後來她好幾次鑽進地下城去見露米娜大人，不久好像就掌握到了進化的線索。」

「好像？」

「是啊。結果我們還沒向她問清楚，她就消失了蹤影。」

『是為了進化才銷聲匿跡嗎？』

「不，我看不是。因為她那時才剛跟我與奧勒爾說為了進化，希望我們能夠助她一臂之力。」

那樣的確很奇怪。假如是自己選擇銷聲匿跡，應該會跟朋友解釋一下理由才對。

「也就是說，我想她是被捲進某種事件才會失蹤。我們拚命追蹤琪亞拉的下落，也尋找過線索。然後，我們得到了幾個證詞。」

「內容是？」

「首先是失蹤之前，琪亞拉似乎跟露米娜大人大吵了一架。詳細情形我也不清楚，只聽說琪亞拉大聲罵她不准多管閒事。這是奧勒爾告訴我的。」

「總之從結論來說，這場失蹤事件跟露米娜大人無關。我用讀心確認過了，錯不了。」

到底發生什麼事了？看露米娜那樣，我不認為她會做出危害黑貓族的事啊。

他說露米娜聽到琪亞拉失蹤，是真的既驚愕又悲傷。

「不過，琪亞拉似乎是真的發現了進化的所需條件。而我認為，這件事與琪亞拉的失蹤有著很重要的關係。」

『因為她知道了進化的所需條件，所以被某人攻擊了？』

「我也想過這個可能性。然後，我找出了一個嫌犯。」

「是誰？」

「當時的獸王，也就是當今獸王的父親。實際下手的，是為他效力的藍貓族。當然這並沒有確切的證據，但我覺得嫌疑很大。」

琪亞拉失蹤後，迪亞斯等人聽到風聲說藍貓族曾多次找上她投宿的旅店，於是針對他們進行了一番調查。

然後，奧勒爾靠他在獸人之間的門路，帶來了一項情報；指出在遠古時代，獸王並非金獅子而是黑虎。

迪亞斯他們似乎懷疑，是黑虎觸怒神明使得進化受限之後，金獅子把他們趕下台奪走了王位。

所以當今獸王家族害怕到手的王座會被黑虎奪回。之所以將過去的書籍與情報等等一律銷毀，不讓黑貓族得到進化的線索，又利用藍貓族迫害黑貓族削弱其力量就是因為這樣。所以藍貓族即使抓獸人族同胞為奴隸也不用受罰，因為王室就是他們的後盾。

藍貓族也可趁這機會贏過以往身居高位的黑貓族。除此之外，就算已被神明竄改過記憶等等，他們心裡似乎還有著對黑貓族曾經犯過大罪的嫌惡與侮辱。聽說因為如此，藍貓族從古至今都樂於獵捕黑貓族。

「根據我當時拷——我是說盤問鎮上的藍貓族問出的情報，他們似乎將琪亞拉的事情通報給了獸人國的長老。結果不知為何，一名伺候獸王左右、族人當中本領特別出眾的戰士受派而來，試著與琪亞拉做接觸。」

這麼一來，琪亞拉可能不是死在獸王手裡，就是被擄走了……當初他們沒告訴我們是對的。

因為此時，芙蘭全身上下已經噴發出殺氣了。說不定比起跟索拉斯對峙的時候都還不遜色。

幸好在我們眼前的是迪亞斯，換成等級較低的人絕對會被嚇壞。

「你說的，是真的？」

「剛才我已經說過，這些都只是我們的推測。但是，我認為前獸王跟這事絕對脫不了關係。」

「是嗎……」

芙蘭眼神陰暗地注視虛空。要不是她已經見過獸王，搞不好二話不說就去找獸王算帳了。但是，現在的我們很清楚，魯莽地去頂撞獸王也只是找死。不只獸王本身是個怪物，身邊更是高手雲集。至少得經過進化才有可能與之抗衡。

芙蘭為了平息激動的情緒，拳頭握緊到破皮滲血。但是無從壓抑的怒氣，使得她渾身發抖。

「照妳這樣子看來，應該不會去跟獸王作對吧？」

「嗯……」

「聽好嘍？妳得先得到進化，養精蓄銳。不可以做出有勇無謀的事喔？」

芙蘭像是懊惱不已地點點頭。其實她一定很想立刻去挑起戰端，把一切問個清楚吧。

「……嗯。」

迪亞斯把他們跟露米娜的關係也告訴了我們。

他們對於琪亞拉的失蹤痛心疾首，於是為了有一天可能出現的琪亞拉第二——也就是以進化為目標的黑貓族，締結了協定。

他們分別作為地下城主、公會會長以及與國家的交涉代表，多年以來持續互相幫助。目的是為琪亞拉尋仇，也是為了保護黑貓族。難怪他們會對芙蘭這麼友善。

「我明天就公布芙蘭的升級消息。」
「嗯，知道了。」
『還真快。』
「打鐵要趁熱。不過，階級現在就可以提升了，你們去樓下辦手續吧。一下就辦好了。」
迪亞斯說得沒錯，升級手續一下就辦好了。
因為就只是把公會卡交給人員，在水晶上刷一下而已。花不到一分鐘。感覺一點都不鄭重其事。
然而，交回到手上的公會卡，的確刻有C級的刻印。
『終於升級啦！』
「嗯。」
芙蘭坐在旅店的床邊，端詳著公會卡。
好久沒看到芙蘭的滿面笑容了。都怪最近出了太多大事。
『來慶祝一下吧，今天咖哩吃到飽！而且想要多少配菜都ＯＫ！』
「嗯！爆量咖哩加唐揚雞炸豬排漢堡排溫泉蛋。」
芙蘭要多少我就加多少，結果變得活像是大胃王挑戰餐點。不過讓芙蘭來的話吃光光絕對沒問題。
『想吃多少盡量吃吧——』
「嗯！」

『至於小漆，則是說好的超級特辣咖哩。』

「嗷嗷！」

我在原本煮好擺著的特辣咖哩裡又加入大量特辣香料等等，做成超級特辣咖哩拿來餵小漆。沸騰冒泡的火紅咖哩簡直有如血池地獄，但小漆卻垂涎三尺地盯著咖哩不放。老天啊，就算我有身體，我也絕對不想吃那玩意兒。連芙蘭都不感興趣。

「嗷呼嗷呼！」

火紅咖哩吃得滿嘴都是的小漆，很有貪食生肉的魔狼般魄力。

芙蘭在牠旁邊已經稱霸了半座咖哩山。照這樣進行下去，可能轉眼間就會成功登頂，旋即挑戰下一座高山吧。得趁早幫她準備好才行。

「再來一份！」

「嗷！」

兩人面露久違的燦爛笑容大快朵頤。

最近發生了太多事情，但願這樣能稍微減輕他們的壓力就好。

『只希望接下來到武鬥大會結束之前，都別出事就好了……』

Side 獸王

「利格大人，您找我嗎？」

「喂，羅伊斯，古德他們跑哪去了？我閒得很，想讓他們陪我過過招。」

「他們正在監視目標。」

「哦？這樣啊，知道了。怎麼樣？她有動作了嗎？」

「哎，要說有也不是沒有……但不是什麼特別的動作。」

「比方說呢？」

「這個鎮上的有力人士，記得是奧勒爾閣下吧？」

「是啊，叫維薊特．奧勒爾。哼哼哼，那老先生竟然敢當著我的面瞪我。夠資格讓我親手殺了他，你說是吧？」

「請不要殺他。他在這個國家是人脈極廣的有力人士，多得是利用的價值。」

「好啦好啦。所以，你說奧勒爾老頭子怎麼了？」

「監視對象似乎一下子前往奧勒爾老翁的宅邸，一下子又去冒險者公會露臉。」

沒有可疑的動作？」

「真沒意思。」

「但古德他們正盯著她的一舉一動，相信很快就會帶回一些情報了。」

「你覺得那個貓女孩會有什麼行動？」

「屬下不知該如何回答……」

「你覺得她會乖乖聽我的命令嗎？」

「可能性恐怕極低。」

「我可是國王耶？」

「但這裡是國外，再說利格大人頒布的黑貓族奴隸相關公告，恐怕讓她恨透了大人吧。」

「哼哼哼，說得也是～」

「大人為何如此高興？」

「沒有啊，只是如果她願意反抗本王——」

「願意反抗您的話？」

「我不就有理由痛宰她了？」

「也不用做到痛宰的地步吧？只要稍稍威脅她一下，讓她乖乖聽話就好。」

「不行！那樣多沒意思啊！」

「講半天還是想找樂子嘛。還請大人千萬不要殺了她。奴隸可是有著很多用途的。不過比起奧勒爾老翁，她的利用價值也只是微乎其微，所以大人就自行斟酌吧。」

「那就讓我玩兩下也不會怎樣吧？真想看看她會用什麼方式反抗我。我都特地來到克蘭澤爾王國了，總該給我點樂子吧？哼哼哼……哼哈哈哈哈哈哈哈哈！」

後記

早安，我是棚架ユウ。

為各位獻上《轉生就是劍》第五集。

哇——總算勉強趕上在五月發售了～真的很高興能將本書送到各位手裡。

附帶一提，跟大家道早安其實沒什麼特別用意。只是因為每次都是「大家好」，想來點變化而已。各位想在晚上看這本書也沒關係。

話說回來，我曾經在某處寫過自己是獸控，但後來發現不才小弟僭稱自己為獸控似乎是太不知天高地厚了。

據我一個過激派獸控朋友的說法是，必須是獸頭、複乳與全身毛茸茸的愛好者才會被他認可為獸控。

不過我得聲明，這純粹只是我那個朋友的個人標準。

其他似乎還有絨毛控或是尾巴愛好者等各種團體，看來獸人圈也還滿深奧的。

我一聽驚慌失措地想：「什、什麼！你、你說我不是獸控……？那我到底是什麼？真要說的話，假如我以往都搞錯了，那豈不是表示我以前的作品可能有誤用嗎！」在網路上一查……

結果定義還有用語實在太多，看得我一頭霧水。
哎，總之可以確定的是，只吃獸耳獸尾就飽了的我應該自稱為獸耳主義者才對。
今後我將放下獸控之名，揹起獸耳主義者的十字架活下去。

言歸正傳，這次同時發售兩部作品，因此工作量也是平常的一倍。寫作的過程當中，我有好幾次差點哭出來……
幸好趕上了，我真的很高興。
棚架辛苦寫完的另一部作品《出遅れテイマーのその日暮らし》也請大家務必讀讀看。這次是跳槽到另一書系後重新出版，跟以前有幸在另一家出版社出版的第一集在內容上多少有些修改。
插畫也相當精美喔。

好吧，其他作品的宣傳就做到這裡，接著請讓我跟各位聊一下轉劍。
請注意，接下來的內容會洩漏少許劇情。
假如有少數讀者先從後記開始閱讀，請小心劇透。

第五集是有史以來最難產的一集。
最大的原因是這次不像第三集只需要修訂內容，而是有太多地方必須改寫原有的劇情並且幫後續發展加上伏筆。腦袋都快爆炸了。

我想有讀過網路版的各位讀者應該會發現：「啊～原來是接上那邊的劇情啊～」就明白我的意思了。

在網路版退場意外乾脆的索拉斯等人也有了更多戲份，這對作者來說也是件好事。請盡量不要給我「根本都隨你決定嘛！」之類的吐槽。

不過話說回來，已經第五集了耶。這個系列之所以能維持這麼久，都得感謝各位的聲援。儘管這麼說千篇一律，但還是容我在此向各位致謝。

出版社Micromagazine以及編輯I，在這次同時發售兩部作品、極其緊湊的日程當中，感謝各位給予我的各種幫助。

感謝るろお老師還是一樣為本書繪製了只能用最棒來形容的多幅插畫。真的太精美了。

另外，也得感謝參與出版工作的所有人士，以及各位讀者。是各位的力量造就了這部作品。感謝大家。

漫畫版方面也一帆風順，驚人的是這次的特裝版還會附上Drama CD……企畫通過的那天，我還吃了點好料慶祝呢。

如同上次後記預告過的，《轉生就是劍》的世界將會逐漸變得更深更廣，今後我也會繼續努力拓展它的內涵。

還請各位今後繼續支持本作。

謝謝大家讀到最後。

ワァァァ…
特別獻稿
亞壘沙大胃王比賽決賽!!
原案／棚架ユウ
漫畫／丸山朝ヲ
嗯…
勢如破竹的挑戰者芙蘭終於停下來了~!!
誰才是最後贏家!?
虧妳能用那麼小的身體撐到現在，但看來還是我略勝一籌嘆呼~
呼呼…
むしゃ…
妳吃不下了，芙蘭，這次就認輸吧。
我現在開始練揮劍！
這樣肚子就會餓了！
哦——她突然開始練揮劍了！
ビュン ビュン ビュン
不是，竟然說練就練，妳也太…
嗯…用次元收納收起來什麼的又太卑鄙了…
!!

可以自己帶調味料！
ビュン
ビュン
咖哩～
《次元收納》＋《念動》
哦哦！
ぷ～ん
ぐ～
きゅるるる

ビュン
ビュン
師父!!不知為何，肚子越來越餓了!!
ぐぅぅぅ～…
きゅるる
ビュン
是、是喔，那太好了…
挑戰者芙蘭贏得冠軍～!!
ワァアアア…
什麼嘆呼!?
咖哩果然是另一個胃…

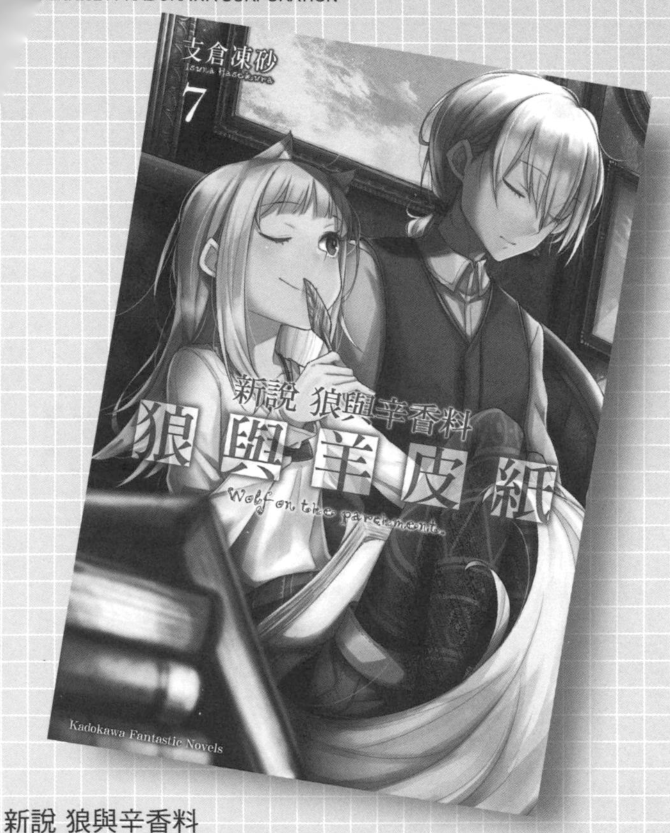

新說 狼與辛香料

狼與羊皮紙 1~7 待續

作者：支倉凍砂　插畫：文倉 十

重新啟用教會封禁的印刷術
竟是糾彈教會的關鍵!?

寇爾和繆里重返勞茲本，發現海蘭與教廷的書庫管理員迦南已等候多時。迦南有意進一步向世人推廣「黎明樞機」寇爾的聖經俗文譯本，打算重新啟用教會封禁的印刷術，但遭到教會追緝的工匠開出的幫忙條件居然是「震撼人心的故事」──？

各 NT$220~300/HK$70~100

末日時在做什麼？能不能再見一面？ 1~10 待續

作者：枯野 瑛　插畫：ue

「那個時刻快到了。讓你選擇要走哪條路的時刻。」
樂園即將邁向崩壞——

拯救懸浮大陸群的最終戰役開始了。在〈最後之獸〉內部展開的，是仿造過去的地表打造的世界。妖精們各自降落島上，緹亞忒清醒後，遇見了自稱愛瑪的女性，和披著白披風的少年——此時出現了一個新選項，讓原本打算破壞這個世界的妖精兵們分崩離析。

各 **NT$190~250/HK$58~83**

繼母的拖油瓶是我的前女友 1~7 待續

作者：紙城境介　插畫：たかやKi

「——我們的生日。那天，你要空出來喔。」
以兄弟姊妹關係迎來這天的兩人將面對彼此感情？

當起學生會書記的結女，神色緊張地踏進學生會室，誰知室內卻聚集了一群對戀愛意外多愁善感的高中生！以往與水斗成天互酸的她，事到如今難以啟齒表達好感，竟從學生會女生大談的戀愛史當中獲得靈感，想出引誘水斗向自己告白的「小惡魔舉動」？

各 **NT$220~270/HK$73~90**

聲優廣播的幕前幕後 1～3 待續

作者：二月公　插畫：さばみぞれ

「「絕對不會輸給妳！」」
由想有所突破的聲優們主持的廣播，再度ON AIR！

隨著日常恢復平靜，夜澄目前的煩惱是——沒有工作！就在她窮途末路時，居然獲得了在夕陽主演的神代動畫中扮演女主角宿敵的機會！她幹勁十足，然而沒能持續多久……一流水準的高牆便毫不留情地阻擋在她面前——

各 **NT$240~250/HK$80~83**

記憶縫線YOUR FORMA 1~2 待續

作者：菊石まれほ　插畫：野崎つばた

第27屆電擊小說大賞「大賞」科幻犯罪劇，
令人悲切又高潮迭起的第二集揭幕！

RF型相關人士連續襲擊案——染上嫌疑的不是別人，正是埃緹卡的搭檔哈羅德。愈是對諸事不順的狀況感到焦慮，就愈凸顯出人類與機械之間的決定性差異。兩人持續搜查的過程中，等待他們的驚人真相以及埃緹卡被迫面對的艱難選擇究竟是——！

各 **NT$220/HK$73**

位於戀愛光譜極端的我們 1~3 待續

作者：長岡マキ子　插畫：magako

暑假結束後是令人懷念又乏味的日常……
不對，是充滿更多刺激的第二學期。

順利跨越「兩個月障礙」之後，月愛再次邁開成長的腳步。龍斗為了不讓自己落後，也決定重新出發。月愛與龍斗——這對截然不同的情侶與他們的夥伴們譜出的愛情故事來到了第三集。在這集當中，某個角色得到幸福，而某個角色則被甩了。

各 **NT$220/HK$73**

藥師少女的獨語 1~10 待續

作者：日向夏　插畫：しのとうこ

預言中的災害足音步步逼近。
請君入西都，究竟所為何事？

即使換了環境，貓貓依舊繼續藥師與醫佐的工作。西都官員只把壬氏當成個掛虛職的散官，貓貓則必須隨同羅半他哥前往農村，結果發現羅漢過去的部下──陸孫對於此地農村異於中央的政策抱持著疑問。這時，他們遇見了經歷過昔日大蝗災的一位老人──

各 **NT$220~260/HK$75~87**

轉生後的我成了英雄爸爸和精靈媽媽的女兒 1~7 待續

作者：松浦　插畫：keepout

艾齊兒的女兒艾米爾在鄰國下落不明!?
鄰國海格納卻進行著一樁可怕的陰謀！

我是還在修行的女神艾倫。爸爸的宿敵艾齊兒的女兒艾米爾在鄰國下落不明。腹黑陛下求助我們幫忙，我們也決定用精靈之力幫他。但在同一時間，鄰國海格納卻進行著一樁可怕的陰謀——「艾倫會因你而死。」家族牽絆更穩固的第七集！

各 **NT$200~220/HK$67~73**

國家圖書館出版品預行編目資料

轉生就是劍/棚架ユウ作；可倫譯. -- 初版. -- 臺北市：臺灣角川股份有限公司, 2022.04-
冊；　公分. -- (Kadokawa fantastic novels)
譯自：転生したら剣でした
ISBN 978-626-321-344-9(第4冊：平裝). --
ISBN 978-626-321-672-3(第5冊：平裝)

861.596　　111001898

Kadokawa
Fantastic
Novels

轉生就是劍 5

（原著名：転生したら剣でした 5）

2022年8月24日　初版第1刷發行
2022年11月17日　初版第2刷發行

作　者：棚架ユウ
插　畫：るろお
譯　者：可倫

發行人：岩崎剛人
總編輯：蔡佩芬
副總編輯：朱哲成
美術設計：莊捷寧
印　務：李明修（主任）、張加恩（主任）、張凱棋

發行所：台灣角川股份有限公司
地　址：104台北市中山區松江路223號3樓
電　話：（02）2515-3000
傳　真：（02）2515-0033
網　址：www.kadokawa.com.tw
劃撥帳戶：台灣角川股份有限公司
劃撥帳號：19487412
法律顧問：有澤法律事務所
製　版：巨茂科技印刷有限公司
ＩＳＢＮ：978-626-321-672-3